古龍著

盛期之風貌

俠壇三劍客諸葛青雲
作品歷久不衰

諸葛青雲是台灣新派武俠創作小說大家，爲早期最有號召力的武俠巨擘之一。與臥龍生、司馬翎並稱台灣俠壇「三劍客」。諸葛青雲的創作師承還珠樓主，詠物、敘事、寫景，奇禽怪蛇及玄功秘錄等，均與還珠樓主創作酷似，其作品熔技擊俠義和才子佳人於一爐，遣詞用句典雅。《紫電青霜》爲諸葛青雲的成名代表作，內容繁浩，情節動人，氣勢恢宏，在當時即膾炙人口，且歷久不衰，對於台灣武俠創作的總體發展表現、趨向影響甚大。

《紫電青霜》一書文筆清絕，格局壯闊。該書成於1959年，內容主要以少俠葛龍驤和柏青青、魏無雙、冉冰玉三女之間的愛情糾葛爲經，以「武林十三奇」的正邪排名之爭爲緯，交叉敘述老少兩輩英雄兒女如何冒險犯難、掃蕩妖氛的傳奇故事，名動一時。

諸葛青雲全盛時期，坊間冠以「諸葛青雲」之名，出版的武俠小說多達七八十部，其中參雜不少由他人代筆或託名僞冒之作，幾乎與臥龍生的情形如出一轍，由此可見他當時的高人氣。

與

台港武俠文學

武俠巨擘

諸葛青

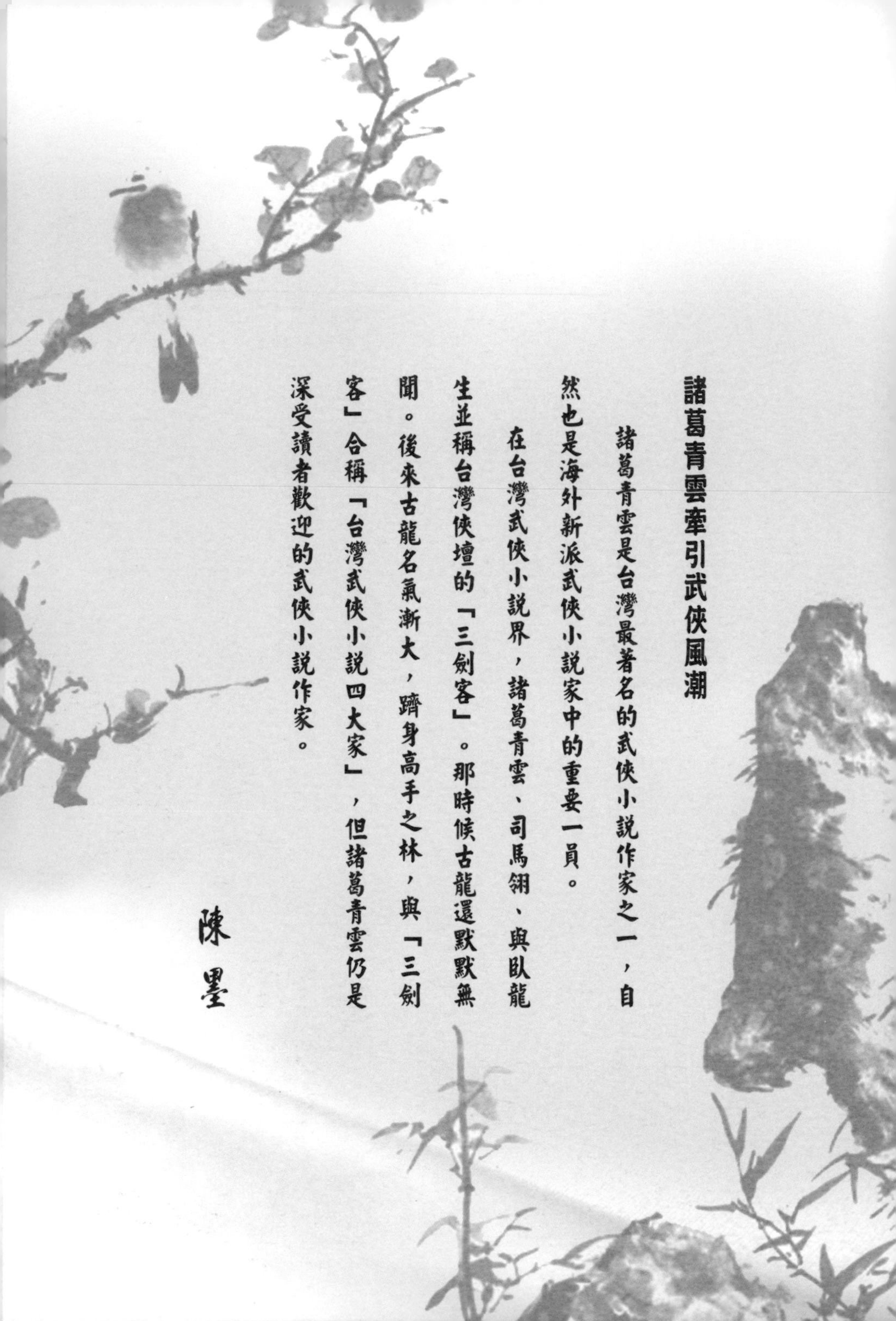

諸葛青雲牽引武俠風潮

諸葛青雲是台灣最著名的武俠小說作家之一，自然也是海外新派武俠小說家中的重要一員。

在台灣武俠小說界，諸葛青雲、司馬翎、與臥龍生並稱台灣俠壇的「三劍客」。那時候古龍還默默無聞。後來古龍名氣漸大，躋身高手之林，與「三劍客」合稱「台灣武俠小說四大家」，但諸葛青雲仍是深受讀者歡迎的武俠小說作家。

陳墨

一劍光寒十四州(上)

諸葛青雲精品集 04

諸葛青雲精品集04

一劍光寒十四州（上）

目錄

【導讀推薦】

《一劍光寒十四州》——諸葛青雲崛起武壇的代表作

著名文學評論家 秦懷玉

〈一劍光寒十四州〉是諸葛青雲充分展現其才思、文采與創意的武俠名篇，他正是由於推出此一名篇，開始在當年群彥薈萃的台灣武俠小說創作界脫穎而出，成爲引領潮流的一大重鎭。在這部膾炙人口的代表作中，他將所受前代武俠各家如還珠樓主、朱貞木、白羽等人的影響進行了創造性的轉化，並透過情節的推展，將他自己頗具詩意的人文理念與浪漫情懷作出了鮮明的呈現。由此而奠定了他的武俠創作之基軸，嗣後，他的許多作品皆是由這一基軸衍發或嫁接而成。

表面上，本書主體情節是一個典型的報仇與鋤奸的故事：中壯代俠士「鐵膽書生」慕容剛因義兄呂懷民遇害，不惜挺身與龐大的黑暗勢力「四靈幫」及可怖的「千毒人魔」西門豹誓死周旋，並苦心扶掖少年英豪呂崇文，務使其得報父仇。由此而發展出一系列鐵血激蕩、情仇交迸的事蹟。但實質上，慕容剛、呂崇文與勢焰薰天的「四靈幫」殊死對搏，只是武林中正邪兩大勢力的前哨之戰，背後各有更高層級的人物撐腰：在前者，是慕客剛的師門長輩無憂頭陀、

靜寧真人，以及後來牽入的南海妙法神尼等「宇內三奇」；在後者，是「四靈幫」幫主玄龜羽士的幕後支持勢力「天南雙怪」。而僧道尼這「宇內三奇」本就與「天南雙性」及其盟友勢不兩立，只不過各有顧忌，故多年來不曾公開對決而已。

這種雙層、乃至多層的明爭暗鬥，以及高人隱身於幕後，由弟子輩出面火併的故事布局，在前代武俠名家中誠然已成爲約定俗成的套路，例如《蜀山劍俠傳》即是；但諸葛青雲卻能別出心裁，於貌似無足爲奇的套路中展現出相對清新而開朗的格局。究其原委，應是由於他適度融入了平行敘事的技法之故。

不過，除了平行的雙層布局之外，諸葛青雲還引入了極特殊的「逆反」情節作爲本書的轉折關鍵，使得故事的推展得以起伏跌宕，變化多端。原來，謀害呂懷民的兇手除了「四靈幫」中人物之外，更有惡名昭彰的「千毒人魔」，此人施毒的手段已到出神入化的境地，慕容剛與呂崇文即使已師從宇內三奇而習得高深武功，自信足可與「四靈幫」一拚，但對於行蹤詭莫如深的「千面人魔」，卻毫無報仇雪恨的把握。江湖險惡，兩人畢竟只能步步爲營。

奇怪的是，兩人下山展開復仇之旅以來，不斷發現「千毒人魔」就在自己左近出沒，卻一直無法與其正面交鋒。另方面，兩人在江湖歷險中結交了一個風塵俠隱「南天義」，不但獲他之助而多次脫出危境，而且得以探出「千毒人魔」的線索。詎料，風雲乍變，兩人竟被「南天義」在談笑間毒倒，而發現所謂「南天義」原來就是「千毒人魔」西門豹的化身。然而，風雲再變，原來西門豹竟早已改過遷善，其所以一路陪伴兩人鋤奸扶弱，並非爲了伺機下毒，而是

爲了要在兩人面前自戕以求贖罪。

目睹此情此景，涉世已深的慕容剛固然願與西門豹化解仇怨，連血氣方剛的呂崇文都肯慨贈靈藥，極力挽救他的性命。靈藥罔效，兩人以爲西門豹終究身亡；但自此兩人每每逢凶化吉，在與「四靈幫」的鬥爭中，更輒於千鈞一髮間化險爲夷，這當然是作者埋下伏筆，暗示西門豹其實畢竟死而復生，化身向兩人報恩。

此書在寫情方面亦有其特色。寫中年的慕容剛與「天香玉鳳」嚴凝素從邂逅相逢、互生情愫，到十年相思、生死與共，節奏掌握得恰到好處，從而遠比少年俠侶呂崇文、裴玉霜的戀情更動人心弦；這與一般武俠小說擅寫浪漫之愛的情節，迥然不同。亦正因這宗情感事件，導致「玉鳳」、「神龍」兩大支柱脫離了「四靈幫」，使得雙方的實力對比開始逆轉。可知作者寫兩性相悅的情事並非只是點綴，更有其牽動全局的作用。而邪正之分，亦由當事人對情感的態度而清晰可睹。

對於表層和深層的敘事結構，作者則藉由呂崇文巧獲一柄「青虹龜甲劍」而予以綰合。此劍爲大漠神尼當年擊殺「魔僧」法元的故物，呂崇文持以復仇、行俠，卻也因此而遭到「魔僧」後裔——西藏金龍寺「四佛十三僧」的追蹤與羈押，慕容剛甚且慘遭重傷。由此而引出宇內三奇與金龍四佛的對決。由於敵情不明，趕去營救呂崇文的宇內三奇這方原本居於絕對的下風，卻倏忽間奇蹟般的逆勢大勝。這是得力於悔過自新的「千毒人魔」西門豹之暗助，凸顯了此人的重要性。

進而，三奇與四佛雖化敵為友，但三奇的宿敵「天南雙怪」卻搬出久已隱遁而功力卓絕的邪派耆宿「鳩面神婆」常素素等一干魔頭。雙方初步較量的結果，三奇、四佛竟皆非「鳩面神婆」對手；加上與南海神尼有陳年仇怨的「桃竹陰陽旛」主人捲土重來，曾協助慕容剛一方的正派人物不乏慘遭劫數者，宇內三奇等絕頂高手亦大有岌岌可危之勢。

緊急時刻，又是西門豹力撐危局，一面襄助慕容剛暫時穩住情勢，一面甘冒大不韙帶領呂崇文求取可望速成的武功秘笈，終於在千鈞一髮的關鍵時刻，讓呂崇文得以突出奇兵，猝然擊敗功力壓倒三奇、四佛的「鳩面神婆」，一鳴驚人，名揚天下。大樹既倒，「天南雙怪」以降的諸邪派頂級高手自然隨之冰銷瓦解。作者先前的敘事策略是不斷鋪陳、蓄勢，營造出道消魔長的氛圍，然後一舉予以逆轉。千里來龍，至此結穴，而整個大局能夠逆轉的首要關鍵，乃在西門豹之改邪歸正，這在武俠小說發展史上，大抵可算是獨具隻眼、且別開生面的寫法了。

「滿堂花醉三千客，一劍光寒十四州」，本書誠然仍體現著諸葛青雲所擅長的詩情畫意，但嚴格說來，主角既非矢志為父報仇的少年英俠呂崇文，亦非艱苦撐持大局的中年豪傑慕容剛，更非天香國色的嚴凝素或裴玉霜，而是曾經為非作歹、惡名昭彰的「千毒人魔」。作者敢於突破武俠小說的敘事窠臼，充分呈現自己獨特的思維與風格，實以此書展示得最為淋漓盡致！

一 在劫難逃

寒枝病葉　驚定癡魂結　小管吹香愁疊疊
寫遍殘山剩水　都是春風杜鵑血
自離別　清遊更消歇　忍重唱舊明月
怕傷心　又惹啼鶯說
十里平山　夢中曾去　惟有桃花似雪

不對了！桃花是紅的，雪是白的，桃花怎能似雪呢？只聽說過六月飛霜，卻沒有聽見過天降紅雪！但是這十里桃林，一望無際，重緋疊綵，錦浪紅霞，要是在鶯老蝶忙的暮春時節，一片花飛，風飄萬點！雪，果然是最好的形容詞。

至於紅、白顏色上的差別，卻不足為害！因為茫茫濁世，善惡是非，都不易分辨得明明白白，何足計此？

陽春煙景，桃李爭妍，想像中這定然是一處世外桃源，人間樂土！哪知大謬不然，就從這片桃林之中，即將導致一齣人間慘劇，釀成武林中一場極大的浩劫奇災，也因此，而造成幾位代表古中國俠士光風霽月襟懷的男女少年英傑！

這片桃林，地在甘肅蘭州豐盛堡左近，正值花時，香飄十里，映著欲墜未墜的斜陽，景

色越發豔絕！突然桃林之外，起了馬蹄急驟之聲，到得林口，戛然而止，一個清朗口音說道：「五載不來，桃花依舊！過此桃林不遠，便是大哥莊院，看西山銜日，壽宴想尚未開，我這萬里奔波，幸喜不曾誤了吉日！」自言自語聲中，馬蹄答答，人已走入林內。

是個三十二、三的英俊書生，胯下一匹全身墨黑、四蹄卻似雪般白的「烏雲蓋雪」神駿寶馬！

那書生劍眉入鬢，兩眼神光奕奕，端坐馬背之上，顧盼生姿，但青衫下襬，和鞍旁的劍囊、琴袋之上，卻沾滿風塵，一望而知，是經過了長途奔波勞頓！

書生自入林內，似爲滿眼繽紛的花香所醉，策馬緩行，四眺林中景色。突然口中「咦」的一聲，右手揮處，一道白光電射而出！原來前側十餘步外，一株桃樹的橫枝之上，有一鄉農打扮之人正在懸索自盡，頭剛伸入環內，兩足懸空，白光已到，繩索立斷，那人「哎喲」一聲，摔在地上。

書生下馬走過，將那鄉農扶起，問他何故輕生？那鄉農搖頭嘆息道：

「一過這片桃林，有座呂家莊，莊主呂懷民，今天是他五十整壽。小人姓朱，家住關中，昔年受過呂莊主大恩，無以爲報，故而變賣了十幾畝田地，買來一匣上好人參，特地趕來爲呂莊主上壽，一表微忱！不想已然快到地頭，竟被人強將壽禮搶去，枉自跋涉長途，呂莊主深恩難報，一時氣憤，短見輕生，多蒙先生相救！」

書生聽這朱姓鄉農講完，劍眉雙挑，朗聲說道：「我呂大哥梅花劍法威震江湖，我就不信在他隱居所在左近，竟有這等不開眼的強人，你那匣壽禮，是在何處被劫？」

朱姓鄉農說道：「就在西面桃林口外，被一個蒙面黑衣之人所劫。」

書生點頭說道：「我呂大哥行走江湖，救人無算，從不望報！你自遠道趕來拜壽，有此心意，我呂大哥已必高興，壽禮有無，根本不必掛懷。但此人竟敢在此附近搶劫，卻必須加以懲戒，順便把你被劫壽禮奪回，你可照舊前往，彼此在呂家莊見面便了。」

朱姓鄉農千恩萬謝，書生含笑擺手，飄身上馬，韁繩一領，便往西面緩緩跑去。

這片桃林約有七、八里方圓，書生救那鄉農之處，是在靠東頭，距離四面林口，路尚不近，等書生馬到林口，果然林外暴起一聲斷喝，閃出一個身材瘦小的黑衣蒙面之人，手持明晃晃的一柄厚背鬼頭刀，攔住去路，一言不發。

書生見狀，勒馬停蹄，笑吟吟地問道：「在下琴、劍一肩，身無長物，壯士橫刀攔路，意欲何爲？」

蒙面人把鬼頭刀當胸一橫，上下打量書生幾眼，啞聲說道：「酸丁不必多言，把你坐騎留下，饒你一條活命！」

書生仰面朗聲長笑，聲若龍吟！笑聲之中，人如疾電飄風般地從馬背上飄到蒙面人身前，左手三指撮住鬼頭刀脊，右掌微推，一股勁疾掌風，劈空擊去！

蒙面人見這書生身法動作，快得如電光石火，兵刃被敵人撮住，一抽竟未抽動，勁疾掌風又到胸前，嚇得怪叫一聲，雙足點處，竟從書生掌風之下，倒縱而出。

但身形仍爲劈空勁氣帶動，落地之時，站立不穩，連著往後踉蹌了好幾步，才抱頭鼠竄而去。

書生雖然覺得這蒙面人輕功不弱，似乎與他武藝不相配合，但也未深思，只看了看手上奪來的厚背鬼頭刀，微微一哂，將刀擲去。

走到蒙面人閃出之處，四面一看，果然在一株桃樹的枝椏之間，發現一個用重重白綾包裹的長方形錦匣。

這一耽延，紅日西沉，暮色已起，書生要在自己大哥開筵宴客之前趕到拜壽，遂翻身上馬，襠中微一用力，那匹「烏雲蓋雪」寶馬雙耳一豎，「聿……」的一聲長嘶，就在這桃林之間，急馳起來，龍駒威勢，畢竟不凡，人馬過處，驚風所及，搖落一林繽紛花雨！

呂家莊建在桃林過去的三、四里之處，莊舍不大，也建築得樸實無華，但極其整齊潔淨，今天雖然是莊主呂懷民的五十整壽，卻也不過在莊門正中一座較爲高大的瓦房門中，懸著兩盞紅燈，略資點綴！

書生馬到莊門，他是莊主盟弟，雖不常來，但莊內人多素識，自有莊丁將馬接過，書生

一問廳上壽宴已開，連鞍上琴、劍均未取下，僅僅拿著自蒙面人手中奪回的白綾所裹錦匣，走向廳內。

這時廳內壽燭高燒，莊主人也就是壽星的呂懷民，正陪著八、九位遠來賓客，剛剛入席。

一眼瞥見書生，呂懷民急忙下座相迎，滿面堆歡說道：

「二弟，你這算何苦？迢迢萬里，竟從關外趕來！但愚兄今年生辰，與往昔不同，你來了也好，來來來，我先爲你引見。」

隨即手挽書生，一同入席，向其他賓客含笑說道：「我來爲各位引見一位高人，這就是我結盟義弟慕容剛，長在關外白山黑水一帶行俠，人送美號『鐵膽書生長白狂客』。」

這「鐵膽書生」四字，在江湖之中，名頭甚大，呂懷民話一講完，席上諸人，多均面帶敬佩之色，一一向這慕容剛道致景仰之意。

慕容剛也含笑一一周旋，問知這些賓客，多是秦隴一帶武林中的有數人物。

寒暄既畢，彼此就座，呂懷民笑向慕容剛道：「你大嫂這幾日恰巧臥病在床，不能起坐，故未出來。賢弟代我把敬各位三杯，愚兄去往內宅，取件物事。」

不到片刻，呂懷民取來一柄帶鞘長劍，入席以後，酒過三巡，呂懷民肅然起立，手捧長劍，向眾人言道：

「此劍雖非截金斷玉的前古神物，也是百鍊精鋼所鑄。懷民昔年仗此，濟救民物，幸保聲名不墜！但四十以後，厭倦江湖，才於八年之前，遷來此地隱居，立意不再涉足武林恩怨！連小兒崇文，年已八齡，我也從未教過他一招半式。今日恰屆懷民知命之年，當著諸位新交舊友，我要學江湖中封劍歸隱之舉，更進一層，毀去昔年成名之物，以示決心，從此絕口不談武事！」

說罷，嗆啷一聲，長劍出鞘，交在左手，右手猛運「鐵指神功」，食、中、無名三指，一齊彈在劍脊之上，一陣龍吟過處，把一口昔年威震江湖的百鍊精鋼，震成三段廢鐵，跌落在地！

這種封劍歸隱、退出江湖之事，例有規戒，不能加以阻擋。但自毀成名兵刃，在武林之中，尚屬罕見！席間諸人均不免面帶驚異之色！

「鐵膽書生」慕容剛更爲暗詫，自己這位盟兄剛傲一世，從不服人，怎的自遷居此地以來，竟變得如此消沉？他正在思忖之間，莊門守僕手持一封大紅柬帖，呈交莊主，說是有彪形大漢快馬送來，丟下柬帖就走，未留一語。

呂懷民見封面並無字跡，微微皺眉，拆開抽出柬帖一看，柬上寫著一行狂草，依稀可以辨出是：「四靈寨玄龜堂香主『單掌開碑』胡震武，今夜初更拜壽。」等字。

四座賓客，除卻「鐵膽書生」慕容剛之外，一見「四靈寨」三字，俱已面面相覷，神色

大變！

呂懷民目蘊精光，微微一掃，把那柬帖揣入懷中，起立舉杯，向眾人哈哈大笑道：「這位胡香主昔年與懷民有點過節，不想單在今日找場。他這柬帖，若能提早片刻，在懷民毀劍之前送來，我倒願以一手自創梅花劍法，會會這位舊相識的開碑掌力，讓諸位看場熱鬧。但懷民既已當眾聲明，從此不談武事，則胡香主今夜來時，我引頸就戮便是！四靈寨近幾年崛起江湖，網羅無數奇材異能，聲勢極眾，幫中除『天香玉鳳』之外，無一不是心狠手毒之人，尋仇之時，更極殘酷，若無絕對勝算，絕不出手，諸位高朋遠來情盛，但犯不上蹚這種兇殺渾水，呂懷民今夜大概無倖，尚須將家中各事，略為安排，就此送客……」

話猶未了，「鐵膽書生」慕容剛拍案起立，怒聲說道：「大哥！你昔年以三十六路梅花劍術，管盡天下不平之事的雄風安在？雖然今日你已當眾毀劍，不談武學，但慕容剛既然在此，就仗我掌中長劍和囊內飛刀，以及這顆大好頭顱，也要保得大哥全家無事！」

呂懷民哈哈大笑，聲震屋瓦，雙目精光四射，輕拍鐵膽書生的肩頭說道：「慕容二弟，你我過命交情，又當別論！等我送走各位高朋，再與你從長計議！」

眾賓客一聽主人話中有話，本來四靈寨作風太狠，聲威太大，犯不著蹚此渾水，樂得趁此抽身，一個個裝作不懂，稍微安慰主人幾句，便由呂懷民送至莊外，各自散去。

盟兄弟再入大廳，呂懷民吩咐家人撤去宴席，重新端整幾色可口酒菜，與「鐵膽書生」

慕容剛相互對飲。

「鐵膽書生」慕容剛見盟兄眉宇之間深有憂色，忍不住舉杯問道：

「小弟久居關外，少到中原，雖然耳邊近年聽說過興起了個四靈寨，但不知其詳，大哥今日何以如此消沉？與那『單掌開碑』胡震武，又是怎麼結下梁子的呢？」

呂懷民神色凝重，莊容答道：

「武林之中，原以北天山靜寧真人，南海妙法神尼，及賢弟的師伯北嶽恆山的無憂頭陀，僧道尼等三位高人，功參造化，為群流表率！但這三位十年以來，業已不問世事，各在靈山，潛心參究吐納導引等武家極上乘的性命交修之道。江湖之中，顧忌漸少，魑魅橫行，遂出了幾個極其厲害的魔頭，尤其以『玄龜羽士』宋三清、『雙首神龍』裴伯羽、『毒心玉麟』傅君平為其中巨擘，並另外邀約了一位巾幗奇人『天香玉鳳』嚴凝素等一共四人，論年敘齒，以龜龍麟鳳四字，成立了四靈寨。『玄龜』、『金龍』、『玉麟』、『天鳳』四堂之中，各有一十二位武功卓絕之人，擔任香主，所以不幾年間，聲威業已壓倒各門各派！

「至於那『單掌開碑』胡震武與我結仇之事，是因為其弟胡雄，昔年佔據蒙山為寇，一次在劫財之後，又慘殺了我故人子、媳，我才單人問罪，將胡雄斬在了梅花劍下！胡震武欲為其弟報仇，下書約戰！此賊武功確實不弱，我竭盡平生所學，苦鬥將近半日，勝他一劍，從此成仇！後來聞他發奮圖強，練成絕藝，投入四靈寨玄龜堂下，越發知是不了之局！

「何況你大嫂近來多病，人入暮年，兒女情長，英雄氣短，已不想再在劍底刀頭一爭雄長，所以方才所請賓客之中，就故意邀有與四靈寨暗通聲氣之人，當筵毀劍，希望藉此江湖規戒，了斷恩仇，清享餘年的天倫之樂！不想數定難移，當筵帖到，雖然賢弟藝業驚人，甘於捨命相助，但胡震武善者不來，四靈寨聲勢太大，看來這甘肅蘭州，竟是我呂懷民歸源結果之地！」

「鐵膽書生」慕容剛聽得眉蘊殺氣，目射精光，將杯中酒一傾而盡，向呂懷民說道：

「胡雄姦殺搶掠，斬者無罪！那『單掌開碑』胡震武，竟仍一再尋仇，簡直恬不知恥！你我兄弟對生死二字，自然無足縈懷，但大嫂及侄兒，卻必須妥爲安置，不管四靈寨賊勢多強，大哥既已毀劍，就請高燒壽燭，飲酒廳前，看小弟我獨戰群賊，爲大哥下酒！不到慕容剛在庭前濺血，階下橫屍，賊子們想動大哥毫髮，那叫妄想！」

呂懷民看自已拜弟義氣凜然，不由也激起當年豪興，仰面朝天，縱聲發笑，反手從几下抽出一柄長劍，向鐵膽書生笑道：

「賢弟只見我當筵毀劍，恐怕料不到我昔年成名之物，仍然在此？賊子們既然逼人過甚，索性大家不顧江湖規戒，筵前既能毀劍，筵後難道就不能開刀？今夜索性你我弟兄雙劍連環，殺他一個落花流水再說！至於你大嫂所患，乃是心頭怔忡之疾，受不得絲毫驚嚇，這等凶險之事，還是不必告她，胡震武柬上既說初更來拜，此時本莊四外，必已安上樁卡，你

侄兒崇文若送出莊去，無異送死！故而也只好藏在我老僕家中，以防萬一！」

說罷，叫過身邊鬢髮皆白的老僕說道：

「呂誠，你跟我多年，啥事均不瞞你，方才我與慕容二爺所說，想必聽見，速將崇文帶往你家隱藏，並約束眾人，今夜不論發生何事，不准驚慌喊叫及妄自出來觀看，免得平白送死！」

呂誠喏喏連聲，領命自去。

呂懷民與慕容剛二人，此時心情均已放開，就在廳中開懷暢飲。

「鐵膽書生」慕容剛因離胡震武訂約之時已不在遠，遂命侍立家人，把自己長劍取來，即行各自安歇，此間已不需人伺候。

又過片刻，慕容剛目光一瞬，忽然瞥見那邊桌上所放，自己從桃林中蒙面人手內奪回的白綾所裹錦匣，爲博大哥高興，起身取過，遞與呂懷民道：

「大哥，這一位姓朱的是鄉農打扮之人，說是昔年受你深恩，特地變賣田地，買了這匣上好人參，自關中趕來上壽，走到前路桃林之中，被人劫去，竟欲自盡！小弟巧遇救下，並自一個蒙面黑人手中，將此物奪回，但那朱姓鄉農說是前來拜壽，何以不見此人呢？」

呂懷民順手解開白綾，說道：

「你我弟兄行道江湖，原本爲的是管些法外不平，濟救民物，所遇輒已淡忘，這朱姓之人，委實想他不起！但自愚兄遷來此地，周圍百里之內，均很平靜，何以桃林之內突有強人，倒是奇事！」

那白綾共裹三層，內中是具頗爲精緻的青灰色長方鐵匣，呂懷民持在手內，剛要開匣，「鐵膽書生」慕容剛念頭忽然一轉，「別開」二字還未開口，呂懷民業已把那匣打開。

匣中哪裏是什麼上好人參，原來是大半匣石灰，當中醃著一隻乾癟人耳！

慕容剛此時業已悟出其中有詐，原來恐怕匣中藏有什麼機關暗箭之類，今見只是半匣石灰，一隻人耳，心頭倒也略放，但兀自思索不出，送匣之人何必裝扮被劫，來假手自己轉送？

呂懷民揭開匣蓋，目注人耳，略作沉思，突然全身微一顫抖，面色劇變！慌忙置匣几上，一伸手揭起匣中人耳，人耳之下，壓著一小捲薄紙條，呂懷民匆忙打開一看，仰天長嘆道：「果然是他！匣上塗有劇毒，想不到禍變迭來，我呂懷民竟喪命在……」一語未完，全身一軟，竟自倒在椅上！

「鐵膽書生」慕容剛雙耳「嗡」的一聲，眼前發黑，肝膽皆裂！急忙起身一看盟兄，可憐一個蓋世英雄，就這刹那之間，業已魂歸地府！

慕容剛見自己一時大意，萬里遠來，無異爲虎作倀，竟成了盟兄的催命之人，悔恨慚愧得無地自容，胸頭的血直向上湧，猛地仰面一聲悲號，舉起右掌，便欲往自己的天靈擊去！

掌還未落，猛又機伶伶的一個寒顫，暗罵慕容剛你真正該死！此時已然快到初更，倘再自盡殉兄，那「單掌開碑」胡震武一到，大哥的遺孀、獨子，保護無人，豈不任其宰割？縱然要引咎自裁，也應過了今夜再說。

想到此處，把桌上一杯剩酒一飲而盡，略定心神，再行細察呂懷民心頭鼻息，確已去世，不由暗自心驚，這是何種毒物？沾膚就能致人死命！

那盛石灰、人耳的鐵匣，慕容剛已不敢再碰，見呂懷民方才看過的紙條掉在桌邊，遂以桌上銀筷夾起一看，紙上寫著四句似詩非詩，似偈非偈的話道：

「昔削我耳，今贈爾匣，上塗劇毒，聊做奠物。」

下署九華山「千毒人魔」西門豹啓。

「千毒人魔」對慕容剛倒不陌生，知道這是一個專門善用各種毒藥，並有易容之術的皖南巨盜！看這紙上口氣，「千毒人魔」當年曾被呂懷民削下一耳，今天才設計報仇，但可驚復可恨的是，賊子計慮竟然如此周密，從何處探知自己萬里遠來拜壽，弄得自己也蒙上一個間接毒害盟兄，百死難贖其辜的冤枉罪過！

就在他這轉念之間，手上銀筷，半截已成烏黑！慕容剛知道果如自己所料，這紙上也有劇毒！恐怕少時自己萬一戰死，呂氏家人不慎再觸，多添枉死人命，遂扯過桌單，把紙條、鐵匣以及外裹白綾，一齊謹慎包好。

仰觀星斗，已到初更，慕容剛把大哥的梅花劍插在背後，自己的長劍則倚在椅前，坐對盟兄遺體，淒然垂淚，暗想縱然今夜拚死力戰，僥倖度過，但這樣的傷心之事，明日怎對正在病中的盟嫂和侄兒交代？

鐵膽書生平素不但武功卓絕，並還足智多謀，就是略嫌性躁，但現在卻方寸全亂，內心悽惶歉疚得把平日靈智減卻了一半有餘！

二 趕盡殺絕

那「單掌開碑」胡震武來得真叫準時，村內梆鑼剛打初更，屋上已有動靜。

慕容剛倏然驚覺，先不拿椅邊長劍，身形微動，便到廳口，恰好簷際疾風飄然，一個豹頭鷹目，五十左右的勁裝老者，飄然飛墜。

慕容剛搶步當門，雙拳一抱，朗聲問道：「來人可是今日黃昏差人投帖的四靈寨玄龜堂香主，『單掌開碑』胡當家的？」

豹頭老者足下微退，打量發話之人，雖然書生打扮，兩眼神光，炯炯逼人，肩頭微露劍柄，氣度神情，分明內家高手！但眉宇之間，看出重憂深鎖！

遂也抱拳還禮，濃眉一挑，冷然答道：「足下何人？既識胡某來歷，可知四靈寨中人物尋仇，向不許外人干預麼？」

慕容剛仰天長笑，笑聲淒厲，懾人心魄！笑畢向這「單掌開碑」胡震武道：

「在下慕容剛，平生足跡多在關外白山黑水之間，尚不知道中原武林之中，出了這麼一個蠻不講理的嚇人幫會！江湖行俠，不分黑白兩道，無不以義氣當先，慕容剛與呂懷民，八拜相交，情同骨肉，旁人畏懼你們四靈寨如虎如狼，慕容剛偏偏不理這套，就憑我肩頭長劍，囊內飛刀，要把這場事攬在頭上，胡香主！你把我怎樣？」

「單掌開碑」胡震武闖蕩江湖這多年來，還沒有碰到過這麼橫的人物，但一聽慕容剛報名，知道他師伯無憂頭陀，是號稱「宇內三奇」之一，就連自己四靈寨中武功最高的「玄龜

羽士」宋三清，也不敢輕易招惹！曾經一再吩咐寨中弟子，凡遇與三奇有關之人，盡量避免結仇，即在萬不得已之時，也不准過分絕情，須留幾分退步！

胡震武武功經驗均到火候，壓下來時盛氣，目注慕容剛，點頭說道：「果然不愧人稱『鐵膽書生長白狂客』，這份膽量襟懷，令人敬佩！四靈寨規戒載明，衝撞者死！胡某看在你師伯無憂上人金面，恕你不知無罪！我多年薪膽，誓雪前仇，不見呂懷民之面，豈能甘心！你若真以為你長劍、飛刀，功力絕世，等胡某把這段恩仇了斷，再陪你比劃！」

慕容剛肅容垂淚，淒聲說道：「胡香主！你來遲一步，今生今世，此願難償！我盟兄片刻之前，中了『千毒人魔』西門豹的陰謀毒計，業已撒手歸天……」

胡震武聞言宛如晴天霹靂，「咳」的一聲，右足頓處，方磚寸裂，鷹目一翻，面色鐵青，不等講完，便向慕容剛急急問道：「果真如此，倒叫我抱憾終身，呂莊主遺體何在？容胡某瞻仰瞻仰！」

慕容剛冷笑一聲道：「胡香主難道尚疑心我所言不實，廳內椅中坐的，不就是我大哥遺體？」

胡震武鷹目之中，隱含淚光，大踏步搶進廳內，慕容剛怕他對義兄遺體有所不利，也自緊隨在後。

到達距離呂懷民屍身約有五、六步之處，胡震武肅然站立，細看呂懷民果已氣絕多時，

鷹目之中，淚珠滾下，切齒恨聲說道：

「殺弟深仇，及一劍之賜，胡震武茹恨多年！誰知呂莊主，你竟先脫塵緣，讓我終身抱憾，人死為尊，呂莊主！你再受我最後一拜！」

說罷雙拳一抱，便待躬身，慕容剛在旁見他步下暗合子午，真氣似已提足，知他想以陰掌戕害盟兄遺體，急忙也自暗運功力，抱拳一拱說道：

「人死不記仇，胡香主義釋前嫌，慕容剛代答一禮！」

兩股劈空勁氣略一交接，慕容剛是橫裏相截，較佔便宜，不但呂懷民遺體安然無恙，連胡震武的身形都被帶動，所發劈空勁氣被撞偏之後，把旁邊一張茶几震得四分五裂！

胡震武羞怒交迸，暴聲吼道：「誰說是人死不記仇，呂懷民雖死，還有他的妻兒老小！」

這時後宅之中，業已起了喧嘩哭泣之聲，慕容剛五內如焚，嗔目怒聲喝道：「惡賊你……」

「敢」字還未出口，廳前階下搶出兩名勁裝大漢，右邊一個，手內挽著一顆血淋淋的人頭，向胡震武躬身說道：「稟香主，呂懷民之妻的首級在此，孽種不知去向！」

「鐵膽書生」慕容剛目眥皆裂，肝腸寸斷，怒喝一聲，雙掌一讓，飛身撲過，向胡震武當頭擊下！

胡震武外號「單掌開碑」，掌力自有獨到之處，剛才掌風被截，吃了暗虧，滿心不服，見慕容剛凌空撲下，存心一較掌力，「天王托塔」向上硬接！口中卻還對兩個大漢說了聲：

「孽種不能放過，快與我全莊密搜！」

他自視掌力太高，竟敢在對敵之時分神講話。哪知慕容剛天生異稟，到現在還是一身童子功力，師門傳授又高，這凌空撲下更是急痛盟兄嫂雙雙慘死，拚力施為！四掌交接，砰然巨響，胡震武騰、騰、騰的退出六、七步去，腳下方磚，塊塊應足皆裂，兩眼金花亂轉，髮若飛蓬！

但他掌力實是不弱，慕容剛雖占上風，也覺心頭巨震，冠玉雙頰之上，飛起了一片桃紅顏色！

兩人全是目注對方，一動不動，徐徐導氣歸元，誰也不敢再度貿然進擊！

就在此時，兩名大漢重進廳堂，身後隨著方才受呂懷民囑託的白髮老僕呂誠，手中卻牽了個七、八歲男孩，不住啼哭！一入廳門，兩名大漢的鋼刀，立時架在了那男孩頸項之上！

慕容剛眼睛一黑，暗怨蒼天，盟兄呂懷民一生行俠，妻、子何辜，齊遭毒手！

目前形勢，自己只一稍動，盟兄獨子立做刀頭之鬼！但又絕不可能好言善罷，山窮水盡，進退無路，可憐急得個蓋世英雄「哇」的一聲，噴出一口鮮血！

大漢向胡震武躬身說道：

「我等正遵香主之命，全莊搜尋，這老僕怕死貪生，已將孽種獻出，特地帶來，請香主親自發落！」

胡震武此時嘗過厲害，全神貫注慕容剛，隨口答了聲道：「何必囉嗦？斬首帶回就是！」

慕容剛不顧新近嗆血及內傷未復，閃電撲過，但兩大漢刀光電掣，男孩頭已落地！

慕容剛萬念皆絕，目紅似火，五指齊抓，殺害男孩的大漢慘叫一聲，腦漿迸裂！

還未來得及處置那叛主惡奴，極勁掌風業已襲到身後！慕容剛把牙關咬碎，破釜沉舟，竭盡平生之力，「黃龍轉身」，雙掌自下往上斜接！

這種不避不閃的硬打硬接，屬於武家大忌！除卻功力相差過巨之外，不論勝負雙方，均需蒙受甚大傷損，但慕容剛此時業已怒極心瘋，哪還顧及這些，四掌再度硬合，胡震武的身形被震得離地飛起，正好跌在那已死大漢身上，由另一大漢勉強攙起，喘氣如牛，自懷中取出幾粒丹丸服下，見慕容剛雖也口角溢血，胸前劇烈起伏，但仍巍然怒目而立，怕他再來拚命，急忙低聲囑咐，由那大漢半攙半抱，踉蹌而去。

其實慕容剛此時心力交瘁，兩度對掌所受之傷，雖較「單掌開碑」胡震武略輕，但盟兄一家三口掃數傷亡的椎心慘痛，卻無與倫比！不過慕容剛知道自己若不再支撐片刻，把胡震武嚇跑，則惡賊們鋼刀之下，全莊焉有噍類？

此時胡震武由隨來大漢扶走，心頭一懈，精氣一齊渙散，全身一軟，連身畔所藏的一顆他先師臨終遺贈的保命靈丹，都不及取服，便撲倒在呂懷民的屍身之上！

不知過了多久，慕容剛墟墓魂歸，漸有知覺！彷彿覺得方才那麼嚴重的內外傷勢，竟似好了大半，不由萬分驚詫，猛把雙眼一睜，眼前一片空白，亂轉金花，頭腦突又劇作暈眩，知道重傷剛剛被人救轉，不宜如此作勢！

遂仍重合雙眼，慢慢調勻氣機，徐徐開目，只見身已臥在一間書房內的軟榻之上。那老僕呂誠，滿面淚痕，正在榻前侍立，慕容剛想起他出賣盟兄獨子的叛主惡行，怒火又燃，撐榻坐起，嗔目叱道：「無恥惡奴！賣主求生，竟還有膽在此？慕容二爺的脾氣，你已深知，還不自作區處，難道等我動手？」

老僕呂誠垂淚答道：「主人、主母雙雙遇難，老奴無力將護，原該萬死！但要說叛主求生，不獨老奴風燭殘年，斷無是理，就是呂家莊中上上下下，無論何人，皆無如此不肖！二爺重傷初復，請暫息雷霆之怒，容老奴將下情陳明，再碎屍萬段，亦所不辭！

「二爺適才廳前所見的刀下孩屍，並非主人骨血，乃是老奴獨孫。因見賊子們在莊內，挨戶搜尋，恐怕萬一將小主人搜出，絕了呂家後代，遂啓領幼孫，假做畏死叛主，騙過賊子耳目！二爺戰退惡賊，傷重力竭，暈厥廳上，老奴想起二爺行俠濟世，身邊總有療傷藥物，一時無奈，斗膽代覓二爺囊中，果然發見一丸清香撲鼻的靈丹，上有『保命』二字，服侍二爺服下，移至書房，果然蒼天默佑，二爺無恙！老奴現去將小主人帶來，託付二爺爲他代覓名師，學成絕藝，報此血海深仇，然後便當追隨老主人於地下！」

這一番話，把個慕容剛聽得通身汗透，尤其是那句「主人、主母雙雙遇難，老奴無力將護，原該萬死！」簡直字字如針，刺得他心中痛苦已極！引手捶胸，長嘆說道：

「慕容剛枉稱俠客，與你一比，實應愧死！你捨孫全義，於心已盡，要追隨你老主人於地下的，應該是我！不過我盟兄遺孤既在，則爲他覓師習藝報仇之舉，確爲第一要務，慕容剛忍死十年，等我侄兒藝成，輔助他報仇雪恨重振門庭之後，再在我盟兄墓前伏屍謝罪！我盟兄、嫂遺體可曾安葬？你趕快把我侄兒帶來，並命人將馬匹備好，這傷心觸目之地，我是一刻不忍停留！」

呂誠含淚答道：「二爺沉睡書房，已有兩日，主人及主母遺體，因怕二爺醒來，見了又加傷感，已由老奴作主，妥善掩埋。小主人年紀雖輕，甚爲懂事，一聲未哭，現時就在書房門外！」

說罷轉身出門，牽進一個與呂懷民相貌一般無二，極爲靈秀的七、八歲男孩，果然面上一絲淚痕都無，但兩隻大眼之中，卻滿含怨毒！進門後叫了聲：

「慕容叔叔，快帶我拜師父學本領去！」

慕容剛一端此子骨相，及那一雙怨毒眼神，心中悚然一驚！暗忖，這好的一副學武資質，盟兄怎的一式不教？但他這樣弱小心靈之中，就滿種仇毒，如果自己心目之中想往投奔的蓋世奇人肯予收錄，十年以後，綠林之中，恐怕要遭受一場無邊浩劫。

一試自己，已可行動，遂起身輕撫呂崇文頭髮道：「乖侄兒！懂得不傷心亂哭就好，叔叔馬上帶你就走！」轉面對呂誠道：「快與你小主人收拾行裝，並到你主人、主母墓前一祭，我要立刻啓程。」

呂誠恭身答道：「老奴知道二爺脾氣，小主人行囊及二爺寶馬均早已備好，香燭也是現成！」

慕容剛熱視呂誠，點頭嘆道：「常言云：義僕勝良友，果然不謬！我盟兄有你這樣一位忠心耿耿之人，九泉之下也應減憾！他年你小主人雪恨歸來，我命他以父事你！」

嚇得呂誠連稱「罪過」，慕容剛攜同呂崇文，走到呂懷民夫婦墓前，他此時倒也點淚全無，上香禱祝以後，回頭看見自己的「烏雲蓋雪」寶馬，鞍轡俱已備妥，淒然一笑，抽下鞍上所掛琴囊，嘆道：「知音已逝，琴韻誰賞？大哥你在九泉之下，候我十年。」

向墓前一舉，把具瑤琴摔成粉碎，回頭抱起呂崇文，跳上馬背，朝呂誠微一揮手，絲韁領處，寶馬聳耳長嘶，四蹄如飛，剎那之間，不見蹤影！

三 佛法無緣

話說「鐵膽書生」慕容剛，爲盟兄「梅花劍」呂懷民五旬壽誕，遠自關外，萬里稱觴，不想卻趕上了一場慘絕人寰的兇狠仇殺！

「千毒人魔」西門豹與四靈寨玄龜堂香主「單掌開碑」胡震武同日尋仇，不但盟兄、嫂雙雙被難，自己更中途中計，八拜盟兄竟等於自己所親手毒死！最後還是虧了個老僕呂誠，義捨孫兒，總算是救下了盟兄獨子！

他內咎已極，立誓忍死十年，要爲侄兒崇文覓得名師，習成絕藝報仇之後，再在盟兄墓前，伏劍謝罪！

常年行俠於關外白山黑水之間，慕容剛一身內家功力，甚少敵手。但此次與「單掌開碑」胡震武三拚掌力，憬然悟出胡震武不過是玄龜堂中，十二家香主之一，即有如此功力，則所謂龜龍麟鳳之四靈寨首腦人物，遠非自己這等武功之人，可以抵禦；不但要爲呂崇文尋得名師，連自己也要在他學藝期間，從頭痛下苦功，才能擔當他年相助呂崇文報仇的重任！

想來想去，除卻「宇內三奇」之外，再無其他適當之人，但三奇之中，妙法神尼遠居南海，靜寧真人不知住在天山何處，且均陌不相識。唯有北嶽恆山的無憂頭陀，卻是自己師伯。

先師在世之日，曾帶自己往謁，但無憂師伯神色冷淡，不苟言笑，在恆山住了三日，就聽他對師父說了一句：

「你這徒弟，太嫌暴燥性剛，不好好受些挫折，難成大器！」離山之後，師父解釋師伯為人外冷內熱，不可生怨，遇有極難之事，來求他時，必有莫大助力！

師父不久謝世，自己馳譽武林，一帆風順，恆山從未來過，今日身負護孤之重任，無路可走，只得求他，不知可肯看在先師之面，將呂崇文予以收錄？寶馬神駿，慕容剛又是兼程疾駛，由甘經陝入晉，恆山業已在望。

無憂頭陀所居的紫芝峰，是在後山深處，馬匹無法行走，好在寶馬通靈，慕容剛遂在一片樹林之內，替馬卸去鞍轡，任牠自由活動。

此時山路已頗崎嶇，慕容剛知道從此處到紫芝峰，還須經過幾處極險之地，呂崇文一點武功不會，索性把他揹在背上。

這呂崇文簡直乖得出奇，一路之上，處處隨人，也不提起一句父母之事，但那一雙大眼，光芒銳利，隱蘊殺機，卻幾乎能令慕容剛不敢逼視！

越過兩處險峻峰巒，走到一處，一邊是峭壁百仞，一邊是絕壑千尋，上面滿布苔蘚，一片蒼翠，肥潤欲滴，霧氣滃鬱，望不見底！陽光全被峭壁擋住，暗影沉沉，陰林幽晦！但頭上偏又碧空澄霽，白雲卷舒，清風不寒，沾衣欲濕，襯著那蒼崖翠壑，怪石奇松，形勢幽奇，確是人間勝境！

慕容剛認出地形，對壑危峰，便是師伯所居，但分明記得有一獨木長橋，此刻卻已不見。端詳這片絕壑，寬處約有二十丈左右，相距最狹之處，也有五、六丈遠！像這樣距離，在自己神完氣足之時，奮盡全力，對岸地勢又較此略低，或可縱過，但目前是重傷甫癒，即行千里疾馳，胸頭已在隱隱作痛，何況背上又復多負一人，卻便怎處？萬般無奈，順壑前行，忽然看見一株古松，蜿蜒如天橋，自壁邊伸向壑中，約有丈許遠近。恰到好處，壑又不寬，慕容剛頓起希望，量力尚可一試！遂囑咐崇文，抱緊自己，強提一口真氣，躍上古松，走到梢頭，借那樹梢往上抖顫之力，斜向前方竄出，然後掉頭撲下！說也真險！慕容剛落足對岸，只離壑邊不足半尺，稍差分毫，叔侄二人，一齊粉身碎骨！

慕容剛恐怕崇文嚇壞，方一回頭，崇文已在背後說道，「慕容叔叔，文兒不怕！」

慕容剛一聲長嘆，暗想這樣一個聰明乖巧之子，可憐已成孤兒，但願無憂師伯能慨允收徒，把他造成一朵武林奇葩，使盟兄夫婦的血海深仇能得雪卻！

那無憂頭陀所居，原來並不是什麼叢林古刹，只是幾間茅屋，建築在一條飛瀑之側，前後左三方，都是數不清的蒼松翠竹。松濤竹韻，加上清籟湯湯，一片天機，確足令人塵俗全蠲，消除不少爭強鬥勝之念！

茅屋的兩扇柴扉，關得鐵緊，門上刻著一副對聯道：

入此方成真自在，
出門便墮大輪迴！

慕容剛看完，心便冷了一半，但已千辛萬苦至此，只得放下呂崇文，緩步上前，輕輕叩扉。

過有半晌，柴扉呀然開啓，應門的是一個四十上下的中年清癯僧人，慕容剛以前隨師來此，見過一面，急忙恭身施禮說道：

「澄空師兄，煩勞通稟師伯，就說是他老人家俗家師侄慕容剛求見！」

澄空合十答禮，側身讓路說道：「師弟不是外人，且請進內，師父入定方回，正好隨我往見。」

慕容剛存誠於心，表體於外，率同呂崇文肅容入室。雖然只是茅屋數間，但收拾得纖塵不染，琅笈雲書，梵文慧典，爐中嫋霧，鉢內生蓮，那一種說不出來的清淨莊嚴，令人自生穆然之感！

中室禪床的蒲團之上，端坐著一個披髮頭陀，低眉合目，寶相外宣。慕容剛不敢驚動，

一拉呂崇文，雙雙跪在禪床之前。

跪有片刻，頭陀眼皮微睜，慕容剛叩頭拜倒道：「弟子慕容剛參見師伯。」

無憂頭陀擺手命起，目光一瞬呂崇文問道：「此子何人？你帶他遠上恆山作甚？」

慕容剛觸動情懷，淚流滿面，把自己入關萬里，爲盟兄拜壽，及呂懷民夫婦慘遭不幸等情，詳述一遍，復行膝地泥首，苦求師伯收此孤兒，傳以絕藝，俾他日得雪血海冤仇，自己才好減卻幾分罪孽！

無憂頭陀一語不發，靜靜聽完，雙目再開，仔細端詳呂崇文，搖頭說道：「佛家轉愛成無緣慈悲，轉識成大圓鏡智，欲以大慈願力，安樂眾生！焉能妄加傳授武功，使這江湖尋仇之舉，冤冤相報，循環不已！何況方才我以慧眼觀察，此子根骨雖佳，但一身殺孽太重，與我佛門絕對無緣，你雖爲友情熱，此來卻是徒勞跋涉的了！」

呂崇文隨慕容剛跪在地上，他武藝毫未經爹爹教授，但文事方面，卻從四歲就開始讀書，穎悟過人，現雖八歲幼童，確已懂事不少！聽出無憂頭陀不肯收錄之意，膝行而前，扯動榻上無憂頭陀衣角，仰面哀聲求道：

「師父若傳文兒本領，除了我那兩個仇人以外，其他決定一人不殺，師父你可憐可憐文兒爹娘死得太慘，我娘連頭都沒有了！」

稚子直言，傷心酸鼻！

慕容剛叩頭崩角，兩淚如傾，也隨同呂崇文哀聲求道：

「胡震武之弟胡雄，邪淫殺掠，爲害世人甚眾，弟子盟兄呂懷民斬者無罪！『千毒人魔』西門豹，更是窮凶極惡，僅削一耳，似尚不足爲儆！但一個以陰謀詭計，暗加毒害，一個仗四靈寨之勢，率眾尋仇，害得好好的一個俠士仁人，不但身遭慘死，並且株連妻室家人，齊做刀頭之鬼，於情難忍，於法難容！佛家雖戒妄殺，但武林之中，正義不能不持，子報親仇，當在『妄殺』之外，還請師伯慈悲則個！」

無憂頭陀面泛微笑，伸手輕撫跪在禪床之前呂崇文的頭頂，說道：

「小娃娃不必傷心，萬事皆有定數！你如此根骨，任何武林名家，見了都愛，但我佛家最重『緣』之一字，俗語云：『藥醫不死病，佛度有緣人！』你我無緣，強求何益？惟既然相見，總有前因，我贈你萬妙靈丹一粒，此丹係我以四十九年心力，採集四十九種罕見名貴藥物，一共煉成七粒，無論何種內傷奇毒，不但著手回春，並還增長本身功力，足以脫你一次大難，千萬不可浪費！此外另有一言相贈，你在他年學成絕藝，仗劍誅仇之際，務望切記今日對老衲所說之言，善體好生之德，必然大有裨益！」

說完，遞給呂崇文一粒外以朱紅蠟丸封固的龍眼般大靈丹，含笑命二人起立，並對慕容剛說道：「你前次隨你先師來此，我就說你秉性過傲過剛，不受重大挫折磨練，難成大器！此次一腔熱望，到此成冰，心中定仍不服！但緣法二字，不可勉強，呂崇文非我佛門中人，他自另有去處。北天山冷梅峪靜寧真人，道家玄功，較我更高，可往一試！你面上氣色，內傷未癒，遠上天山，恐難耐奔波之苦，我另贈你一粒元丹，雖然略遜崇文所得，但也對你真元大加補益。服後便由你澄空師兄送你們過壑去吧。」

「鐵膽書生」慕容剛，確如無憂頭陀之言，剛傲無比，自己崩角見血，好話說盡，但師伯依然冷酷無情，本想一怒而起，帶著呂崇文拂袖而去！

又見無憂頭陀慨贈呂崇文一粒萬妙靈丹，知道此丹師伯珍逾性命，捨得送人，也算異數！心中氣雖略平，但仍忍耐不住，聽師伯已下逐客之令，遂冷然答道：

「弟子半生恩怨，泰半因人，氣味只一相投，瀝膽披肝，心所甘願！師伯不肯收容此子，只得他投，是否遠上天山，刻尚未定。賤軀自能支持，師伯厚賜，萬不敢領！但斗膽啓問一聲，師伯位列宇內三奇，武功蓋代，卻獨處深山，不問世事，任憑江湖之間，魑魅橫行，善良遭禍！方才又說佛家旨趣，在以大慈願力，安樂眾生，弟子愚蒙，省不得既然遠絕眾生，卻又怎能使其安樂。師伯可肯賜教？」

無憂頭陀毫不為忤，含笑看他一眼，閉目不答。

慕容剛還要再說，澄空在後將他拉出室外，斟了兩杯香茗遞過，好言慰道：

「師弟不必煩惱，恩師令你往求靜寧真人，必有深意！那萬妙靈丹，我自幼隨侍恩師，還是見他老人家第一次送人，緣分可算不淺！好在僧道尼三奇並秀，師弟到達天山之時，說明係奉恩師所介，靜寧真人必然推情收錄無疑！他那道家罡氣，『乾坤八掌』及『太乙奇門劍法』，冠絕武林，並較我禪門功力容易速成。且靜寧道長尚無傳人，這位小友，良璞未鑿，英華內蘊，根骨絕佳，此去一蒙靜寧道長垂愛，大成可卜！師弟光風霽月，肝膽照人，澄空極爲欽佩，他年有事之時，我必稟明恩師，助你一臂之力！香茗飲罷，我便送你們過壑去吧。」

慕容剛知道這位澄空師兄，自幼追隨無憂師伯，一身功力，江湖之中已少敵手！見他自動出言，他年願加助力，急忙謝過，端起香茗飲盡，彷彿覺得茶葉極好。香留舌上，心神爲之一爽，也未深思，遂攜同呂崇文起立告辭，澄空隨後相送。

走到壑邊，這回與來時恰巧相反，對岸地勢較高，要想縱過越發艱難，澄空向慕容剛笑道：「師弟請自過壑，這位小友，由我送吧。」

話音方落，一大一小兩人，未見任何作勢，已自飄然而起，斜向對岸凌空飛渡！

慕容剛雖然歇息已久，仍恐自己內傷尚未盡癒，下腰伏身，盡力提氣飛縱！

哪知本身真力不但復元，並已增長，一下竟然縱過了頭，幾乎撞向峭壁，急忙一打千斤墜，身形落地，心中也自恍然，暗嘆這位師兄，真是古道熱腸，那杯香茗之內，定然又暗中放下了什麼靈丹妙藥！肅容走過，向澄空一躬到地，說道：

「師兄雲情高誼，慕容剛矢志不忘，請從此別！」

澄空在茶內所放，就是無憂頭陀賜給慕容剛的那丸固元丹，見他只謝自己，不提恩師，知他猶有餘憤！不覺暗笑這位師弟，性格果真狂傲過人，又從袖內摸出一顆黑色木丸，遞給慕容剛：

「師弟休要誤會，須知『菩提原由煩惱轉，佛家普渡世間人！』，恩師深意，他日定然自覺！這粒木丸，是我一位好友信物，在這晉陝中原一帶，任何人也要忌憚三分，萬一途中有事，示以此丸，當可立解！一入甘新以後，四靈寨鞭長莫及，便可直上天山，再無阻礙，師弟好自珍重，澄空不遠送了！」

慕容剛對這位師兄倒真投緣，見他情意拳拳，遂也不再客氣，接過收下，灑淚而別。到得前山林內，找回烏雲蓋雪寶馬，及所藏放的鞍轡等物，上得馬背，馳下恆山之後，慕容剛勒馬緩行，心頭一片零亂！

本想無憂頭陀是自己師伯，所求總好商量，哪知如此堅拒！依了自己脾氣，真不願去投那師伯所說的天山冷梅峪靜寧真人，但默計天下武林名家，除了這僧道尼三奇之外，似無特別出奇的驚人藝業，足以蓋過四靈寨內諸寇！

慕容剛心口相商，矛盾已極！忽然想起新疆、甘肅交界的星星峽之處，有自己一位父執「金沙掌」狄雲在彼隱居。這狄雲一身軟硬輕功，尤其所練金沙掌力，碎石如粉，人稱新疆大俠，武功似乎並不比宇內三奇弱了多少。不過多年不見，他是否還在星星峽隱居，卻說不

定。但反正順路，何不就帶呂崇文前去，若狄雲不在，或不允收納之時，再上天山，也不誤事！

主意一定，心神立爽，胯下龍駒也善體主人之意，由慢而快，四蹄揚處，絕塵飛馳！

一路無事，但進入呂梁山區後，慕容剛就覺得有些扎眼人物，在暗中注意自己。他一來藝高膽大，二來也想不出自己在此處有何仇家，遂仍不以爲意。

但他哪知「單掌開碑」胡震武身帶內傷，回轉王屋山四靈寨總壇以後，越想越覺把事做錯了，「梅花劍」呂懷民雖然一家盡滅，但這「鐵膽書生」慕容剛，他日卻必爲莫大隱患！

龜龍麟鳳四靈，平日嚴戒寨內各人，不准與宇內三奇有關之人結怨，胡震武不敢明言，暗中盤算慕容剛可能要往恆山，搬請「無憂頭陀」出面。遂趕緊秘密調派自己心腹死黨，往那由甘赴晉的必經之路上暗設樁卡，或生或死，務必把這「鐵膽書生」慕容剛留下。

慕容剛的烏雲蓋雪，是關外有名的千里神駒，在胡震武尚未佈置妥當以前，人馬業已先過，但如今歸途之上，卻恰好遇著四靈寨埋伏之人，雖然覺得此人貌相裝束與胡香主所說無差，但所行方向，卻恰恰相反，馬上又多一小童，就這略爲遲疑未決。

慕容剛馬疾如風，業已衝過兩處樁卡。眼看呂梁山區即將走盡，突然路畔森林之中，響起一片馬蹄雜遝之聲，十餘騎駿馬衝林而出，當先兩名大漢，餘人在身後一字排開，攔住去

路。

慕容剛在十餘丈外，微勒韁繩，那匹千里龍駒立時緩行，到達相距丈許遠近之處，倏然止步。

攔路的兩名為首大漢，年齡均在四十左右，右邊一個手持一對狼牙鐵棒，左邊一個空著雙手，馬鞍之上，卻掛著一對護手雙鉤。見慕容剛臨切近，用鉤大漢在馬上抱拳問道：

「來人可是鐵膽書生長白狂客？」

慕容剛先前以為這十餘大漢是普通劫路之徒，現聽對方一口叫出自己外號，心知有異，估量敵我情勢，呂崇文累贅在身，不宜戀戰，遂用左手摟緊呂崇文，朗聲答道：

「在下正是慕容剛，二位當家的怎麼稱呼，攔道何事？」

用鉤大漢笑道：「呂梁雙雄孟彪、孟虎，奉我四靈寨玄龜堂『單掌開碑』胡香主之命，請慕容壯士總壇朝香！」

慕容剛昂首嘿然冷笑，沉著臉問那大漢道：「這位『單掌開碑』胡香主，倒真看得起在下，但賢昆仲要我到貴總壇朝香，所憑何物？」

孟彪正待答言，那孟虎已自不耐，把手中狼牙棒一舉，暴聲喝道：「窮酸休要嘮嘮叨叨，憑的是我大哥鞍上金鉤和我掌中鐵棒！難道還請不動你？」

慕容剛縱聲發笑，宛如鳳鳴龍吟，笑聲之中，韁繩一領，雙膝用力，烏雲蓋雪寶馬人立

長嘶，二人一馬，凌空而起，竟從眾賊頭上飛躍而過！

慕容剛天生嫉惡，因憤那孟虎出語輕狂傲慢，人在空中，猛甩右掌，一股勁疾罡風，向孟虎當胸撞到，把個驕縱強徒，打得口噴鮮血跌下馬來，屍橫就地！

群賊登時一陣大亂，慕容剛寶馬落地，四蹄翻飛，快如掣電飄雲，轉瞬之間，只剩下天邊一點黑影！

若依著慕容剛平時習性，這些攔路賊子，早已殺得一個不留！但此時千鈞重任在身，無法戀戰，雖已親手擊斃一名為首之賊，心中怒氣猶似未平！暗暗切齒痛恨那「單掌開碑」胡震武，過分陰狠毒辣，趕盡殺絕，等自己為呂崇文覓得安身習藝之地，並以三、五載日夜苦功，把師門絕藝一一練成，然後攬轡中原，非把這四靈寨攪他個天翻地覆不可！

念頭未畢，身後遠遠響起一陣急遽鑾鈴及幾聲馬嘶，慕容剛入耳心驚，暗想自己這匹烏雲蓋雪寶馬，乃是關外良駒之內，千一之選！此時馬行不慢，後面怎會有騎追至？好勝之念一起，襠中加勁，寶馬奮鬣長嘶，跑得頭尾俱成一線，兩畔樹木如飛倒退，但那身後鈴聲馬嘶，兀自隱隱傳來仍未甩脫！

四 情牽邊陲

慕容剛方在不服，突然瞥見前途當道站著一道一僧，知道可能又遇伏樁，只得緊勒絲韁，停蹄住馬！

僧道二人，均是空著雙手，神色安詳，道人單掌胸前，稽首問道：

「馬上來人，可是鐵膽書生慕容施主？」

慕容剛一眼便已看出，這一僧一道均非泛泛之流，比先前所遇呂梁雙雄孟氏兄弟，高出甚多！前有阻擋，後有追兵，自己本領再高，這樣一站站的，打到何時是了？眉頭一皺，想起澄空師兄臨行所贈木丸，遂自懷中取出，果然僧道一見，臉上顏色立變！

慕容剛正待開言，先前所聞鈴聲，就這一緩氣的工夫，業已由遠而近。來路之上，先隱隱現出一點白影，剎那間，便如風飄雪般地捲到面前，原來是一匹純白色的長鬃高頭大馬，馬上坐著一個身著銀緞緊身勁裝和同色披風，二十二、三歲的絕色女子！

那白馬神駿異常，一路疾馳，到了眾人面前，才倏地一聲驕嘶，收勢人立，然後站定。馬上女子的騎術，也確實高明，嬌軀宛如釘在馬背上一樣，任憑那馬在這樣急遽之下停蹄收勢，一掀一落，依然如常，連動都不動！

慕容剛久闖關外，性愛良馬，見對方一人一騎，委實不凡，不由得脫口讚道：「好精的騎術！好一匹玉獅子馬！」

那馬上女子打量了慕容剛這二人一馬幾眼，見對方氣概凌雲，神采奕奕，也微笑問道：

「馬上朋友，貴姓高名？來路之上，出手傷我寨中弟子的，就是你麼？」

慕容剛這才抬頭打量馬上女子，見她不但一身白衣，連頭上束髮絲巾和足下的牛皮劍靴，也是一律白色。裝束白，馬白，人更白，寶髻堆雲，柔肌勝雪，腰如約素，眼若橫波，配上那貝齒朱唇，瓊瑤玉鼻，美，雖美得出奇，但不帶一點妖，不帶一點媚，簡直賽過一朵出水白蓮，高貴清華，無與倫比！

尤其白衣女子馬在上風，一股非脂非粉的淡淡幽香，送入鼻觀，連這素來不好女色，肝腸似鐵的鐵膽書生，也覺得此女著實可人！不禁暗暗驚詫四靈寨中，居然竟有這等人物！而且聽她口氣，在四靈寨中地位竟還不小！

印象一好，慕容剛的狂傲之氣，也自然地減去一半以上，滿面含笑，抱拳答道：

「在下慕容剛，攜帶這位世侄，遠上北嶽恆山，參謁我無憂師伯！歸途路過呂梁山區，貴寨弟子多人攔路邀劫，強迫在下到貴寨王屋山總壇朝香，在下身有急事，無法應命，爭鬥之間，誤有失手！姑娘既然趕來查問，在下斗膽請教，貴寨弟子沿途設樁，邀劫我慕容剛爲何事？」

白衣女子係在慕容剛來路，巧遇呂梁雙雄，受孟彪哭請爲乃弟報仇，才追來此地。對因何邀劫，一樣茫無所知，現吃慕容剛問住，玉頰之上，不由微泛紅霞，扭頭向路邊站立的一僧一道發話問道：「你們沿路設樁，係奉何堂旗令？」

那一僧一道對這白衣女子竟也異常恭敬，一齊俯首恭身，由道人答道：「此事係玄龜堂『單掌開碑』胡香主，以私人情面相托，並未奉有任何一堂的四靈旗令。適才慕容施主取出鐵木大師信物，小道等業已不敢相攔！」

白衣女子「哼」的一聲冷笑說道：「胡震武此事，分明於心有愧，才不敢請傳旗令，只以私人情面相托，他倚仗玄龜令主寵愛，如此胡行，著實可惡！怪不得我此次巡查各地，武林朋友之中，對四靈寨三字，表面尚爲恭敬，但神色之間，卻多含畏懼鄙惡之狀！這類風氣，我回寨之後，非大加整頓不可！慕容朋友既然身有鐵木大師信物，又是恆山無憂老前輩師侄，怎可再對人家留難無禮，你們可知胡震武在前途還設有幾處樁卡？」

道人恭身答道：「伏樁詳數不知，但聞說係自呂梁山區爲主，一直設到陝西邊界。」

白衣女子秀眉微剔，轉面向慕容剛含笑說道：「慕容兄行俠關外，久仰盛名！四靈寨中不肖之徒，未奉旗令，私行嘯聚寨眾，圖加冒犯，實屬可惡！俟我回寨之後，當請玄龜令主予以懲戒！慕容兄既有急事在身，不宜多受阻撓，我送你到晉陝邊區，權當爲四靈寨馭下不嚴謝罪！」

慕容剛暗暗欽佩這位巾幗英豪的正直磊落，也自慨然答道：「慕容剛但願貴寨之中，多出幾位像姑娘這等的光明人物，恭敬不如從命，姑娘先請。」

白衣女子聽出話中有話，韁繩一勒，與慕容剛並轡同行，微側嬌靨問道：「聽慕容兄之

言，頗對本寨不滿，那胡震武與兄結怨之因，敢請見告。」

江湖兒女，多半脫俗不拘細節，一黑一白兩匹千里神駒，並轡同行，距離甚近。那白衣女子身上那種淡淡幽馨，薰得這位鐵膽書生雖不致便涉遐想，但也心神栩栩！

突然聽她問起結仇之事，慌忙肅容正色，把呂、胡兩氏恩仇詳述一遍，講到傷心之處，不但逗得那從未哭過的呂崇文抽噎連連，慕容剛的胸前青衫之上，也滾落了兩行英雄珠淚！

白衣女子也不禁喟然興嗟，眼角一瞟慕容剛，似對他這種為友情懷，異常敬佩！但她一瞟，恰巧與慕容剛的帶淚眼光相對，慕容剛心頭一跳。

白衣女子卻頰泛飛紅，也自正容說道：

「英雄有淚不輕彈，只因未到傷心處！慕容兄頃間所談遭遇，確足使人一掬同情之淚！江湖正義，不能不張，我絕不袒護我寨中之人，但願你早日使此孤兒學成絕藝，得了心願！不過據我推測，胡震武皋蘭尋仇，可能與這沿途設樁邀劫一樣，乃是私人舉措。故擬建議慕容兄他年與呂小俠仗劍重蒞中原之際，似可單尋那『千毒人魔』西門豹與『單掌開碑』胡震武二人了斷恩仇，不必牽涉太廣。」

慕容剛劍眉軒動，揚聲答道：「姑娘金玉良言，慕容剛永銘肺腑！俗語云：『冤有頭，債有主！』他年了斷恩仇之時，只要旁人不來橫加干預，慕容剛也絕不會狂妄無知！否則，縱然四靈寨中設有刀山劍樹，無殊虎穴龍潭！慕容剛拚著骨肉成灰，肝腦塗地，也不能對不

起我九泉之下亡友！」

白衣女子見他氣概軒昂，發話不亢不卑，極有分寸，芳心之中，兀自可可，黑白雙騎並轡而行，所有伏樁，果然一處不現。

人好色，乃理之常情，慕容剛對鞍旁這位絕代佳人，哪得不生愛好之念？不過盟兄深仇待報，對方恰好又是四靈寨中人物，自已並已立誓，雪仇之後，要在盟兄墓前伏劍謝罪！所以只得矯情自制，明明覺得隔鞍秋波頻送，情意潛通，依然正襟危坐，不加理會。

哪知男女之間，微妙已極，他越是這般莊重，白衣女子卻愈發覺得他英姿俠骨，迥異凡流，芳心之中，不由更加深深地嵌進了鐵膽書生的颯爽俊影！

馬上人靈犀暗渡，兩匹龍駒卻也極爲投緣，馳驟之間，常相嘶鳴顧盼，互相應答。

呂崇文終有童心，在鐵膽書生懷中，仰頭說道：「慕容叔叔！你看你的黑馬，和那位姑姑的白馬，多麼親熱！」

一句話說得白衣女子耳根一熱，此時不但呂梁山區已經走完，並在不知不覺之中，業已過了晉、陝邊界。

白衣女子勒馬停蹄，向慕容剛黯然說道：「慕容兄！送君千里，終須一別，此地已入陝西境內，再無伏樁，恕我不遠送了！」

慕容剛不知怎的，也覺得黯然神傷，面帶悽惶之色，無可奈何地互相揮手而別！

慕容剛心內茫然，行未數里，身後突然又響鑾鈴，他回頭望處，一片白影，重又如飛捲到。白衣女子馬上揚聲叫道：「慕容兄！我尚有一事忘懷，請亮你的肩頭長劍！」

話完馬住，白衣女子探手腰間，撤下一柄寬如柳葉，長約四尺，而又柔若靈蛇的奇形長劍。

慕容剛雖然久闖江湖，真還不知她手中那柄又仄、又長、又軟的奇形寶劍來歷，更猜不出對方要自己亮劍之意，一下倒自怔住。

白衣女子見他這般神色，不由微笑說道：「慕容兄不必多疑，我是想借劍試試你的內家功力！」說罷玉手一抬，奇形軟劍立即堅挺，斜指空中。

慕容剛知她此舉必有心意，何況自己雖已看出此女不凡，也真想試試她既能叱吒群雄，到底有多大能耐？遂自肩頭撤下長劍，照樣斜舉胸前，兩劍相交，各自將本身真力，運往劍身之上。

半晌過後，慕容剛臉紅收劍，白衣女子正色說道：

「我們今日就算雙劍定交，慕容兄請恕小妹直言，憑你目前功力，倘能心無旁騖，再下五年苦功，頂多勉強能敵『麟』、『龍』，絕鬥不過『玄龜羽士』！先前勸你之言，亦即爲此。不過我猜你西行之意，當在北天山靜寧真人，若能得這位老前輩垂青，自然又當別論！小妹現贈你玉珮一方，不管怎樣，你們叔侄二人，重到中原訪尋胡震武之前，務望先來王屋

山四靈寨總壇，尋找這玉珮主人，小妹總可略效棉薄，有以助益！」

話完，自襟上摘下一方玉珮，擲向慕容剛，眼圈微紅，但剎那間便恢復了滿面英風，一聲「前途珍重！」復馬回頭，疾馳而去！

鐵膽書生為這白衣女子的驚人功力所懾，感人情意所醉！癡癡地直望到天盡頭處，白影消失，才低頭審視玉珮。

那方玉珮，是一塊長方形漢玉，純白無瑕，當中精工雕出一隻彩鳳，玲瓏剔透，栩栩欲活！

慕容剛驀然心驚，人家情意拳拳，伴送這遠，並還贈珮留念，自己卻連她姓名均未一問。但由她那身高出自己不少的絕世武功，言語中無意流露的身分權力，以及這塊玉珮上所刻的玲瓏彩鳳，各點看來，難道自己所遇的這白馬白衣美女，就是那「四靈」之中的「天香玉鳳」不成？

想到此時，鼻觀之中，頓生幻覺，好像白衣女子身上的那種淡淡幽香，又在薰人欲醉！但掌中玉珮雖然猶有餘溫，伊人芳蹤卻已早杳！

鐵膽書生從迷惘之中漸漸返回現實，望了懷中的呂崇文一眼，復仇怒火蓋過了似水柔情，一聲引吭長嘯，舒卻心底煩愁，策馬狂馳，西奔大漠！

鐵膽書生橫穿陝西，由甘肅出玉門關，直上西北，一路秦城漢壘，曉角寒沙，說不盡的邊塞景色！

這日馬到星星峽，問起「金沙掌」狄雲，幾乎無人不曉，遂攜同呂崇文登門投帖拜謁！

「金沙掌」狄雲對這位故人之子，特別器重，知他長年在關外行俠，忽然萬里遠來相訪，必有重大事故，遂親自迎入密室。

慕容剛說明來意，「金沙掌」狄雲拈髭沉吟半晌說道：

「我與令先尊交好甚厚，老賢侄不是外人，彼此均可直言無隱。我雖足跡少到中原，但這四靈寨，卻常聽幾位老友說起，龜龍麟鳳四靈之中，以『天香玉鳳』人最正直，『毒心玉麟』人最凶狡，功力則以『玄龜羽士』為群倫之首！這四人武藝之高，難於捉摸，而手下奇材異能之輩，更是難以數計！我這一手金沙掌力，本來無足吝惜，賢侄率此子遠道相求，理應即行傳授。

「但我細察此子根骨之厚，為武林罕見奇材，在我手中，未免糟蹋！何況，即把我這一身功夫全部學去，加上青勝冰寒，恐怕也未必定是人家四靈對手！所以再三思維，賢侄仍以遵從令師伯無憂上人指示，往北天山靜寧真人之處，為此子苦求為當。只要能把靜寧真人的道家罡氣、乾坤八掌和太乙奇門劍法，學上幾成，就比我這些粗淺功夫，不知強到哪裏去了！」

慕容剛自與那白衣女子借劍互較內力之後，覺得人家不但是女流之輩，所用又是一支軟劍，卻在片刻之間，就能逼使自己知難而退，看來手下並已留情，未出全力！可見江湖傳言非虛，自己這點功夫，在人家眼內，真如爝火螢光，不值一顧，再若負氣逞強，盟兄深仇，恐將永無報復之日！

「金沙掌」狄雲見慕容剛如此神色，知他心裏難過，遂好言慰道：「賢侄但放寬心，此事我必不置身事外，靜寧真人曾有數面之緣，賢侄在此略微休息風塵勞頓，老朽陪你一同去趟天山，他年復仇之時，若有能效棉薄之處，必爲盡力就是。」

慕容剛見這位世伯，肝膽義氣過人，不由感激涕零，連連道謝。

在星星峽逗留五日，「金沙掌」狄雲一面殷勤招待，一面把馬匹、水囊等物，準備周全。他那匹通身赤紅，名叫火騮駒，也是蒙古名馬，腳程不在慕容剛的黑馬烏雲蓋雪之下。

第六日清晨，三人出發，呂崇文與慕容剛同乘一騎，一紅一黑，兩騎駿馬，在那漫天風砂，匝地黃雲之中，昂首馳奔，絕塵飛駛！

一過吐魯蕃，天山便分南北兩路，三人馬頭向北，對沿途景色毫不眷顧，到得迪化不遠之處，「金沙掌」狄雲向慕容剛懷中的呂崇文笑道：

「呂哥兒，我們一過迪化，便當換馬步行，明日便可見到靜寧真人。憑你慕容叔叔的師伯無憂上人關係，和我這點薄面，總可如願以償。你根骨不錯，又身負血海深仇，從此便須

專心一致，好好用功，不可辜負你慕容叔叔的一番心意了！」

呂崇文回頭望望慕容剛，一對大眼之中，滿含感激之色，唯唯稱是。

狄雲號稱「新疆大俠」，頗受疆人愛戴，熟人極多！過得迪化，便將馬匹寄存友人之處，三人同向北天山深處進發。

五 天山論劍

且說在北天山的兩座參天高峰當中的一條幽谷，蒼崖翠壁的薜蘿垂拂之間，有一寬敞古洞，洞外一株綠蕚老梅，和一株虬結拏屈的古松覆蓋之下，正有一位清癯全真，與一位鬚眉奇古的披髮頭陀，以黑白雙丸當枰對弈。

道人手拈白子，俯察全盤局勢，見黑棋原來的幾顆散子，現已互相呼應，氾濫成勢，沉吟頗久，抬頭向對坐的披髮頭陀笑道：「當初我一著之差，養癰貽患，如今除卻生死劫爭之外，似無互為善罷之法了。」

說罷果然落子成劫，頭陀哈哈笑道：

「道兄野鶴孤雲，清虛寧靜，居然也動殺機！棋局如此，世局亦復如此，劫數將臨，任何人無法避免！當初泰山絕頂，你劍下施仁，放走天南雙怪。誰道他們竟然遠竄絕島，巧得奇書，不但練成一身絕藝，並還教出來什麼玄龜羽士、毒心玉麟，創設了個四靈寨，攪得武林之中，善良遭禍，魑魅橫行，追源溯本，你既然種因於前，必須結果於後，這一局殘棋的收拾之責，不能旁貸！何況你那一身蓋代武學，也不能沒有傳人，我向你推薦的那塊渾金璞玉，確屬美質良材，就看你這位武林大匠，如何地加以精心雕鑿了！」

道人目注頭陀，微笑說道：

「天南雙怪武功確實不俗！當初泰山大會，惡鬥一日夜間，我僅在青竹九九椿之上，勝了他們一劍，並非有意放走。一別三十年，雙怪處心積慮，誓雪前恥！到目前為止，雙怪本

人，仍在海外苦練，僅打發門下弟子二人，就在江湖之中闖下偌大聲望！豈可加以忽視？我們虛名在外，未操十分勝算之前，不能妄動，此心此理，彼此料會相同！

「北天山冷梅峪內，我固在朝夕精研，你這假學虛無的頭陀，想也未曾閒度歲月！那呂姓孤兒經你這樣一說，資質定好，我收他不難，但既要造就，就應該造出一朵冠絕天下的武林奇葩，否則不必！因此三年以後，我想留你在天山小住五年，以你禪宗『天龍掌法』、『卍字多羅劍』，和我的『乾坤八掌』及『太乙奇門劍法』揉合相傳，才能使他以八年苦功，抵得過玄龜羽士等人的數十年內家功力！四靈寨危機乍現之時，天南雙怪自會出場，那時我們再聯袂而出，和他作最後了斷。」

頭陀聞言呵呵笑道：「我真想不到這北天山的靈妙勝景，和這滿谷梅花，竟然淡不了你絲毫好勝之念！你既有此意，我也不便掃興，只是那孩子姿稟雖佳，卻一身殺孽，雖然群邪猖狂，該有此劫，但與我佛門的慈悲宗旨，仍覺有悖呢！」

道人不覺失笑道：「三十年前，江湖巨寇神邪，在你掌下喪生的，不計其數，曾有『活報應空門煞星』之稱，何時裝起這副假慈悲來？誅邪崇正，濟弱扶傾，殺得惡人，正爲莫大功德！只須力戒『妄』之一字而已……」

話猶未了，突然面對十餘丈外的一叢巨石之後，微笑說道：「北天山冷梅峪，生人不知路徑，月夜之中，絕難到此，石後來人，可是金沙掌狄大俠？隨行還有那位貴友？」

「金沙掌」狄雲與背負呂崇文的慕容剛，此時方自冷梅峪外的迴旋曲徑之中，覓路到達。相距他們對弈之處，約有十餘丈外，自己與慕容剛，均是一身極好輕功，加上山風吹拂的竹韻松濤，居然一到便被道人連名帶號指出，委實欽佩已極！

方一轉出山石，突然瞥見與道人對弈的披髮頭陀，不覺微怔，旋即縱聲笑道：

「想不到宇內三奇竟有兩位在此，狄雲緣法真算不淺！無憂大師既到，則狄雲來意，真人當已先知，毋庸再加贅述了吧？」

慕容剛見無憂師伯竟也迢迢萬里趕到天山，並還走在自己身前，才知澄空師兄所言不差，師伯先前峻拒，果然另有深意！與師伯對弈的清癯全真，想是靜寧真人，連忙放下背上的呂崇文，一同先向靜寧真人拜倒，然後禮見師伯。

靜寧真人與無憂頭陀，一齊含笑命起，靜寧真人向「金沙掌」狄雲讓座笑道：

「狄大俠熱腸古道，遠送此子來意，已由無憂大師先為告知，我已決定收錄深造此子，命他由道家吐納內功入手。練上三年，然後再約無憂大師來天山小住，共同傳授他掌法、劍術，俾可速成，大約八年之後，便足與所謂的龜龍麟鳳等四靈一較長短！狄大俠以為如何？」

狄雲、慕容剛二人，此時皆對呂崇文的這種不世奇緣，暗為忻羨！聽靜寧真人問到自己，狄雲答道：

「此子何幸，竟得兩位蓋代奇俠垂青，但望他能奮勉精進，刻苦力學，則必為武林放一異彩！狄雲德薄能鮮，無以為助，年前偶遊南疆，無意之中，救了『莎車』酋長一次大難，承他贈我雪參兩支。除已自服一支以外，尚餘一支轉贈此子，亦可為他略增先天內力！」

靜寧真人接過雪參，向呂崇文笑道：「這支雪參，足抵你三年苦學，小小年紀，所遇如此之厚，以後千萬不可起了懈怠僥倖之念！在我門下，小節不拘，大處卻絲毫不准苟且，一經犯戒，處罰極嚴，任何人講情，均無寬貸的呢！」

雖然帶笑說話，但話到快完之時，面容一整，不怒而威！呂崇文那小小年紀，也不由懍然，雙膝跪倒恭謹受教！

無憂頭陀向慕容剛笑道：「你也是極好資質，只嫌暴躁氣浮，才難得練成內家最上乘的功力！這一趟萬里西行，是我故意藉此略加磨練，其實自你一離恆山，我便始終在你馬後。那白馬白衣女子，功力不凡，據我推測，可能就是四靈之中的『天香玉鳳』嚴凝素！但她武功頗似南海一派，難道與妙法神尼有何關係？總之此女一臉正氣，對你也頗鍾情，將來必會不滿四靈寨中各種倒行逆施，甚至倒戈相向，你卻不准故意矯情，對她辜負！

「呂崇文在此先紮內功根基，你可隨我同返恆山，由我傳授增進你一身所學！三年後，再來此間，請靜寧真人略加指點，與呂崇文一齊苦練，下山之時，大約便可與那些龜龍麟鳳之流，一較長短的了！」

慕容剛先前覺得臉上訕訕的，後來聽得無憂師伯不但慨允與靜寧真人共同造就呂崇文，並還願對自己加以傳授，不由喜出望外！才知自己過去實太淺薄，這位師伯果如先師之言，外冷內熱，急忙拜謝。

無憂頭陀見諸事俱妥，起立告辭，慕容剛則因與師伯同行，不便乘馬，遂將烏雲蓋雪寶馬，託付狄雲帶回星星峽，代爲飼養。

呂崇文對這位慕容叔叔，感情極厚，見他剛把自己送到，就要分離，不由含著淚珠，依依不捨！

慕容剛也覺鼻頭微酸，熱淚欲落，勉強佯笑說道：

「文侄向來最乖！你好好跟著師父，紮好內功根基，三年之後，慕容叔叔就來陪你一同習練武功，暫時分別，不必難過！何況你狄爺爺現還不走，要在此陪你幾天呢！」

人世間事，以故意矯情最難，慕容剛性情過人，掩抑不住衷心所感，話到後來，依然聲帶哽咽，呂崇文更是兩眶眼淚，像斷線珍珠一般滾下！看得旁邊三位武林奇人均不住點頭。

無憂頭陀呵呵笑道：

「萬緣皆空，人生大夢！區區三年小別，彈指即過，呂崇文赤子之心不說，我這癡師侄怎也排遣不開？你外號『鐵膽書生長白狂客』，俠骨英風，而今安在？休得如此著相，還不快隨我走！」

「走」字才出，無憂頭陀手挽慕容剛，身形已在八、九丈外，霎時便已沒入月光夜影之中不見。

「金沙掌」狄雲在冷梅峪住了三日，也自告辭回轉自己所居星星峽。

靜寧真人等眾人走後，把狄雲所贈的那支雪參另加靈藥，煉成三粒大如龍眼的白色靈丹，叫來呂崇文，傳了內家坐功吐納口訣，正色說道：

「我生平從未收徒，此番破例收你，一半固然是無憂大師情面難卻，而你又身負血海深仇，本身資質更好！另一半也因爲近來江湖之中，邪惡之徒勢力太大，亟須加以整頓清除！而我與你無憂師伯，因輩分關係，又不值得親自出手，所以才立意要造就出一株武林奇葩，以一身藝業，鋤惡誅非，爲江湖中伸張正義！等到昔年的兩個老怪被迫露面之時，我與你無憂師伯再出手加以誅戮，以求根本上蕩滅邪氛，永除後患，所以對你身上的期望極大！

「金沙掌狄大俠所贈雪參，更是邊荒異寶，甚爲難得！經我再加妙藥，煉成三粒靈丹，賜你在這起始的三年之內，每年服食一粒，將來內家真力必然極強，對掌法、劍術方面，助益亦非凡淺！

「你爹爹功力雖非甚高，但亦內家名手，必係看出你根器至上，有望大成，所以絲毫武功皆未傳授，免得走錯路徑，枉費心力！方才所傳坐功吐納口訣，妙用無窮，此時對你解說，尚難體會，且去將這靈丹服下一粒，並照我所傳，朝夕各做上一個時辰，其他均可隨意行動，但不准走出洞前百丈範圍，過了一年，我再加傳授。」

呂崇文如言服下一粒靈丹之後，便照靜寧真人所傳，在洞內另外一間石室之中打起坐來。

他靈慧已極，天悟神聰，心中毫無渣滓！師父所傳，又極簡易，只叫他端坐蒲團之上，兩腿交叉縮成一結，左右雙腳分置膝頭，足心向上！眼觀鼻，鼻觀口，口觀心，牙關微叩，舌尖輕抵上顎，兩掌重疊皆仰，輕置丹田之下，凝神趺坐，先自口中呼出濁氣一口，再自鼻中吸入清氣，呼時稍快，吸時稍慢，並須吸盡，三呼三吸之後，始行澄心靜坐。

呂崇文起先覺得這樣每天早晚坐上兩個時辰，毫無趣味！但知慕容叔叔千辛萬苦，把自己送上天山，師父當然定是天下第一等的武林高人，所教不管難易，必有深意！依舊照樣每日靜坐，毫不懈怠！靜寧真人除了照顧他飲食之外，對他打坐情形，自傳授以後，即從未過問。

洞前峪內，除了那一年四季經常盛開的無數梅花，和數十株蒼松翠竹之外，盡是些嶙峋怪石，高的竟有兩、三丈餘，最低的也有七、八尺高下。

呂崇文早晚功課暇時，因師父終日靜坐，極少出室，不敢驚擾，一人閒得無聊，總是爬到那些老梅樹上，靜靜地去領略一些淡淡幽香，偶然看見幾朵殘花掛在枝頭，覺得足為全樹

減色，不是爬上摘掉，就是用地上碎石，非把那些殘花打落不可！

轉眼半年，這天呂崇文看見一株老梅，離地丈餘的橫枝之上又有兩朵殘花。遂仍依照慣例，先撿了一把碎石，慢慢去打。

他平日已然練得頗有準頭，可是這次卻將一把碎石統統打完，不但沒有打下殘花，反而把樹上好花打壞不少！這一來不由犯了童心，因那橫枝又細又長，距離本來頗遠，不易爬過，一時氣惱，縱起就是一手抓去！

誰知那細長橫枝，竟自應手抓落，呂崇文哪裏相信自己能跳一丈多高，怔了半天，找塊較小怪石，試學平日所見慕容剛叔叔等人縱躍身法，也是一縱便上，並還毫不費力！

這才知道，自己所服靈丹及這每日靜坐，竟有如此功效！心中一動，遂把早上那次功課，改在梅林之中怪石的頂端打坐，果然呼吸天地草木的清新之氣，精神更覺舒暢！中午飯後和晚間，卻仍在洞內石室用功。

一年過後，靜寧真人只叫他服下第二粒靈丹，並未另加傳授，呂崇文因師父春溫秋肅，不敢妄請，仍照昔日一般用功。

到達將近兩年半時，三粒靈丹業已全部服下，呂崇文那以飛石擊落殘蕊的手法，也已練習到不但每發必中，而且可以一掌碎石，滿把撒出，隨興所指，任意在同時擊落十數朵殘花

敗蕊！但往高處縱躍，則到兩丈為止，無論如何使力，均難得再高！

這日正值隆冬，掌大雪花，迎風飄舞，呂崇文晨課做畢，看見最喜歡的一株綠萼老梅之上，又有七、八朵開殘梅蕊。遂按往日習慣，撿起一塊拳大般的鵝卵石，往山壁上砸成十數小塊，往空一揚，七、八朵殘花紛紛落下，呂崇文覺得自己擲石打花，近來準確已極，有點高興。忽然聽見師父在身後洞口和聲喚道：「文兒你來！」

呂崇文垂手走過，靜寧真人含笑問道：「文兒你練習打坐，已經兩年有半，可覺得有些什麼益處麼？」

呂崇文略為沉思，恭敬答道：「弟子尚未明其中奧妙，只覺得自練習坐功以後，體健身輕，並不怕冷，師父請看這樣大雪天氣，弟子不就穿著單衣一襲麼？」

靜寧真人笑道：「有此進境，業已不易，我方才看你飛石擊花，手法甚準，可再取一塊鵝卵石來，不必向山壁之上碰撞，且照我所傳，在石上盤坐調氣，貫拄右掌，打它一下試試！」

呂崇文不知師父意旨，只得遵命坐好，慢慢把氣調勻，貫注右臂，照定那塊鵝卵石，輕輕一掌，竟然和在山壁之上碰撞一樣，應手裂成七、八小塊！

他哪裏料到就這樣的靜坐兩年多的時間，竟能舉掌碎石，正在驚喜交集之間，靜寧真人又道：「文兒不要疑詫！你且用你打落梅花殘蕊的手法，向我五官面目，用力打來！」

呂崇文一聞此言，嚇得低頭連說不敢，經不住靜寧真入一再催迫，才撿了一塊最小碎石，輕輕拋向恩師胸前！

哪知樹上的殘花敗蕊雖然可以應掌而落，但要想沾得靜寧真人一點衣角，卻是難極！眼看那塊小石發時極準，但在快到胸前之時，卻向左上方斜掠而過，呂崇文屢試不爽，稍有不服，再加上靜寧真人仍在含笑令他盡情施展，不由雙頰微紅，恭身退出五、六步去，發話招呼道：「恩師留神，弟子遵命放肆！」

他仍未敢如言去打師父面目，手揚五、六道驚風，齊向靜寧真人腹部襲到！靜寧真人不閃不避，巍立如山，碎石到得身前，均極其自然地向上下左右各方偏飛而過。

呂崇文方覺一怔，靜寧真人已自含笑說道：

「道家內功練法，重於運氣、凝神、聚神，使精、氣、神三者，結合融會無間，以神役氣，以氣使力，以力固神，循環往復，周行不息。小足以外堅內壯，固本培元，大足以和合陰陽，胚育靈胎，進參上道。

「但凡此種種，必須摒絕七情六欲，及一切貪嗔癡愛之事，返本還原，使四大皆空，三相並忘，六根清靜，苦行修持不可。事屬至難，非從打坐忘情之法入手，不克為功！因內功之主要關鍵，在於凝神、斂氣、固精三事，若能心如明鏡，一塵不染，一念不生，則其神自

凝，其氣自斂，其精自固！倘靈台之間，雜念紛投，憎愛起滅，則精氣神三者，非但不足以收斂凝固，反必敗精、散氣、耗神，莫成一事！

「我所教你靜坐之法，妙用無窮！一切武功，皆須從此奠立根柢，事先不加說明之故，係怕你一存得失之念，反易僨事！兩年多來，我時時暗中默察，你資質極佳，又加上靈藥之力，進境已不在小，不過不明分合變化及運用之妙而已。你所自練飛石，僅能擊物，不能擊人，上縱無法超過兩丈，均係僅有死力，不會活用之故，須知既稱內家，必需能夠做到運化剛柔，調和神氣，任意爲之，無往不可！

「剛非純剛，剛中有柔，柔非純柔，柔中有剛！靜止之時，澤然一氣，潛若無極。動作之時，靈活敏捷，變化莫測，才可稱爲上乘境界！自今日起，我便將分合運用，及導氣歸元、遊轉全身十二周天之法，和本門輕功七禽身法傳你，並將人身奇經八脈，三百餘處穴道，慢慢認識熟悉，我那枰上圍棋，乃天山鐵石所製，堅硬無比，就賜你做爲暗器練習，半年以後，你無憂師伯與慕容世叔來時，便可授你劍術、掌法，與各種功力了。」

呂崇文自然雀躍不已，依照師父所傳，冥心參悟。

倏爾之間，三年之約已滿，正好也是一個明月梅花之夜，靜寧真人負手閒立洞前，看呂崇文用「一鶴沖天」轉化成「饑鷹搏兔」之式，從三、四丈高處，頭上腳下，疾撲而落，在

將將及地之時，一側一偏，拳足躬身，宛如一隻大鳥一般，腳尖輕點山石，塌腰回身，右掌一揮，刷地一片銳嘯過處，奪奪連聲，三丈外的一株老梅樹主幹之上，嵌入五顆白色圍棋，排列得整整齊齊，與枝上梅花一般無二！

靜寧真人聞聲便知，那圍棋子的入木深淺，顆顆一致，距離也極爲勻稱，愛徒在這短短期間，能有如此造就，心中哪得不喜？方待嘉勉幾句，忽然長眉微展，笑聲叫道：

「文兒，你無憂師伯與慕容世叔已來，還不趕快代我迓客！」

呂崇文在這三年之間，除了功課外，小小心靈之中，最爲渴盼的就是自己的慕容世叔！一聽師父此語，不由喜上眉梢，肩頭微動，「俊鶻摩雲」，飛縱起三丈多高，便從那些嵯峨怪石頂上，一路歡躍，迎將出去！

無憂頭陀是輕車熟路，帶著「鐵膽書生」慕容剛，自冷梅峪外的九曲盤龍迷蹤小徑之中剛剛繞出，一條小小人影業已從那些嵯峨矗立的怪石頂端，電射而至！

呂崇文人在半空，即行脫口歡呼「慕容叔叔！」如同一隻大鷹一般，往慕容剛身前撲落。到地之後，才想起自己歡喜得有些失儀，急忙回身，欲待先向無憂師伯叩頭行禮。

無憂頭陀牽住呂崇文小手，不令下拜，向他臉上略一端詳，呵呵笑道：

「小娃兒，你越天真越隨便越好，不必講究那些繁文縟節，慕容剛，你看看你這世侄，小別三年，可已大異昔日了麼？」

呂崇文此刻仍然不過是個十一歲的幼童，但慕容剛見他自石頂來迎的撲落身法，竟是內家絕頂輕功，七禽解數，本已暗自驚詫，自己這個對武功一道絲毫不通的侄兒，短短三年，怎得有此？現聽師伯說，才朝呂崇文臉上注意細看，果然不僅兩額太陽穴高高鼓起，目光亮如疾電，連皮肉之間，都有一種內功到了相當火候的寶光含蘊其中，不由對這位靜寧真人欽佩已極！暗想自己本具上好根柢，經無憂師伯再加指正，這三年之內，功力增加甚多猶有可說。呂崇文一竅不通，居然到此境界，卻是如何教法？

叔侄二人，執手寒暄，互道別來光景。慕容剛聽呂崇文細述經過，恍然悟出，未雕璞玉更易大成之理！靜寧真人一上手就傳以道家坐功與吐納調氣之法，他小小心靈，一無旁騖，再加上靈丹妙藥之力，循步就班，由內而外，根基打得好而又好，一切功力，均會隨時日俱增，自然精進！如此看來，自己所許十年之內，爲盟兄報仇雪恨，重整家園的心願，當可如願以償！心頭寬慰已極，三人笑語從容走進冷梅峪內。

從此以後，無憂頭陀便也在天山暫且小住，與靜寧真人一同督促慕容剛、呂崇文二人，勤練各種功力劍術。

前四年間，呂崇文專攻自己師門的太乙奇門劍與乾坤八掌，至於靜寧真人的道家罡氣，則本來就與吐納坐功聯成一體，只要功候一到，氣凝於內，即足護體，氣發於外，即足傷人，無須另外凝練！等到把這幾樁師門絕藝全部精熟，待到火候之後，才由無憂頭陀傳他卍字多羅劍與禪門天龍掌法。

但他對於這後兩樣，卻非全部學習，只是精研其中的十數招絕學，摻合融會於本門的劍術、掌法之內。

慕容剛則完全與他相反，是以卍字多羅劍與天龍掌法爲主，輔以太乙奇門劍與乾坤八掌的精微奧妙之處。

除此以外，並由慕容剛爲呂崇文課讀詩書，文武兼進，至於陰陽八卦、兩儀四象等奇門陣法之道，也由靜寧真人與無憂頭陀不時對他叔侄二人詳予講解！

六
大漠遺珍

山中無甲子，歲月逐雲飛！轉眼之間，業已四易寒暑。呂崇文不但武功已有大成，人也長成了一位風度翩翩的俊美英秀少年！

慕容剛雖然年近四十，但內功精進，丰神更朗，望去依然不減當年，烏鬢朱顏，絲毫未改！

這日清晨，呂崇文靜坐已畢，見慕容剛仍在調息垂簾，行功未了，知道這位世叔，本是無憂師伯師侄所學相通，現在再加深造之時，無須盡廢前功，省力不少！四年之間，互相切磋參悟，彼此長短盡知，自己雖服靈藥，內功掌力方面，仍然稍遜慕容叔叔二、三十年的修為一籌！但劍法、輕功方面，卻是自己較為靈妙！

走出洞外，那無數老梅的淡淡幽香，沁人神爽！呂崇文近來功力精進，常以洞上的千尺懸崖，做為鍛鍊輕功之所。他此時心神舒暢，暗想反正恩師與師伯入定要到中午才轉，慕容叔叔也功課未畢，何不上到崖頂遠眺，順便操練自己的師門絕藝七禽身法！

心念才動，雙臂一抖，「一鶴沖天」，身軀業已平拔丈許，輕輕落向一株喬松的虬枝之上，就借那枝條的微微彈顫之力，提氣再升，人在空中，打了兩個盤旋，轉化成「鷹隼入雲」之勢，斜往崖壁飛去。落足崖壁，離地已有六、七丈高，呂崇文大展輕功，燕掠鷗翔，鵬摶鶴舞，便如一隻大鳥一般，忽而迴旋飛躍，忽然沖霄直舉，未消多時，業已置身危崖絕頂！

登高四眺，萬壑千峰，岩岬幽冥，來路峪下，是一片梅海，妃紅儷白，萼綠蕊黃，疏密相間，巨細高下，屈伸偃蹇，競放芳華，無不清癯絕俗，冷豔出塵！

危崖背面，卻是一處深壑，壑底一片綠雲，盡是些妙態娟娟的翠筠斑簿，遠望遙山，條條雲帶，蓊鬱輪囷，紛紛出岫，岩間橫陣，天末奇峰，舒卷飄颺，瞬息萬態！再有幾處亙古不化的積雪高峰，參天矗立，點綴其間，靈山勝景，確足令人心曠神怡，開闊胸懷！

呂崇文正在眺覽之間，突然見崖下深壑的竹林之中，似有青色冷光連閃，但等他凝神細看之時，卻又不再發現！不由心中大起疑竇，亟思下壑一探，究係何物發光？惟因恩師曾有嚴命，限制自己只准在所居古洞前後上下百丈以內活動，未奉恩准，哪敢擅自前往？遂在崖頂留連多時，那青光亦未再現。呂崇文只得仍用七禽身法翻下危崖，回轉洞府。

等到申牌時分，二老入定方轉，呂崇文稟告朝來所見，靜寧真人尚在拈鬚思索，無憂頭陀已先笑道：「靜寧道兄！聽文兒所說，莫非與昔年大漠神尼劍劈西域魔僧之事有點關聯麼？」

靜寧真人恍然笑道：「可笑我隱居此間，對這北天山各種典故，竟還不如大師熟悉！當年轟動武林的正邪兩派最高名手決鬥之處，就是這座危崖絕頂。因大漠神尼號稱天下第一劍客。雖然惡鬥三日三夜，劍劈西域魔僧，但在得手之前，竟被魔僧的西域異寶『日月金幢』，把所用神物『青虹龜甲劍』崩缺一口。惡戰既罷，神尼引以爲羞，投劍絕壑，誓不再用，不久也自歸西！文兒所見青光，方向正對，但此種前古神物，通靈識主，可遇難求，那壑下地勢甚廣，你們叔侄二人，晚間課畢可以前往一搜，以試緣法！」

慕容剛本擬推辭，但後來一想，多一人尋找，總較容易，自己若能找到，轉贈崇文，不也一樣？遂與呂崇文一同領命退出。

蟾光滿地，梅影縱橫，慕容剛跟隨無憂頭陀二度再上天山之時，已把盟兄所遺成名之物——梅花劍，交還崇文。

叔侄二人，各揹長劍，翻上崖頂，往那深壑之中看時，雖然月朗中天，因幽壑太深，無法見底，望去乃是黑沉沉的一片！

崖壁靠壑這邊，更為陡削，尚幸藤蔓薜蘿等屬尚多，二人輕功又均達極上乘境界，稍微有物借力，便可提氣飛墜，未為所阻！

壑深足有百丈，到底之後，略為歇息，便行分為兩路，慕容剛往北，呂崇文往南，各自搜索。

彼此並相約定，倘有何發現，獨力難支之時，即以嘯聲互為呼應。

分手以後，慕容剛覺得這幽壑過於陰森，那些修篁翠竹，高的竟達十四、五丈，枝葉怒生，那好的月色，一絲也未透下。不由暗想，照此情形，壑底竹林之內，縱有寶物閃光，呂

崇文人在危崖頂端，再好目力，似也難得看見，但知呂崇文絕無虛語，委實令人費解！

邊想邊行，不覺已有數里，除了那望不見底的竹林，以及壁間的淙淙泉水，和一些形如蘭蕙、幽香挹人的山花之外，別無所見，一想呂崇文在崖頂目光所及，最多也不過是五、六里地範圍，再往前搜，便無意義。

方待回頭幫助呂崇文，一同細搜往南一路，突然在微風吹起的竹韻之中，隱隱似有異聲，慕容剛靜心凝神，傾耳細聽，業已聽出十餘丈外，竟似有人正在咀嚼食物。

他在冷梅峪中一住四年，知道周圍百里之內無人居住，那這夜半幽壑之中，何來人跡？好奇之心一起，倒暫把覓寶之事置諸腦後，輕身提氣，躡足潛蹤，悄悄掩往發覺之處。

那聲息越來越顯，果然是有人在咀嚼什麼香美食物。慕容剛掩到近前，藏身幾株巨竹的密葉之中，偷偷一看，不由得把這位久在江湖行俠的鐵膽書生，也嚇得毛骨悚然，好似見了鬼怪一般！

原來前面青竹略稀，有一片三、四丈方圓空地，在地上那些叢生亂草之中，正坐著一個似人非人的巨大怪物，頭如麥斗，眼若銅鈴，巨口血唇，獠牙外露，通體赤裸，卻長了寸來長的一身綠毛！坐在地上，就要比慕容剛約莫高出兩頭，估量站起身來，最少也有一丈七、八高下！

兩條手臂又瘦又長，形如鳥爪，右爪之中，正抓著一條一丈來長的烏梢毒蟒，塞向血盆

巨口之內，連鱗連骨，咀嚼得吐沫橫飛，津津有味！

慕容剛知道這類烏梢毒蟒，蘊毒甚重，所過之處，草木盡黑，而又行動如飛，極不好鬥！不想卻被這怪物捉來當點心吃！

正在看得驚心動魄，拿不定主意是應該下手設法除去，還是置諸不問之時，突然鼻端微聞一種奇腥之味，胸頭頓覺脹悶欲嘔！急忙取出一粒靈丹，含入口中，向四周仔細搜索，看出在那巨大怪物的右側方兩丈多外，竹林暗影之內，離地六、七尺處，有一點寒星不住閃爍，似在地上蟠有一條奇形蛇蟒之屬！

但蛇蟒不應單睛，而且那巨怪吃嚼情形，分明定是蛇蟒之類剋星，怎的還敢前來撩撥？自己幸而知機較早，不然驟然遇上這些怪物，卻極爲危險！

慕容剛想到此間，不由心懸呂崇文，怕他也有此種遭遇，年輕冒失！但憑自己閱歷經驗，那林內身發奇腥的獨目怪物，恐比這身軀巨大僞人形怪物，還更難鬥！此時一動便會發覺，自然無法發嘯與呂崇文互相招呼，只得等兩怪物相爭有了結果之後，再行見機行事。

人形怪物嗅覺極爲靈敏，因那烏梢毒蟒也是奇腥之物，大嚼之下，強敵已來，竟未發現！但時間一久，也知有異，一聲震天暴吼，甩卻未吃完的烏梢毒蟒，自地上霍然起立，果真足有兩丈高下！

林內怪物所蟠之處，也響起一聲極爲淒厲難聽的兒啼，慢慢爬出一隻聞所未聞、見所未

見的奇形怪物！像是一隻極大的脫殼烏龜，約有七、八尺方圓，一身爛糟糟的紅色軟肉，難看已極，令人一見作嘔！四隻肥大短足，一步一步地爬行極慢，頭部又細又長約有三、四丈，五彩斑斕，在背上蟠成一堆，滿布三角形的鱗甲，就如同一條奇形毒蛇，寄生在絕大烏龜的體內一樣！頭做三角錐形，兩腮奇闊，紅信鉤舌，不停吞吐，神態獰惡已極，一隻獨生直眼，炯若寒星，爬到草地正中，把蛇形長頸連頭，抬起了丈把高，注定那人形巨怪的咽喉之間，呱呱又是兩聲慘厲兒啼，懾人心魄！

人形巨怪方才嚼食烏梢毒蟒之際，何等凶威？此時卻滿頭綠髮，根根沖天倒立，兩爪胸前虛抱，一對銅鈴似的巨睛，瞪得幾乎要突出眶外，身軀半傴，與那奇形怪物相距約有一丈，互相對視，均蓄勢待發，但一個神態暇豫，一個劍拔弩張，強弱之別，行家一眼便可看出。

慕容剛正在又覺驚心、又覺有趣之時，突然來路之上，又有輕微響動。知道方才人形巨怪怒吼，及那蛇頸龜身奇形怪物的所發兒啼，可能已把呂崇文引來！

他不明就裏，冒失撞上，豈不太糟？遂潛用兩指夾斷兩段竹枝，暗以一根運用內家真力，打向響動之處，俾便引導呂崇文循聲來與自己會合。

剎那之間，林中撲來一條黑影，慕容剛故技重施，第二段竹枝彈出，呂崇文果然循聲找到，一眼瞥見慕容剛，方待開口，慕容剛慌忙作勢噤聲，叫他輕輕縱過，匆匆一說就裏，並

向他口內塞進一顆無憂頭陀秘煉解毒靈丹。

兩人雖然輕功絕倫，竭力隱蔽，但慕容剛兩次彈竹，總免不了略帶破空之聲。

人形怪物離二人較近，首先發覺。牠本有所待，疑是援兵到來，心中一喜，目光稍微旁睨，蛇頭龜身奇形怪物，兒啼再起，三角錐形怪頭，帶著三、四丈長的細頸，疾如電射，凌空噬向人形怪物的咽喉要害！

人形怪物知道自己失神予敵可乘之機，但對方來勢太快，閃避不及，反正除了咽喉要害之外，自己也是銅皮鐵骨，不懼傷害，遂也索性一聲暴吼，把頭一低，掩住咽喉要害，雙爪一揚，便往對方長頸抓去！

一抓正好抓個正著，但蛇頸龜身怪物的那條長頸，又細又滑，來勢又復迅疾無倫，竟從人形怪物的指掌之中，依然衝進了兩丈來長一段，宛如風車電掣，在人形怪物腰間，纏了兩圈，昂起一隻怪頭，覷準咽喉之間，張口便噬！嚇得人形怪物急忙鬆卻雙爪，保護咽喉，口中不住連連怒吼！

蛇頸龜身怪物像是知道對方除那咽喉一處以外，別處均無法下口，只昂起一顆怪頭，闊腮不住一鼓一鼓地從口中噴出絲絲彩霧。

慕容剛與呂崇文二人，看那人形巨怪如此高大凶獰，定然力大無窮！但幾度見牠意圖扯開身上束縛，卻連那徑約寸許，看似一扯就斷的細長蛇頸，竟都絲毫拉扯不動！

正在暗暗驚詫之間，突然遠遠傳來幾聲與人形巨怪吼聲相若的隱約怪吼，那人形巨怪本來似已禁不住蛇頸龜身怪物的攔腰猛束，和口中所噴毒霧，業已漸漸萎頓！吼聲才一入耳，立時精神暴漲，雙爪握住龜頭長頸盡力一推，將怪物的三角錐形怪頭，推開四、五尺遠，避過所噴毒霧，偏頭發出一聲淒厲長吼，似與遠處吼聲互相酬答，而遠處吼聲，也連連響應越來越近！

蛇頸龜首怪物知道對方又來幫手，也是一聲極爲懾人的怒啼起處，周身三角逆鱗，一齊不住開合顫動，怪頭一抬，闊腮怒張，絲的一聲，從口中噴出一條奇腥無比的勁急黑氣！

那麼高大的人形巨怪，竟禁不住這黑氣一噴，立時翻身栽倒！但一雙鋼鉤似的怪爪，依然緊緊抓住龜頭長頸，死命不放！

黑氣餘腥所及，連遠隔兩丈以外，口含靈丹的慕容剛、呂崇文二人，也覺得心頭難過、煩悶欲嘔！連忙撕下衣襟塞住鼻孔，方覺稍好！

這時遠處吼聲，已到竹林之外，就聽得竹林一片斷折之聲，一個與地上人形巨怪長相一般無二，但身量更爲高大的怪物，衝林而出，右臂鳥爪之中，竟還握有青芒奪目的一支長劍！

呂崇文一眼便自認出，劍上青芒，正是自己在危崖絕頂所見。空自與慕容叔叔在竹林之中找了半天，哪裏想到劍已成了有主之物！

想是當年大漠神尼危崖擲劍以後，就爲這巨大怪物拾得，神器當前，怦然心動！也未和慕容剛商量，脫手兩粒圍棋子飛出，後來巨怪的一對凶睛，立被打瞎！不由痛徹心肺，剛剛吼出半聲，呂崇文人如電掣風飄般縱到，左手搶牠爪中長劍，右掌當胸劈空遙擊！

哪知怪物力大無窮，一奪竟未奪動，當胸的劈空掌力，何止千鈞？也只將巨怪震得略一晃動，好似未受多大傷損！

呂崇文兩股勁力，一齊用空，人往地上互相糾纏的一對怪物之中落去，後來人形巨怪的雙目雖瞎，人在近前仍能察出方向，舉起一隻左爪，屈如鋼鉤，當頭下擊！

危機重重，間不容髮，慕容剛正在肝腸欲斷，張惶失措之時，身後竹林頂上，突然一聲：「文兒怎的如此莽撞找死？」

無憂頭陀與靜寧真人雙雙現身，無憂合掌一拜，後來人形巨怪如受重擊，踉踉跌倒，與先前兩怪，正好互相糾纏！

靜寧真人則與他同時動作，袍袖展處，宛若神龍御風一般，接住呂崇文下墜身形，並就勢奪過巨怪爪中長劍，縱到對面竹林之內！

無憂頭陀與慕容剛也自雙雙縱過，四人會合一處，靜寧真人一看手中長劍，果然劍身之上，鐫有龜甲暗紋，近劍尖處，並且微微缺了米粒大小一塊，青芒奪目，寒氣砭肌，確是一

口前古神物！

回頭看了呂崇文一眼，面容一整，向無憂頭陀說道：

「此劍果是大漠神尼昔年故物，這兩個山魈在此壑中已有多年，因牠們平素以蛇獸為糧，尚無大惡，故而未加誅戮。但那蛇頸龜身的奇形怪物，卻是初見，看這形狀，難道竟是傳說之中的極毒惡物『琵琶錦帶蛟』麼？」

無憂頭陀正色說道：

「道兄所料不差，此物那笨重龜身，一無用處，是牠最大累贅！全身堅逾精鋼，並只有頭上獨生直目一處致命，倘有人不明細底，妄用寶刀、寶劍之屬，將牠長頸斬斷，則不但此怪不死，反而脫卻羈絆，剽疾如風，無法能制！就是牠那致命獨目，尋常鏢箭亦不能傷，道兄神物在手，正好制牠，殺死之後，並須埋入一丈以下，才不致留毒貽害！」

這時先前一個山魈，早已被琵琶錦帶蛟所噴丹元黑氣毒死，但因憤怒過甚，一對鋼爪自行扣死，把琵琶錦帶蛟扣在爪中，一時無法擺脫，後來的另一個山魈，雙睛先被呂崇文用天山鐵石所鑄圍棋子打瞎，再挨無憂頭陀舉世無匹的一下佛門般禪重掌的劈空遙擊，雖因天生銅筋鐵骨，一時未死，但也所傷極重，怒發如狂，跌倒地上以後，順手撈住琵琶錦帶蛟的細長長頸，便是一陣亂扯亂嚼！

琵琶錦帶蛟皮鱗雖然堅逾精鋼，也被山魈咬得難過，何況聞得人聲，知道還有強敵在側，一聲怒啼，鱗片齊開，全身暴漲！原來寸許粗細的長頸，竟變成了四、五寸的直徑，硬從已死山魈的雙爪之中掙扎出來，一口咬向正在拚命亂咬自己的瞎眼山魑咽喉要害！

山魈雙眼已盲，閃避不靈，一下便給咬中！

靜寧真人恰好也在此時發動，「青虹龜甲劍」脫手化成一道青色精芒，琵琶錦帶蛟的毒牙剛剛咬入山魑咽喉，青芒已到，毒蛟頭頂獨目光華眇處，周身皮鱗一陣急遽顫動，三個罕見怪物，一齊僵死！

靜寧真人又等片刻，見那兩個山魈與琵琶錦帶蛟確實已死，才取回青虹龜甲劍，四人合力掘了一個丈許深坑，將三怪斬成寸段，一齊掩埋在內，並放下幾顆化毒丹藥。

回到洞內，靜寧真人叫過呂崇文，正色叱道：

「自你二人走後，我忽然想起附近有兩個山魈，力大無窮，刀劍不入，極為厲害！當初限制你不令走出百丈周圍，即是為此。剛才放心不下，才與你無憂師伯隨後趕來，不想居然深壑之下，又出了琵琶錦帶蛟那等罕見怪物！你見劍在山魈之手，貪心一熾，利害頓忘，竟然敢在不知敵情之下，孤身冒險，不是我二人來得及時，焉有你的命在？你無憂師伯佛家般禪掌力，宇內無雙，尚且不能將那山魈一下擊死，厲害可想？琵琶錦帶蛟曠世罕見毒物，更不必提！

「今天倘有差錯，我與你無憂師伯、慕容世叔的多年心血白費，尚不足惜，你父母深仇，何人去報？須知天下之大，宇宙之廣，慢說是像你這樣微末功行，車載斗量，就是你無憂師伯，一樣要處處小心，勉力精修，不敢目空一切！你初次歷險，我也不加深責，再有一年，便可隨你慕容叔叔同下天山，仗劍誅仇！應以今日爲戒，萬事均須慎重將事，絕對不准魯莽胡行，苟有違犯，我授權你慕容世叔，隨時可以代我清理門戶！

「這柄青虹龜甲劍，乃昔年大漠神尼遺物，雖然賜你，但不到生死關頭，不可隨意使用！因爲大漠神尼昔年曾用此劍，劈死西域魔僧，與西域一派，結下極重仇恨，萬一發現此劍重現江湖，難免又添許多無謂糾葛！你無憂師伯所煉解毒靈丹，雖然功效非常，但對多種特殊毒物，仍須注意避免。那琵琶錦帶蛟，其毒無比，你與你慕容世叔二人，可再各服我清心靈丹一粒，以防不測！這一年之內，務須刻苦加功，下山之時，方不致弱了我與你無憂師伯的多年威望！」

呂崇文想起壑下所歷奇險，也自驚心，唯唯受教，與慕容剛二人，朝夕刻苦精研，軟硬輕功，掌法劍術，無不突飛猛進！

一載光陰，刹那即過，呂崇文自上天山投師，整整八年，業已長成了一個猿臂鳶肩、長身玉立、極其英俊挺拔的翩翩美少年！

這日靜寧真人與無憂頭陀，將二人喚到書房，說是二人內外功力，均有小成，自明日起，便可攬轡中原，快意恩仇，並爲武林之中，助弱鋤強，扶持正義！但二老仍諄諄囑咐，凡遇惡人，多加度化，不到萬不得已之時，切戒妄殺，又復告以四靈寨雖然人才輩出，高手如雲，因在明面反較好鬥！

那「千毒人魔」西門豹，本身武功並不甚高，但輕功出衆，善用明暗各種毒物及易容之術，詭譎陰惡無倫，專在暗中傷人，卻必須加以特別注意！

無憂頭陀又取出一根三寸來長，形似牛角之物，遞與慕容剛道：

「此名寒犀角，不管誤服何種毒物，以此磨汁飲下立解，文兒初涉江湖，一切須你扶持照應，從前剛傲之性，千萬不可再犯！還有前遇白衣白馬女子，人品甚佳，卻不許故作矯情，拒人於千里之外！」

慕容剛臉上一紅，低頭應命，叔侄二人回室整頓行裝，那柄「青虹龜甲劍」已由靜寧真人，另用蟒皮製一劍鞘，呂崇文以此劍與亡父所遺長劍，交叉同插背後，脅下的豹皮囊中，卻裝了兩百多粒鐵石圍棋子，一身淡青色的緊身勁裝，外罩玄色披風，越發顯得英姿颯爽！

慕容剛依然是昔日的儒生打扮，一領青衫，腰中懸著一慣的長劍，丰神瀟灑，意態悠閒，與呂崇文二人，一同拜別二老，下得天山，直奔中原。

七 揚鞭中原

星星峽自然是必經之路，慕容剛的烏雲蓋雪寶馬，他寄養在「金沙掌」狄雲之處，何況狄雲義薄雲天，對於呂崇文又有贈參之德，藝成下山，理應先往拜謁，到得星星峽後，二人雙雙登門投帖。

一別八年，「金沙掌」狄雲健朗如昔，聞得二人藝成下山，大喜出迎，見呂崇文長得英姿颯爽，高興已極，兩手把著肩頭，朝他臉上仔細端詳了半晌，點頭笑道：

「果然不負宇內雙奇八載苦心，調教出了一朵武林奇葩！看你神儀朗澈，英華內斂，小小年紀成就竟似不在你慕容世叔之下，著實可喜可賀！老朽昔日有言，你復仇之事，願助一臂之力，且在我莊園之內，略憩征塵，容老朽收拾收拾，陪你們走趟中原，會會那些闊別多年的武林舊友！」

慕容剛、呂崇文二人，知道自己雖然八載精研，身懷絕藝，但四靈寨聲勢浩大，能手如雲，無憂頭陀與靜寧真人臨行之時，一再叮嚀除小心應付一切之外，並須防那「千毒人魔」西門豹，陰毒無倫，專門暗施鬼蜮！報仇之舉，困難仍有重重，狄雲成名不易，春秋又高，何必累他長途跋涉，去犯這種江湖仇殺風險，遂異口同聲，一齊辭謝。

狄雲也知二人之意，微微含笑，也不再提，在星星峽一住三日，慕容剛、呂崇文言語之間，露出辭意。

狄雲一笑頷首，晚來安排了一席盛宴，爲他叔侄二人餞行，席間，狄雲向呂崇文拈鬚笑

道：

「呂小俠心急親仇，爲人子應盡之道，老朽不便強留。我雖久知宇內雙奇冠冕武林，但對他們的各種絕技，卻無緣得親睹之。呂小俠身兼兩家之長，老朽不才，欲以一對肉掌討教數回合，可不許你藉詞推託，吝惜師門的真傳手法呢！」

呂崇文想不到「金沙掌」狄雲要與自己過手，不由紅著一張俊臉，囁嚅答道：「晚輩不敢當老前輩如此稱謂，末學薄技，更不敢與老前輩中天皓月……」

話猶未了，慕容剛拊掌笑道：「文侄怎的這等靦腆？狄老前輩金沙掌力，威震四陲，能在這等名家手下討教，還不是畢生幸事，趕快把你胸中所學，盡力施爲，求老前輩加以指正！」

呂崇文見慕容叔叔也在推波助瀾，不由更窘，狄雲哈哈笑道：

「我這俗而又俗的幾手莊稼把式，哪裏談得上指正二字？邊荒無事，疏懶已久，來來來，呂哥兒！我們活動活動筋骨！」

右手微按桌角，人已飛出大廳，卓立院內，含笑相待。

事到如此，說不上不算，呂崇文只得緩步而前，向狄雲恭身一禮，搶在下首，足下不丁不八，雙拳胸前一抱，「五嶽朝宗」凝神巍立！

「金沙掌」狄雲笑道：「溫恭有禮，嶽峙淵渟，果然不愧爲蓋代奇俠門下！既然如此謙

抑，老朽只得先行發招，看掌！」

聲雖出口，掌並未發，「金沙掌」狄雲銀鬚飄拂，矮身盤旋，用「蓮枝繞步」轉到呂崇文左側，右掌「金豹露爪」，遙空微吐，但掌力未發即收，足下卻遊走不停，宛如流水行雲一般，繞著呂崇文身前身後走了三匝。

呂崇文被迫過手，怎肯一上來就行硬拆硬接？狄雲掌雖虛發，他仍然側身避勢，身形微塌，足下交叉，兩掌胸前合十，由開招立勢的「五嶽朝宗」，又換成了一招同樣極爲尊敬對方的「童子拜佛」。

但見「金沙掌」狄雲，圍著自己盤旋繞走身形的這份輕快，足下所踩又是七星方位，並不時倒換星躔，也不禁暗暗心驚，這位新疆大俠，果非徒托虛名，確實身懷絕藝！

自己身爲後輩，既要竭力避免對長者失禮，又不能弱了師門威望，分寸之間，極難拿捏！心中一懍，益發一志凝神，始終搶在北極方位，注意狄雲動作。

他們一老一少，庭中過手，「鐵膽書生」慕容剛卻笑吟吟地持杯倚柱旁觀。

狄雲繞到第七圈上，見呂崇文始終從容沉穩，氣定神閒，任憑自己使用顛倒星躔的七星迷蹤步法，永遠占定北極方位，絲毫不亂，無隙可乘！

不由偏頭笑向慕容剛道：「慕容賢侄！想不到這位呂哥兒，小小年紀，竟有這般沉著，確實高明！看起來我要不放上幾把野火，還真煉不出他的真金！呂哥兒你莫再謙恭，接接老

朽浪得虛名的金沙掌力！」

身形轉到「天璇」方位，緩緩屈指發掌，毫不帶風，但等他五指齊開，掌心一登，立時有一股極強勁力，向呂崇文左肩撞到！

這種內家掌力，一擋一拚，立分強弱，呂崇文心存禮讓，何況知道狄雲數十年精研，就以金沙掌力成名，怎肯硬接？等那劈空勁力堪堪已到胸前，突然沉肩滑步，施展師門掌法中的絕藝「旋乾轉坤」，足下顛倒陰陽，逆踩七星方位，身軀一擰一晃，輕飄飄地便脫出了狄雲的掌風之外！

「金沙掌」狄雲一掌落空，追蹤又到，口中並揚聲叫道：

「呂哥兒好俊的身法！你若再不還招，我們就此罷手！」

呂崇文劍眉軒動，暗詫這位老前輩怎的如此相逼？再若一味閃避，萬一將他招惱，反而不美！遂亦朗聲答道：「老前輩掌下留情，晚輩遵命放肆！」

狄雲掌到，呂崇文果不再讓，施展師門心法，乾坤八掌應敵。

二人掌法，均是上乘絕藝，慢如移嶽推山，迅若沉雷瀉電。一個鬚髮飄飄，一個丰神奕奕，一招一式，美妙無倫！不但旁邊觀戰的狄氏家人，暗暗驚佩這位弱冠少年，竟能與自己主人新疆大俠，對手數十回合不分勝負，連那拈杯倚柱的「鐵膽書生」慕容剛，也已看出「金沙掌」狄雲動手之間，毫不留情，施展的均是精粹絕學。

呂崇文初次與外人過手，就碰上這等名家，居然把一套靜寧真人親傳秘授的乾坤八掌，運用得神化無間，應付得頭頭是道！

狄雲見呂崇文掌法精奇，久攻不下，哈哈一聲長笑，掌法突變，全部進手招術，沉雄剛猛，迅疾無倫，每一掌均帶著無比勁風，呼呼作響，盡力猛擊！哪裏還像是互相遊戲過招，簡直成了遇上勁敵強仇般的生死相搏！

這一來，呂崇文方面，壓力頓增，偶一疏神，被狄雲得隙連攻三招，幾乎弄得身法散亂！他雖然聰明絕頂，畢竟少年人心性，竟有點著惱這位狄老前輩，過分不知進退，難道要叫自己下山以來的第一陣，便弱了恩師威望？

轉念至此，劍眉雙挑，俊目閃光，禮讓之心全泯，身法也變，把師門所得盡力施展，剎那之間，庭間人影飄忽，一陣陣罡風勁氣，逼得四外觀戰的狄氏家人站不住足，紛紛後退！

慕容剛雖然知道狄雲意在試技，但見這老少二人，竟然越打越真，生怕任何一方萬一失手，均爲不妥，正待含笑勸止，狄雲業已使出內家極重掌法「雲龍探爪」，縱身空中飛撲而下！偏巧呂崇文也運用這種騰空飛撲鷹翻鵰擊的七禽身法，兩人身形在空中相合，四掌一對，各自震退五、六尺遠。

狄雲手捋銀鬚，向慕容剛哈哈笑道：「四靈寨龜龍麟鳳，威震遐邇，狄雲自知老邁無能，僅在掌法之上，尚有幾分自信！說句老實話，我本對老賢侄與呂哥兒東行仗劍誅仇之

事，有點擔心，但方才我以數十年性命交修所得，盡力猛攻，竟然勝不了呂哥兒半掌。雙奇門下，委實無虛！行見天山劍氣，縱橫中原，大可為江湖之中伸張正義的了！」

呂崇文聽他這番盛讚，不由俊臉通紅，狄雲見狀笑道：

「呂哥兒輕功掌法，均見高明，靜寧真人的太乙奇門劍術，冠絕武林，更必有獨得之妙！何況還有昔年大漠神尼所用的青虹龜甲劍在身，逐鹿中原，會鬥群雄，報仇雪恨，及濟救民物，已無堪慮之處！

「但『當場不讓父，舉手不留情』，像方才與老朽初過手時，那種過分謙退，卻非應付一般鬼蜮心腸的江湖宵小之道！俗語云：『人無害虎心，虎有傷人意！』老朽此語，並非教你違背無憂上人所囑，遇人遇事，趕盡殺絕，但必須隨時隨地注意江湖之中，寸寸皆是險惡危機，不可倚仗一身武功，有絲毫大意之處呢！」

呂崇文知道「金沙掌」狄雲這一番話，句句都是數十年經驗閱歷所得，恭身領命謝過指教之後，夜色已深，彼此休息。

次日清晨，二人向狄雲辭行，那匹烏雲蓋雪實馬，神駿依舊，一旦重歸故主，不住向慕容剛依傍低嘶，狀頗親熱，狄雲自己的火騮駒，也已備好鞍轡，贈與呂崇文乘坐。行囊盤費，更是添備得極其周全，叔侄二人，均是一般義俠性格，對狄雲的殷殷厚誼，刻骨銘心，並未推卻及在口頭多示謝意，一聲「珍重」，雙雙縱馬揚鞭，東奔玉門而去。

路過皋蘭，自然先行回家拜祭呂懷民夫婦之墓，慕容剛不願驚動多人，故而預先置備香燭供品，等到夜深人靜之時，才與呂崇文二人，悄悄來到呂家莊內，並把那昔年捨孫救主的義僕呂誠，暗暗喚醒。

呂誠在睡眠朦朧之中，突見鐵膽書生慕容二爺站在床邊，不由疑是夢境！

經慕容剛略說所以，急忙披好衣襟，顫巍巍地與慕容二爺趕到老主人、主母墓前，這時小俠呂崇文感逝傷懷，追思父母當年溫照慈愛，與「單掌開碑」胡震武率眾行兇的慘痛往事，業已匍匐墓前，哭了個哀哀欲絕！心中暗地禱祝父母的在天之靈，應知自己藝成歸來，默佑早日找到仇人，雪此不共戴天之恨！

呂誠挽起崇文，仔細端詳這位自己捨孫相救的小主人，出落的如此英挺俊拔，活脫脫的就是老主人當年模樣，歡喜得老淚婆娑，哽咽不止！

慕容剛何嘗不是百感交集？但他經無憂頭陀一再訓迪，和這八年間所遇的潛移默化，氣質業已大變，強抑心中沉痛，勸慰二人，並告知呂誠，一、二年間，定將「千毒人魔」西門豹及「單掌開碑」胡震武的人頭帶回，祭奠盟兄盟嫂，目前且不必告知莊內諸人，免得胡震武等仇人萬一得訊，或是生心暗害，或者遠走高飛，不易尋找！

呂誠甚明利害，唯唯領命，慕容剛上香祭奠之後，強忍兩眶英雄熱淚，扯著傷感的呂崇

文，朝呂誠微一揮手，便即連頭也不回地離開了這令人腸斷之地！

出得莊來，夜風一拂，呂崇文熱淚全收，在火騮駒上，舉鞭一指那片桃林，和遠處的隱隱山色說道：

「慕容叔叔，你看這周圍的一切風光，俱是我兒時嬉戲之處，但山川不改，人事全非，昔年安樂家園，如今卻成了觸目傷心的淒涼之地，侄兒方才自忖，四靈寨與千毒人魔等一干強梁巨寇，爲惡江湖，受其害者，豈止我呂崇文一家？銜冤負恨之人，必然不計其數！我輩幸遇名師，身懷絕藝，焉能以報得一己私仇，即爲滿足？似應以胸中所學，爲世間一切受欺抱屈之人，管盡不平，方是正理！

「八年前叔叔帶我西赴天山之時，中途所遇的那位穿白衣、騎白馬的姑姑，侄兒對她印象極好，叔叔不是也曾與她約定，再莅中原，定當先行往訪。我們此刻何不踐約一行？直奔晉豫交界王屋山四靈寨總壇，一來拜訪那位姑姑，二來看看所謂四靈的龜龍麟鳳，到底有些什麼驚人絕學？三來也好探探侄兒被殺父母之仇人，『單掌開碑』胡震武是否還在四靈寨內？」

慕容剛被呂崇文這幾句話，引發昔日的萬丈豪情，兩匹千里龍駒，嘶鳴騰踔，一同奔向豫北晉南而去。

王屋山在山西陽城縣西南，跨河南濟源及垣曲縣界，高八千丈，廣數百里，寰宇記云：「三十六洞，小有爲群洞之尊，四十九山，王屋爲眾山之最！」道家且列之爲十洞天之一，稱王屋爲「小有清虛之天」，其清奇雄秀之狀，可以想見！

慕容剛、呂崇文二人，是由風陵古渡過河，順著中條山脈，策馬東來，一過中條主峰不遠，便入王屋山境。

時方入夜，序屬新秋，慕容剛在馬上笑顧呂崇文道：

「文侄你看，千疊雲橫，一規月漾，疏疏列宿，耿耿銀河，配上這些宛如煙鬟霞帔，玉筍瑤簪的遠近峰巒，王屋夜色，果然清絕！四靈寨選了這麼一處洞天福地，做爲總壇所在，內中確有不俗之士，我們與他們相見以後，似宜略加收斂含蓄，未見胡震武本人，或是正式翻臉之前，切莫過分逞強，先探探對方到底有多大實力爲要！」

呂崇文聞言不禁暗嘆，「滿瓶不動半瓶冶」之語，確有至理！慕容叔叔當年一騎一劍，嘯傲江湖，多大的禍，他不敢闖？如今八年砥礪，藝業猛晉，反而覺得人外有人，天外有天，處事對人，都不似昔時狂放。正待點頭讚是，突然隱隱約約的一陣簫聲，隨風送到。

呂崇文雖然天山學藝，文武兼修，但對於音樂一道，完全外行，只覺得那簫聲悠揚宛轉，極爲好聽！但慕容剛卻是此中能手，不過昔年傷心腸斷，在盟兄墓前摔碎瑤琴之後，迄今始終未提過音韻二字，此時到耳便自聽出，吹簫之人，不但雅善音律，並且中氣極足，似

是武林內家能手！遂向呂崇文說道：

「這簫聲頗爲高雅，絕非俗士所奏，你我步行前往一探，看看是哪路高人，或可藉此得些四靈寨中消息。」

呂崇文自無異言，兩匹寶馬均通靈性，也不必加以拴緊，僅把轠繩整好，套在鞍上，免得牠們行動羈絆，二人遂施展輕功，撲往簫聲所發之處。

那簫聲來處竟還不近，一連轉過兩處山環，發現一片小小松林，簫聲就似在那林外發出。

二人穿林而入，此時簫聲已換宮商，由先前的纏綿婉轉，轉變成雄壯豪放，並有一個蒼老嘹亮的口音，和著簫聲唱道：

何處望神州　滿眼風光北固樓
千古興亡多少事　悠悠
不盡長江滾滾流　年少萬兜鍪　坐斷東南戰未休
天下英雄誰敵手　曹劉
生子當如孫仲謀

歌到尾聲，慕容剛、呂崇文已悄悄掩至林口，只見林外是半崖之間的一片平石，壁間幾條不成瀑布的細泉，宛如鳴琴拖鍊，順崖下流，幾竿翠竹，戛玉琤瑽。

但見一個絳衣少女，倚竹背林而立，手中執著一根玉簫，正在吹奏，身畔不遠，站著一個身著月白色葛布長衫的長髯老者，引吭高歌那首允文允武南宋大詞人辛稼軒的南鄉子詞曲。

眼前一老一少，雖然只是後影，面貌看不真切，但仍可見出，老的意態奇古，小的曼妙如仙，加上當空的素月流光，和身畔的蒼松怪石，翠竹流泉，就彷彿是畫圖中人一般！

歌聲一了，絳衣少女口釋玉簫，剛喚了一聲「爹爹！」老者業已哈哈笑道：「有女已如古紅線，生兒何必孫仲謀？霜兒！今夜月色甚佳，妳何不把那『天女散花』簫法，七十二解，練上一遍，以娛林內佳客！」

慕容剛陡的一驚，以自己與呂崇文這等功力，在林內悄悄潛聽，老者還在引吭高歌之中，竟仍知覺，確實可佩！

人家已在暗示，再不出去，豈不貽笑大方？遂一拉呂崇文，緩步從容，走出林外，抱拳施禮笑道：「老丈與這位姑娘，仙音清韻，令人心醉，請恕我叔侄在林內竊聽之罪！」

那老者拱手還禮，哈哈笑道：「明月清風，人所共適，這山林又非那私家所有，尊駕竊聽二字，用得太謙！老朽裴叔儻，這是小女玉霜，尊駕月夜遊山，雅人高致，何不把姓名見

示，彼此結個萍水之交，也算得一段佳話！」

說話之間，慕容剛略加打量，只見這老者壽眉細目，五綹長鬚，神態嶔奇脫俗！那絳衣少女，年齡與呂崇文彷彿，一張清水臉龐，不施脂粉，眉比遠山，目含秋水，瓊瑤玉鼻，小巧朱唇，清麗可人，竟不讓八年前所遇的白馬白衣女子，尤其特具一種嬌憨之氣，摻雜在眉目英風之間，令人一見即生愛憐！

現聽老者自報姓名，慕容剛彷彿覺得這「裴叔儻」三個字，好生耳熟，稍一思索，突然想起，拱手答道：

「在下慕容剛，這是我世侄呂崇文，因有事到王屋，巧被令嬡簫聲引來，可稱幸會！不敢動問老丈，滇黔康藏之間，有位成名大俠，人稱『九現雲龍』，可是……」

說到此處，慕容剛突又想起，四靈寨之中的「雙首神龍」裴伯羽，也是姓裴，莫非與這位裴叔儻，誼屬一家？故而倏然住口。

裴叔儻想是看出慕容剛心意，搶前幾步，把臂笑道：

「老朽幼服靈藥，耳目特聰，不然真聽不出二位身在林內。輕功到此地步，定爲絕世高人，意圖識荆，這才請出相見，果然所料無差，慕容老弟的『鐵膽書生』四字，爲白山黑水一帶的萬家生佛，老夫欽佩已久！至於我那『九現雲龍』匪號，卻純係虛名浪得，不值一提！

「彼此既爲武林一派，闖蕩江湖，講究的是真誠坦白，二位既然有事來王屋，料與四靈寨有關，老朽族兄裴伯羽，即係四靈寨金龍令主，我父女來此作客，旬日即歸，趁此機緣，何妨由老朽爲慕容老弟等引見我族兄，無論甚事，豈不均較易解決？」

慕容剛一想龜龍麟鳳，威震中原，就先會會這位金龍令主，亦無不可，遂點頭道：「裴大俠高義干雲，慕容剛心銘無已！實不相瞞，我這世侄，有一殺母仇人，寄身在四靈寨內，裴大俠肯爲金龍令主引見，再好不過，等在下把兩匹坐騎招來，便請勞駕指路。」說罷撮脣長嘯，一紅一黑兩匹寶馬，刹那間便自尋來。

裴叔儻一聽慕容剛叔侄，果然就憑兩人兩騎，要向聲勢浩大，武林中聞名膽懾的四靈寨內人物尋仇，這份膽識，不由人不暗翹拇指敬佩！再加上二人玉樹臨風般的倜儻英姿，這裴叔儻竟然蓄意憐才，決心在他們遭遇危機之時，加以暗助！

一路行來，彼此談笑風生，相見恨晚！那位裴玉霜姑娘毫不忸怩，大方已極，呂崇文初時因對方過於豪爽，反而有些靦腆，但小兒女們畢竟真摯，話一投機，這些無謂拘束，立刻丟開，十來里路走完，兩人業已熟得猶如青梅竹馬之交一般無二。

前面是一望無際的大片翠竹，參差瀟灑，勁綠嚴青，其中掩映著一所莊院。這莊院建築得雖然極爲整齊壯麗，但絕不帶一些山寨之類的江湖習氣，只像是致仕歸隱的高官第宅一般

雍容華貴，肅靜無嘩，莊門之外，有四名莊丁，在月光之下，垂手站立。

莊門橫題四字「翠竹山莊」，字作漢隸，古樸蒼勁已極！莊丁見裴叔儻父女，陪著慕容剛、呂崇文二人到來，正要趨前接待，裴叔儻擺手笑道：

「這二位尊客，是我莫逆之交，就在我所居聽水軒中下榻，不必另行準備宿處，你把尊客寶馬帶過，好好飼養，並將此事稟告值事之人，轉報金龍令主便行了。」

莊丁唯唯牽馬退去，四人一入莊門，慕容剛才看出莊內地勢極大，除去當面那些整齊房屋之外，尚有無數亭台樓閣，依山而建，高下參差於泉石松竹之間。

裴叔儻父女所在的聽水軒，位在半山，地頗幽靜，三間竹屋，滿覆綠蘿，幾與四外的翠柏青松，和山壁上那些又肥又厚的蘚苔之屬，藹然一色！一道瀑布，宛如銀箭瓊珠，飛雲濺月，瀑並不大，但傾瀉卻急，軒側不遠斜上方，有一塊平石，瀑布恰好傾注其上，化作千百細流，再往深潭墜落，就好似爲這聽水軒織了一道百尺珠簾，點綴得美妙已極。

裴叔儻請客入座，吩咐侍應的小童，獻上香茗，收拾床榻，略爲笑談數語，適才報信莊丁，進軒垂手稟道：「啓稟裴二爺，寨中今夜有人遠行，金龍令主須親自送別。故而囑咐小人，請裴二爺暫且代款嘉賓，明日再行相會。」

裴叔儻含笑點頭，時已不早，互爲敬意之後便行各自安歇。

慕容剛與呂崇文雖然看出這「九現雲龍」裴叔儻父女，俠義襟懷，光風霽月，頗似真誠結交。但身在虎穴，怎敢絲毫大意？叔侄均各自戒備，僅以內家調息養神，不曾熟睡。

次日那裴玉霜換了一身藕合衣裙，笑靨羞花，新蛾分月，與呂崇文站立窗口，指點煙嵐，從容笑語，簡直如同一對金童玉女一般，引得裴叔儻和慕容剛不時目光相對，臉上泛起會心微笑。

侍童送上早點、香茗，用過之後，由裴叔儻陪同到那瀑布發源之處，俯瞰全莊景物，慕容剛知道裴叔儻藉機指點，暗暗囑咐呂崇文留神觀察。

只見這翠竹山莊的各種建築，除了當莊一片之外，好似星羅棋布，無甚規則，但在二人行家眼內業已看出，不但完全是按著九宮八卦方位，並還有陰陽生剋各種變化存乎其間，不由暗地驚心，這四靈寨中，果然臥虎藏龍，不可輕視！

回到軒中不久，門外傳來一陣洪亮口音，哈哈笑道：「何方佳客寵臨翠竹山莊，二弟為我引見引見！」隨聲走進一個滿頭白髮，頷下銀鬚飄拂，但身量又高又大，精神極為矍鑠，獅鼻虎口，滿面紅光的壯健老人！

裴叔儻口呼「大哥」，起座相迎笑道：「這位是小弟的多年莫逆慕容剛，人稱『鐵膽書生長白狂客』，這一位是慕容大俠的世侄呂崇文小俠。昨夜小弟與霜兒前山步月，偶爾相遇，特地與大哥引見。」

說完轉向慕容剛叔侄笑道：「這是我大哥裴伯羽，武林人送美號『雙首神龍』，也就是位居本莊四靈之一的金龍令主。」

慕容剛、呂崇文抱拳恭身，連稱「幸會」。

「雙首神龍」裘伯羽一聽「鐵膽書生」四字，臉上神色業已微微一變，再聞呂崇文是他世侄，雙目一睜，神光電射，縱聲大笑說道：

「慕容大俠鐵肝義膽，名震江湖，裘伯羽心儀已久，令師伯無憂上人，佛駕可好？」

慕容剛、呂崇文一齊肅立答道：「家師伯託福粗安！」

裘伯羽聽呂崇文也與慕容剛一樣口稱「師伯」，不覺又是一怔，狠狠地打量了他幾眼，轉向慕容剛笑道：「昨夜因事失迎，諸多簡慢！特備菲酌，並為慕容大俠引見幾位江湖朋友，也讓他們瞻仰瞻仰高人丰采！」

慕容剛也不推辭，五人相偕下山，到了平地上的一座高大廳堂之內落座。

霎時宴齊，屏風之後，轉出四人，一僧一道，另外兩個卻是孿生兄弟，年約五旬上下，又瘦又長，一樣的馬臉鷹鼻，吊客眉，鬥雞眼，目光冷沉沉的，老是看著地下，偶爾眼角掃人，險辣已極！身上所著長衫，卻一白一黑。

四人似是香主一流，向雙首神龍恭身為禮，相互入座。慕容剛一眼便自認出，那一僧一道，正是昔年在呂梁山中攔劫自己，被那白馬白衣女子叱退之人，至於那兩個殭屍似的怪人，雖未會過，但慕容剛見他們那副形狀，業已猜出八分，可能是以螳螂爪及一囊子午透骨釘成名的黑道凶星，鄱陽雙鬼！

酒過三巡，互相一一引介，果然慕容剛所料無差，那兩個孿生怪人，正是「鄱陽雙鬼」黑白刁魂，刁潛、刁潤兄弟。僧號大覺，道號一清，四人均是四靈寨金龍堂中，十二家香主之一。

「雙首神龍」裴伯羽擎杯笑道：「慕容大俠賢叔侄，無事不會突然光降敝寨，來意何如，可否為裴伯羽一道？」

慕容剛自懷中取出白馬白衣女子所贈的那方玲瓏玉珮，慨然答道：

「既承裴伯羽令主問起，在下焉敢相瞞，我這世侄與貴寨香主『單掌開碑』胡震武，有一段恩怨未了，此來一則拜望這方玉珮主人，二來向胡香主手下，把當年之事作一了斷！」

裴伯羽掀髯大笑，聲震屋瓦，向慕容剛一挑大指讚道：

「慕容剛大俠快人快語，豪邁無倫！裴伯羽生平就敬服這種光明磊落的英雄好漢！但可惜慕容大俠來得太不湊巧，那胡震武是隸屬玄龜堂下，已在月前，隨玄龜令主有事去滇西高黎貢山。這玉珮主人，亦於昨夜南海朝香，歸期未定！

「關於胡、呂二家結仇，裴某也略知一、二，依我之見，眼前不若開懷暢飲，把什麼恩恩怨怨，一齊撇開！等到明春的三月三日，裴某設宴相請，慕容大俠可以盡量邀同貴友，來我這翠竹山莊，再把兩家之事，作一公平了斷，未知意下如何？」

慕容剛見這「雙首神龍」裴伯羽，人頗不錯，以他身爲金龍令主這等地位，自然不會謊言，胡震武既不在，多結強仇有何益處？可惜自己來遲一步，與玉珮主人失之交臂！不知究竟是否如無憂師伯所料，就是那四靈之中的「天香玉鳳」嚴凝素？她既然南海朝香，自己正好與呂崇文南下江浙安徽一帶，訪尋那「千毒人魔」西門豹的蹤跡，或可彼此相遇。

想到此處，見裴伯羽正含笑相視，等待答話。遂應聲答道：「慕容剛敬遵裴令主之意，明春三月三日，再來貴寨拜……」

話猶未了，廳門外「哼」一聲冷笑，閃進了一條青衣人影，身法快捷已極，這大廳極爲廣闊，廳門到設席之處，足有三丈距離，來人飄身即到，聲息毫無。

八 明爭暗鬥

來人是個三十四、五的英俊人物，口角之間，猶含鄙薄之色，瞥了座間的慕容剛叔侄一眼，向「雙首神龍」裴伯羽換了一副笑容說道：

「二哥今日怎的如此做事？四靈寨在江湖之中樹立威望，頗爲不易，我們這翠竹山莊，豈是容人隨意自來自去之地？」

裴伯羽還未答言，那「九現雲龍」裴叔儻業已起立哈哈笑道：

「傅令主請勿誤會，這位鐵膽書生慕容大俠，是我莫逆好友，雖與貴寨胡香主小有過節，方才已由金龍令主約定，明年三月三日，正式拜山，以作了斷！今日純係友誼聚會，請看老朽薄面，彼此莫傷和氣！」

青衣人冷笑一聲答道：「我若不看裴兄金面，及我二哥業已有話在先，豈能容這等狂妄之輩到明春！」

這青衣人如此當面傷人，慕容剛若在當年，早已推席而起，拔劍相向，但此時卻仍神色自若，置若罔聞！聽裴叔儻口內稱呼，知道這青衣人就是四靈中的「毒心玉麟」傅君平，眼角打量對方，人品頗稱俊秀，只是兩眉太濃，帶有一種凶煞之氣！但再三思索，均想不出這傅君平，何以對自己如此神色？

他雖然隱忍未言，身旁的呂崇文卻已發作，手中酒杯在桌上一頓，向「九現雲龍」裴叔儻說道：「承裴大俠父女盛情，邀我叔侄來此，誰知江湖中傳言不虛，這四靈寨中，除少數

二人以外，盡是些不通禮義的禽獸之輩。」

呂崇文話太傷眾，座中除了「雙首神龍」裴伯羽及裴叔儻父女，依然微微含笑之外，餘人一齊怒目而起！

那「毒心玉麟」傅君平真是怪人，此時神色反見平和，只是冷冷說道：

「四靈寨中任何人物，一諾千金！此時任爾一再猖狂，不到明年三月，絕不在這翠竹山莊之中殺你！不過四靈寨總壇，豈容人輕易撒野？命雖苟延，懲戒難免！二哥我代你傳令，就請刁二香主教訓教訓這乳臭未乾的無知後輩！」

「雙首神龍」裴伯羽自「毒心玉麟」傅君平來後，一語未發，此時見雙方業已鬧僵，自己二弟「九現雲龍」裴叔儻與侄女玉霜，均已面含怒意，知他父女不憤傅君平的那種過分囂張不遜舉動，生怕一齊牽扯在內，聽傅君平要命自己金龍堂內香主手底下最黑、最狠的「白衣勾魂」刁潤，與呂崇文過手，乘機淡淡笑道：

「三弟休要走眼，不但慕容大俠斂氣藏鋒，功力絕世！就是呂小俠那樣的器宇神情，刁香主雖然以螳螂爪稱絕江湖，也未必能操勝算！不過既是武林中人，過手印證，也算不了什麼大事，彼此點到為止，誰愛活動活動筋骨，均請自便，但以三場為限，我與我弟父女，袖手作壁上觀，並為各位評判便了！」

「毒心玉麟」傅君平聞言頗為不滿，暗想到底「是親三分向」，二哥不但把裴叔儻父女

輕輕拉出漩渦，並且把「白衣勾魂」刁潤的螳螂陰手藉話先給叫破，心中有氣，也對「白衣勾魂」刁潤發話說道：

「刁香主！金龍令主之言，你可聽真？來人藝業不俗，你儘管全力招呼，萬事有我負責！」

慕容剛不覺暗笑，這四靈寨看來瓦解有日，自己弟兄先就窩裏起反，知道「毒心玉麟」傅君平單挑這以心狠手黑的鄱陽第二鬼「白衣勾魂」刁潤出場，必有深意，遂用眼角示意呂崇文，叫他小心應付！

呂崇文面帶冷笑，起身緩緩走向廳中廣闊之處，那「白衣勾魂」刁潤，生性陰辣險惡，平素就與「毒心玉麟」傅君平最爲投機，早就存心鬥鬥這僅以二人之力，便敢妄闖翠竹山莊的什麼鐵膽書生遼東大俠！

不過身爲金龍堂下香主，裴伯羽未曾發令之前，不便強行動手。如今見呂崇文那副傲然不屑的神情，竟然未把自己看在眼內！不由氣往上撞，暗想：這小兒是何人門徒？簡直不知天高地厚，鄱陽二鬼威名，難道就未聽說過？

他蓄意一舉驚人，當筵顯耀，站起身來，向裴伯羽、傅君平微一施禮，白布長衫的兩隻大袖，郎當下垂，目光漠然平視，雙腿並立，走起路來，連膝蓋都不打彎，一步一跳，極慢極慢地蹦向呂崇文站立之處！

那裴玉霜深知鄱陽二鬼功力又深又毒，自呂崇文一下場，一顆芳心便替他提到了嗓口！此時見「白衣勾魂」刁潤的這副怪相，不由向「九現雲龍」裴叔儻低聲說道：

「爹爹！你看刁香主藉著這幾步『僵屍跳』，已把螳螂陰爪的內力運足，貫注雙臂，呂……」

裴叔儻微笑輕聲答道：

「霜兒不必擔心，四靈寨好手如雲，威名極大！若非身負絕世武學，誰敢往龍潭虎穴之中輕攖其鋒？不論別的，你就看慕容大俠這等沉穩從容，也可猜出刁香主的螳螂陰爪，未必能傷得呂小俠了！」

裴玉霜聞言眼皮一抬，恰好與慕容剛目光相對，慕容剛搖頭微笑，暗示她儘管放心，但眼角一掃，心中突地悚然一驚，暗道自己與「毒心玉麟」傅君平從未謀面，怎的他自入廳以來，雙睛之中，似對自己含有極大怨毒？此時竟連這「九現雲龍」裴叔儻父女，也似一併恨在其內！

那鄱陽第二鬼「白衣勾魂」刁潤，一步一步地慢慢跳到廳中，依舊是兩手斜垂，長袖拂地，身軀微向前傾，一對凶睛半開半閉，瞇縫著注定呂崇文，自喉嚨之內，極其陰沉地吐出四字：

「呂朋友請！」

呂崇文負手軒眉笑道：

「遠來是客，常言道，強龍不壓地頭蛇，還是刁香主先請！」

「白衣勾魂」刁潤見他聯手都不抬，輕敵至此，薄嘴皮微微一撇，鼻中「哼」的一聲冷笑，右手長袖一抖，他功力果然不俗，竟以「鐵袖神功」一片驚風，向呂崇文迎面拂去！

眼看拂中，對方不招不架，人猶未躲，「白衣勾魂」刁潤忽地縱聲怪笑，宛如夜梟悲鳴！原來那勁急如刀的衣袖，突然自動翻回，現出一隻枯瘦青黑的鬼爪，五指之端，並蓄有寸來長的銳甲，電疾風飄，當胸抓到！

他這裏做張做致，聲勢懾人，呂崇文卻意態悠閒，視若無睹！袖到不躲，爪到不架，就在刁潤五指抓到胸前，將沾衣未沾衣的剎那之間，內氣微吸，肩頭足下全未見動，便好似一縷輕煙一般，被「白衣勾魂」刁潤的五指驚風，吹出了七、八尺遠，依舊是原來的姿態，負手悠然，面帶微笑！

這一手險到了極處，但也妙到了極處，席間觀戰諸人，「鐵膽書生」慕容剛擎杯微笑，「毒心玉麟」傅君平俊目閃光，那位小俠女裴玉霜，卻見爹爹所料不差，芳心中又喜又佩，竟然脆生生地脫口喚了聲：

「呂兄好俊的輕功，飛花飄絮！」

「白衣勾魂」刁潤已在難堪，哪裏還禁得住她這一喚！吊客眉倒豎，三角眼圓睜，滿頭

短髮，根根勁力，把他自己的一套看家絕學，崆峒秘傳螳螂陰爪，施展得猶如雨驟風狂，招招狠毒無匹！

刁潤方才那進手第一招，袖中藏爪，雖然無功，但呂崇文業已覺出此人功力確實不弱！動手之間，雖然未肯輕易施展師門心法「乾坤八掌」，也用的是內家上乘拳法「羅公八一式」應敵！

換到三十招上，呂崇文低聲笑道：「刁香主！我們素無冤仇，彼此就算平分秋色，罷手如何？」

白衣勾魂一聲不答，趁他說話分神，「鬼手奪元」、「金龍探爪」、「毒蛇尋穴」，一連三招，回環併發，分向上中下三盤襲到！

呂崇文見他過分不識進退，俊眉微皺，以「龍虎翻雲」撥去他「鬼手奪元」，身形稍側，閃開中下兩盤，右掌一駢，「玄鳥劃沙」，用重手法橫切白衣勾魂遁向丹田的一隻左爪！

刁潤的螳螂陰爪，詭譎無倫，明明拚力進攻的連環三招之中，竟有兩招是虛，左爪微吐即收，滑步旋身，人已轉到呂崇文左側。

此時呂崇文好似招術用老，「玄鳥劃沙」一掌切空，整個後背完全暴露在敵掌之下，「白衣勾魂」刁潤一陣桀桀獰笑，叫了聲：「我道你有什麼通天徹地之能？無知狂妄小兒，

還不在你家刁香主的爪下納命？」

雙掌一舉，十指如勾，整個的抓住了呂崇文的肩背之上！

他這螳螂陰爪，不但隱含陰柔暗勁，足以傷人，連十指所蓄長甲，均曾用極毒藥物餵泡，破膚即死，在江湖之中傷人無算！雙爪一落，慘叫即起，滿座之人，除慕容剛、裴氏兄弟及「毒心玉麟」傅君平外，一齊愕然驚呼起立！

原來被抓的呂崇文毫髮無傷，夷然自若，那「白衣勾魂」刁潤卻十指之間，鮮血淋漓，人已疼暈在地！

鄱陽二鬼中的老大，「黑衣勾魂」刁潛眼看兄弟業已得手之時，突生劇變，手足關心，自然首先趕過，一看刁潤十指，不知爲何，均從第二節處折斷，毒甲自行扣入掌心，形狀甚慘，忙自懷中掏出幾粒靈丹，塞向刁潤口內。

慕容剛此時卻站起身來，向呂崇文沉聲叱道：

「文侄怎的如此不知輕重？裴令主有言在先，你與胡震武結怨之事，等明春拜山清算。今日筵前，彼此印證過招，點到爲止，雖然刁二香主猛下毒手在先，但你也不該用易筋經的反震回元之力，將他十指震斷，下回再若如此，我定然重責不貸！」

話完轉向「黑衣勾魂」刁潛笑道：「刁大香主！世侄崇文一時魯莽，致有此失，慕容剛代他謝罪！刁二香主的傷勢，可妨事麼？」

「黑衣勾魂」刁潛面罩秋霜，冷冷答道：「慕容朋友，有道是『得理莫再賣乖，光棍眼裏不揉沙子』，你何必還要指桑罵槐的，來上這套假仁假義？席間有目共睹，我二弟下手在先，刁潛絕不怨呂朋友心狠意毒，只怨我兄弟學藝不精！不過鄱陽二鬼，向來睚眥必報，此仇海角天涯，他年仍必奉訪二位！」

慕容剛含笑不言。

刁潛轉向「雙首神龍」裴伯羽及「毒心玉麟」傅君平，深施一禮說道：

「刁潛兄弟無能，有辱威望！敢請二位令主，恩准刁潛兄弟暫離王屋，回轉崆峒插天崖，我恩師鬼手真人門下重求絕藝，等雪卻今日之恥，重返本寨效力！」

「雙首神龍」裴伯羽長眉軒動，欲言又止，「毒心玉麟」傅君平起立擺手，「黑衣勾魂」刁潛就地抱起刁潤，退出廳外，呂崇文也自歸座。

傅君平目光冷漠，隱藏殺機，向慕容剛乾笑一聲，說道：

「傅君平混跡武林，尚未曾見過易筋經的回元反震之力，能練到如此地步！今日頓開眼界，豈肯錯過高明？慕容大俠，我們也下去玩上兩手！」

慕容剛見這傅君平蓄意專鬥自己，劍眉雙展，哈哈一笑，還未答話，那位「雙首神龍」裴伯羽業已攔住傅君平，正色說道：

「三弟你方才言道，四靈寨成名不易，我們身為令主，一切舉措，自然更應遵照江湖規

戒，以做表率，不可爲了些微閒氣，貽笑大方！慕容大俠叔侄業已定約明春拜山，此時何必如此？」

傅君平神色微變，頓時換了一副吟吟笑臉說道：

「二哥說哪裏話來？我與慕容大俠素昧平生，怎會有甚意氣之爭？不過因爲近年來，武林之中的那些所謂高手，多半欺世盜名，一無實學！今日真正高人在座，想故意激將，一領教益而已。二哥如此說法，小弟置身何處？來來來，慕容大俠，我敬你一杯，以表歉意。」自桌上取過壺，便爲慕容剛斟酒。

慕容剛自一見傅君平，就覺得此人陰晴不定，喜怒無常，極爲難鬥！此時見他提壺斟酒，以爲又要較量內功，人家身爲四靈之一，豈敢輕視？雙手擎杯，把真氣調穩，凝神相待。

傅君平輕輕一笑，斟酒滿杯，毫未用甚手法，慕容剛把事料錯，臉上微紅，舉杯一傾而盡，與呂崇文雙雙起立告別！

別人不知細故，但「雙首神龍」裴伯羽卻深悉「毒心玉麟」傅君平，對這慕容剛因某種隱情，銜恨甚切！

慕容剛是自己多年睽違的二弟引來，倘若當面鬧僵，極難處理！見他叔侄告辭，正合心意，轉身取過一支龍形金令，向「九現雲龍」裴叔儻笑道：

「慕容大俠叔侄，雖然明春來此拜山之時，彼此在敵對地位，但今日卻爲我金龍堂嘉賓，不能稍失江湖禮數！愚兄特煩賢弟父女，持我金龍堂令，代爲送客百里，若有我寨中子弟膽敢絲毫冒犯，叫他們提頭來見！」

裴叔儻父女何曾未看出眼前僵局，含笑接令，與慕容剛叔侄回轉所居聽水軒，收拾行李馬匹，裴伯羽與傅君平二人，也親自送到翠竹山莊的莊門以外。

行約十里，慕容剛叔侄與裴叔儻父女雖然氣味相投，也不能久聚不別，堅請回馬。

裴叔儻知道二人身懷絕藝，豈肯要自己父女持令相送？遂勒馬停蹄，喟然說道：

「慕容老弟！我父女與賢叔侄雖然萍水新交，但彼此肝膽相投，無異十年舊友！裴令主是我族兄，睽違已久，此番率小女遊覽中原，便道王屋，才偶然相訪。在四靈寨翠竹山莊之中居停數日，看出寨中勢力雖眾，莠過於良，尤其玄龜、玉麟兩堂之下，倒行逆施之事，不一而足！種因得果，天理循環，加上寨中各人，經常互相猜忌爭權，一旦有旗鼓相當的強大外力驟加，必然瓦解冰消，分崩離析！

「因此尙想伺機規勸我族兄，及早抽身，嘯傲林泉，免得把一世英名平白斷送！無論我族兄聽納與否，老朽父女七日之內，也將去南遊，領略江淮文物之盛！

「呂小俠震斷白衣勾魂的螳螂陰爪，所運神功，據老朽看來，絕不是易筋經的反震回元之力，倒像是玄門罡氣，或是佛門之中的一種秘傳神功！縱目江湖，以如此年齡，而能到如

此境界者，實如鳳毛麟角，欽遲無已！分袂在即，賢叔侄與那位胡香主結怨根由，裴叔儻尚不知情，可能爲我一道麼？」

慕容剛對這「九現雲龍」裴叔儻頗爲欽敬，呂崇文更是與那位裴玉霜姑娘情意相投，雙方彼此年歲尚輕，談不上什麼愛慕之念，但就這一日相聚，臨歧分手，也覺得黯然神傷！聽人家問起與「單掌開碑」胡震武的結怨根由，遂侃侃而談，除藝出雙奇一節仍未明言之外，慕容剛一併告知裴叔儻父女，自己二人於明春拜山期前，行蹤也在江南一帶，前途或可相逢，再行暢敘。

裴叔儻也久聞「梅花劍」呂懷民之名，得知詳情，嗟嘆不已，彼此互道珍重，揮淚而別。

九 江湖恩怨

話說「千毒人魔」西門豹老巢係在皖南九華山，但平素行蹤，卻多在江浙一帶。慕容剛等二人，知道此人不比四靈寨，居無定所，飄忽難尋，反正由晉經豫，夠奔江南，順道一遊九華，未嘗不可。

這日來到安徽中部，因慕巢湖之勝，把馬匹寄在店中，信步前往。巢湖範圍甚廣，約有四、五百里，爲皖中第一名湖，湖中孤山數座，波靜淵涵，嵐光黛色，蒼分極浦，翠入高樓，景物甚稱佳妙！湖邊停有一隻大船，船家是個虎背熊腰的精壯大漢，見二人徘徊眺覽，上前搭訕問道：「二位尊客，可是有興遊湖？我這船上寬大舒適，酒菜又好，價錢算得特別便宜，包你滿意！」

慕容剛笑道：「我們路過貴地，正要遊湖，船家你多準備些美酒佳餚，船錢不會少給。」

船家喏喏連聲，等二人走入艙中坐好，解纜搖櫓，蕩漾綠波，蒼茫煙水，澹蕩空靈，呂崇文不由想起那裴玉霜姑娘的美妙簫音，若在此間吹奏一曲，該有多好？

船到中流，大漢停櫓任船隨波容與，走到後艙爲二人整頓飲食。

慕容剛憑欄四眺，見自己所乘這條大船的丈許之外，尚有一條小船，船中坐著一個中年道人，和一個五旬上下的葛衣老者，船板之上，也擺著幾色酒菜等物。

老者背身而坐，相貌看不真切，道人卻朗目修眉，神儀不俗，一抬頭正與慕容剛目光相對，彼此微笑點頭照應。

這時後艙之內，盤碗叮噹，操船大漢一面整頓菜肴，一面隨口笑道：

「兩位尊客貴姓？這湖中的姥山之上，明日倒有一場熱鬧好戲，尊客膽量若大，正好看上一看！」

呂崇文年輕喜事，聽說有熱鬧可看，含笑答道：「我姓呂，那是我慕容叔叔，船家所說的姥山，是否就是前面湖中隱隱的那座島嶼？怎的看熱鬧還要有膽量呢？」

慕容剛恰好回頭，與那船家大漢眼風一對，大漢竟似有點畏懼慕容剛目中的炯炯神光，偏頭答道：

「尊客有所不知，我們本地的姥山雙傑，與皖南的綠林道上朋友，結下梁子，定期明日，雙方各約高朋，就在姥山之上作一了斷。熱鬧雖然熱鬧，但那種刀光劍影、血肉橫飛的驚險場面，沒有幾分膽量的人敢去看麼？」

慕容剛雖然覺得這船家甚是精壯，言語之中，並對武林之事頗爲熟悉，但也未往深想，與呂崇文二人憑欄笑語，眺覽景色。

船家送上酒菜，頗爲精美，尤其那酒，色如琥珀，濃冽異常！斟在杯中，高出杯口分許，仍不外溢。

慕容剛英雄好酒，擎杯在手，一飲而盡，果然醇香無比，笑向後艙叫道：「船家你這酒真好，下船之時，勻我一瓶帶走如何？」

操船大漢自後艙走出，手中執著一個長頸白色瓷瓶，向慕容剛笑道：

「尊客方才所飲，是遵照蘭陵古法秘製的鬱金香酒，但年數太少，難稱上品，這白瓷瓶中所貯，是五十年陳酒，不遇上尊客這種識家，真還不肯拿出來賣，你先嚐上一杯，品味品味！」

就慕容剛手中，斟了一杯，色香果更醇冽，慕容剛含笑稱謝，舉杯就口，眼前突然金光一閃，「噹啷」一聲，大漢手中的白瓷酒瓶，被一枚純陽道簪擊得粉碎！

這時慕容剛酒已入唇，腹中立時一片火辣辣的感覺，情知不妙，趕緊凝聚一口真氣，護住心頭，並閉死全身經脈穴道，低聲向呂崇文道：

「這酒中蘊有奇毒，快取你身邊的寒犀角與我！」

操船大漢手中白色瓷瓶，被那憑空飛來的純陽道簪擊碎之後，業已縱到船尾，見慕容剛盤膝坐地，雙頰飛紅，知道酒毒已發，哈哈縱聲狂笑說道：

「就憑你們兩人，也敢得罪名震天下的四靈寨中人物，大爺酒中下的斷腸毒散，一滴入口，有死無生！剩下一個乳臭小兒，請你嚐嚐這巢湖湖水滋味！」

呂崇文怒發如狂，凝集玄門罡氣，劈空遙發一掌，一面卻趕緊從懷中取出臨下天山之

前，無憂頭陀所贈的那根形似牛角之物，遞向慕容剛的手內。

相隔丈許的那條小船之上坐的中年道人，這時也站起身形，怒聲叱道：「大膽狂徒，竟敢以毒酒傷人，還不與道爺納命！」袍袖一拂，也是一股勁氣，劈空而至！

誰知道這一下卻反而救了那船尾大漢，因為中年道人與呂崇文是同時動作，呂崇文當面吐掌，中年道人卻在側方拂袖，兩股勁氣在大漢身前互擊，彼此抵消不少威勢！

但呂崇文的玄門罡氣畢竟高明，雖然被那中年道人所發劈空勁氣從橫裏無心一擋，餘波所及，仍然把那大漢震得口吐鮮血，翻身躍落湖內！

呂崇文顧不得與那拔刀相助的鄰船中年道人招呼，回頭趕緊察視自己的慕容叔叔！

慕容剛若非這八年來在宇內雙奇的耳提面命之下，內外功行突飛猛進，就這刹那之間，早已命喪黃泉！如今僅靠一口真氣護住心頭，人已不能開口說話。

呂崇文見狀，趕緊找來清水，從慕容剛口中取出寒犀角，磨成一杯濃汁，服侍他飲下，寒犀角接過，勉竭餘力，塞向口中吮吸汁液吞下，腹中的那種熱辣之狀，始覺稍好，但汁液無多，解毒仍感不足！

這時船底之下，咚咚作響，霎時被人鑿穿數洞，水已進艙！

鄰船中年道人與那葛衣老者，一齊高聲叫道：「那兩位朋友，大船將沉，請到敝舟暫避！」

呂崇文下腰揹起慕容剛，一招「俊鶻摩雲」，飛拔起兩丈餘高，轉化成「雁落平沙」，飄然縱落小舟之上。

他背上揹有一人，身法居然還有這般靈妙，鄰船二人，不由一齊叫好，葛衣老者脫口讚道：「好俊的輕功，這是七禽身法！」

小舟載有四人，吃水已深，中年道人生怕那大漢再自船底下來襲，雙槳猛掉，加速划行。

葛衣老者說無妨，這時大船已沉，一條水線其疾如箭，果然直奔小舟，葛衣老者屈指輕彈，一粒黑色小丸打入水中，湖水立時烏黑一片，那條水線一到黑水附近，如遇毒蛇猛獸一般，掉頭急轉，霎時頓杳！

葛衣老者回顧與呂崇文微笑招呼，但一見慕容剛，面上突然有一種說不出來的神色，一閃即逝！

這時慕容剛因寒犀角汁之力，毒已漸解，但仍用本身功力，把流散臟腑四肢的些微毒質逼回喉頭，口張處，一灘黃色毒液吐入湖中，人也霍然，恨聲說道：

「四靈寨無恥至極，明明約會拜山，中途竟又遭人暗算，來春三月，慕容剛不把四靈寨給他來個掃蕩清除，難消此恨！」

中年道人笑道：「那賊在酒中所下斷腸毒散，係一種極毒藥物，入口斷腸，猛烈無匹！

貧道正在慚恨，救援過遲，兄台業已一杯入口，恐怕回天乏術，誰知吉人天相，竟然無事！但聽自報姓名，原來是『鐵膽書生』慕容大俠，名家功力，畢竟驚人！貧道武當滌凡，這位老英雄，乃新交好友南天義。四靈寨黨羽遍及江湖，慕容兄和這位小俠既與結仇，今後卻真須處處注意防範那些鬼蜮之徒呢！」

慕容剛笑道：「道長謬讚！我這點膚淺功力，哪裏抗得了如此劇毒，不是仗著師門長者所賜至寶相救，業已早化異物多時！」

起身謝過滌凡道人及南天義的相助之德，並為呂崇文引見，相互暢談，彼此襟懷磊落，交契恨晚！

原來滌凡道人是受姥山雙傑顧氏兄弟之邀，來此助拳，南天義卻是一位「江南隱俠」，閒遊路過，亦願觀光盛會！會期是在明夜，四人約定午後申牌，仍在湖邊會合，乘舟同往。

慕容剛與呂崇文回轉店房，驚定思驚，驚出了一身冷汗！

呂崇文又皺眉問道：「侄兒猜測此事，可能又是那位四靈寨玉麟令主傳令所為！在翠竹山莊金龍堂酒宴之前，傅君平目光中，似對叔叔有無窮憤恨，叔叔與他昔日結過仇麼？」

慕容剛搖頭答道：「我也看出那傅君平對我懷怨甚深，但彼此尚未謀面，不知其故！四靈寨徒眾，或明或暗，遍及江湖，今後時時荊棘，步步危機！必須極度謹慎，避免像今日一樣，受人暗算，尤其是那支寒犀角，更要妥善收藏，片刻離身不得呢！」

一宵無話，次日午後，二人應約去到湖邊，滌凡道人與「江南隱俠」南天義業已先在，略爲寒暄，便又雇了一條大船，直放姥山。

船中天南地北，彼此閒談，滌凡道人吐屬清雅，武功一道，亦得內家神髓！南天義則不但器宇高華，且所知極博，呂崇文初涉江湖，慕容剛久居關外，這中原武林的各種掌故，聽他娓娓道來，如數家珍，不但興趣盎然，也增進了不少知識！

到得姥山，顧氏雙傑，顧清、顧俊聞報，趕緊出迎，對這滌凡道人恭禮備至！滌凡爲南天義、慕容剛、呂崇文等三人引介之後，向顧清問道：

「顧賢弟，今夜之約，尙有哪位高朋？對方有無特殊扎手人物？」

這顧氏雙傑的老大顧清，人稱「展翅金鵬」，聽滌凡問起，含笑答道：

「小弟日前有事皖南，見齊雲寨主『金錘羅漢』智圓劫路傷人，一時不平，管了閒事。智圓掌中一對金錘，藝業不弱，當時未分勝負，約定今晚在此相會。這點小事，小弟本意化解。即定欲動手，有我一位多年至友，『天龍劍客』陶萍拔刀相助已足，不是巧遇道長，哪敢驚動？但適才得報，『金錘羅漢』智圓對於此約頗爲重視，邀來三、四位綠林好手已在前途，少時即到，其中並有九華山惡寇西門……」

慕容剛不待顧清語畢，雙目閃光，急急問道：「顧兄所說九華山惡寇西門，不是那『千

毒人魔』西門豹麼？他今夜果然也來此處？」

顧清笑道：「西門豹不在江湖行走已有七、八年之久，無人知其下落。小弟所說的九華惡寇，名叫西門泰，乃千毒人魔之侄，但一身功力，除毒技與易容之術以外，卻高出乃叔多多！聽慕容大俠之言，莫非與那千毒人魔有些過節麼？」

西門豹當年以人耳毒匣，假慕容剛之手，毒死呂崇文之父「梅花劍」呂懷民，使這位遼東大俠鐵膽書生終身抱恨，慕容剛對他恨毒已極！一想起此事，怒火頓燃，知道顧氏雙傑世居淮上，尚不知此賊蹤跡所在，叫自己與呂崇文卻往哪裏去找？

心頭一煩，「唉」的一聲，右掌一落，功力無意自顯，竟把好端端的一張紫檀茶几，生生劈下一角。

慕容剛自覺失態，臉上一紅，方想向主人致歉，那位「江南隱俠」南天義已自含笑問道：「慕容大俠怎與那千毒人魔結怨這深？老夫平昔也最恨這種奸毒之輩，那西門泰若真來此，妄逞兇鋒，我南天義先就留他不得！」

慕容剛當年恨事，不願隨便對人道及，聽南天義與顧清一齊問起，正要設辭支吾，廳外人影一晃，一個身著寶藍長衫，四十上下的俊品人物，進門向顧氏雙傑笑道：

「智圓兇僧已與『青陽雙煞』及九華惡寇乘船而來，少時即到，二兄可按江湖禮數，出莊一接。座上嘉賓，小弟多半不識，爲我引見如何？」

原來此人就是顧氏雙傑方才所說的多年知交「天龍劍客」陶萍，當下顧清便請陶萍代爲款客，自己與二弟顧俊，整頓衣冠，出莊迎接赴會的「金錘羅漢」等人。

少時迎進四人，當頭一個胖大兇僧，正是齊雲寨主「金錘羅漢」，所謂「青陽雙煞」，乃是一道一俗，道人鷹鼻雞眼，生相刁惡，肩頭插著一支長劍，與身旁一個滿面精悍之色、莊稼漢打扮的五旬開外矮小老者，笑淡漫步，旁若無人，最後面卻走著一個身著青衫，手搖摺扇，面容陰鷙，年約三十三、四之人。

每人臉上，均帶著一副不屑之色，對這廳內諸人，傲不爲禮，只向迎接自己的顧氏兄弟，微一抱拳，相互入座。

慕容剛、呂崇文以及滌凡道人，均一笑置之，毫未在意。但那「江南隱俠」南天義，卻似看不慣群寇這等囂張，面上已現勃然之色！

「青陽雙煞」中的道人見大家坐好，用過香茗，站起身來，向姥山雙傑的老大「展翅金鵬」顧清，單掌一打問訊，發話說道：

「顧朋友前在皖南道上，破壞了智圓大師的一樁買賣，今日才約定來此拜望！雖然彼此是安徽省內的武林同源，但貧道等自知，在顧朋友這種自命清高的俠義人物眼中，我們都是些萬惡不赦的綠林狂寇！

「正邪有別，冰炭難容，今日毋須多做言語上的交代，只有按著江湖規矩，以手上強弱

而定是非，來得痛快了當！顧朋友貴方如勝，貧道等項上人頭，任憑摘取！倘若貧道等僥倖，則請顧朋友你舉家攜眷，遷出安徽，不要再妄自逞能，過問閒事！江湖闖蕩，講究的是一諾千金，顧朋友意下如何？請賜一語！」

「展翅金鵬」顧清與這「青陽雙煞」孟長風、竇一鶚二人，昔日也有過節，知道這是兩筆帳算在一起。估量對方實力，四個皖南綠林道的頂尖人物之中，九華山西門泰未曾會過，只聽傳言說是狠毒無比，但此時卻僅面帶獰笑，一語不發，深淺難知，其餘三寇，也是個個硬生，其中最軟的要算智圓，但兇僧掌中那一對八角金錘，力猛招沉，也曾與自己纏戰四、五十回合，未分勝負！

「青陽雙煞」功力更高，不過武當滁凡道長與天龍劍客，藝業驚人，理應能以抵擋！今日勝負關鍵，可能就繫於那不知實際深淺，而久負盛名的西門惡寇一人，這邊與滁凡道長同來觀光的南天義等老少三人，看氣宇神情，個個均是絕頂高手，若肯仗義拔刀，料來當可全勝，並剪除這幾個著名凶星，而爲江湖造福！

他方在暗中籌思，「青陽雙煞」中的惡道孟長風，已向自己要話，遂微微一笑，起立抱拳答道：

「江湖中不論武林、綠林，敬的是孝子忠臣、仁人義士，恨的是土豪惡霸、汙吏貪官！真要能劫富濟貧，取不義之財，施之大眾，則雖在綠林，俯仰何怍？智圓寨主在齊雲山前，

不但劫的是一位清廉如水的退職好官，並還不肯饒過他的妻孥老小！顧清目睹此事，伸手相攔，才引出今日之會！

「本來想藉杯酒聯歡，彼此推誠相見，共同訂下一條互相遵守的仁義公約，以免紛爭。但聽孟道長適才之言，顧清也覺得那種道義規範，未必能有實用，顧清身爲主人，悉聽客便，我們就去往廳後的練武場中，彼此談談武學，以五陣定輸贏，了斷今日之會！」

說罷抱拳再揖，頭前引路，眾人一齊相隨，轉過兩重房屋，來到地頭，只見這練武場約有十來丈方圓，用黃色細沙鋪得堅實平穩已極。

那些聞訊而來，想看熱鬧之人，業經顧氏家丁以刀槍無眼，恐受誤傷之詞勸阻！除卻兩旁的兵器架及預先設置的十來張座椅、茶几之外，靜悄悄的再無別物！

「金錘羅漢」智圓率先發難，手執自己的成名兵刃八角金錘，走往場中，向「展翅金鵬」顧清點名叫道：

「顧朋友！你我在齊雲山前勝負未分，今日再來戰個五百回合！」

顧清尚未答言，旁邊坐的呂崇文卻忍不住的「撲哧」一笑！

智圓兇僧性如烈火，一聞笑聲，偏頭問道：

「呂……小朋友，你恥笑洒家作甚？」

呂崇文端茶就口，微笑說道：「我笑的是你這位大和尚，說話太已輕鬆，開口便是戰個

五百回合，你準知道五回合之內，你那對金錘出不了手麼？」

這一來，把那智圓兇僧氣了個哇哇怪叫，手中金錘一碰，噹啷啷的一片震耳交鳴，向呂崇文暴吼說道：「無知孺子！你是何來歷？竟敢出此狂言！五回合之內，若能使洒家金錘出手，江湖之中，從此便無『智圓』二字！」

呂崇文緩緩起身，向慕容剛笑道：

「慕容叔叔！侄兒去代主人懲戒一下這狂妄兇僧！」

慕容剛雖然覺得不到必要之時，不必出手，但事已至此，只得低聲說道：

「這頭一場對方指名叫陣，本應讓主人親自下場，你既已接口，可不許隨意傷人，及顯露本門心法！」

呂崇文恭身答道：「侄兒理會！」他連手中茶杯均未放下，笑吟吟地走到兇僧金錘羅漢身前，眼皮微抬，慢慢說道：

「大和尚，我們要說話算話，五回合之內，你金錘若是出手，便當從此遁跡山林，真正地以貝葉金經，參禪學佛！倘或不然，在下願以純金，爲大和尚再鑄一對金錘！呂崇文初入江湖，表示禮讓，就以手中這盅茶水，會會大和尚的成名兵刃，五回合之中，前三招我只避不攻，第四招還招，第五招就使你的金錘出手！」

智圓兇僧的一對八角金錘，威震皖南，無人敢加輕視！如今面前這位英俊少年，竟要以

一杯茶水賭鬥雙錘，還並說下那等狂言大話。不但與兇僧同來的「青陽雙煞」等人嗤然訕笑，就是主人這邊，除慕容剛含笑，南天義凝神注視之外，餘人均有點覺得呂崇文話說太滿，頭一陣恐怕就要自挫銳氣！

智圓此時不怒反笑，搖頭啞然說道：「洒家闖蕩江湖二、三十年，尊駕這等口吻，真還第一次聽到！自古英雄出少年，尊駕小視智圓，智圓可不敢小視尊駕，敬遵台命，領教高明！先接洒家這第一招『雷動萬物』！」左右雙錘，摟頭蓋頂，帶著無比驚風，奮力下砸！

但智圓知道對方年歲這輕，既敢出此狂言，可能真有實學！前三招聲言只避不攻，輕功必有專長，倘若自己按著對手過招，一力降十會的去硬砸硬打，可能徒勞無功！所以錘到臨頭，倏然收勢，料定呂崇文非閃即退，自己看準方向，跟蹤追擊，大概第二招就可以把這初出茅廬的無知小兒，毀在雙錘之下。

哪知兇僧這招「雷動萬物」，卻未能使呂崇文移動分毫，人家真已做到泰山崩於前而色不變的地步，對於這種雙錘威勢，視如無睹，呼呼驚風當頭下砸，呂崇文依舊單手持杯，神色自若！

智圓雙錘一收，呂崇文抬頭向他微微一笑，可把個有名兇僧，僵得面紅耳赤，羞愧難當！他這時因猛然收勢，一對八角金錘仍然斜舉半空，鋼牙一挫，右手金錘從半空悠走弧形，「橫掃千軍」，攔腰掃攻，左手金錘連肩帶背，順勢斜砸！心想這回不用虛招，對方非

躲不可，這樣橫掃斜砸，勢必往上方閃避，那時施展自己金錘絕技，飛身凌空，「錘震山川」，定能克敵奏效！

哪知呂崇文方才靜若處子，此時卻捷逾閃電，兇僧雙錘舞處，面前人影已無，有人笑聲說道：「大和尚留神，還有三招，請你把穩金錘！」

智圓暗挫鋼牙，一聲不響，右肩微塌，「回身打虎」之式，雙錘疾揮如風，旋轉身軀，再度向呂崇文攔腰掃到！

呂崇文真氣一提，全身毫未見動，飄然而起四、五尺高，一對金錘，險煞人地貼著靴底掠過！

呂崇文索性氣他，拿準分寸，竟然腳點他打空的金錘，微用真力，飄身縱出丈許，兇僧卻感錘頭重若千鈞，重心一失，腳步蹌踉，不是膂力尚強，左手中的一柄金錘，幾乎把持不住，墜落地上！

智圓兇僧縱橫皖南，殺人無算，今日當著這多江湖中成名人物，金錘三舉，不要說是得勝傷人，連對方手中一杯香茶，都未能使他潑出半點，難堪羞急之下，頓起凶心，一看呂崇文是背向自己縱出，遂搶前幾步，右臂一探，好像是用右手金錘，點打敵方後背。

但就呂崇文身形將著地未著地，最不易騰挪閃躲的剎那之間，暴吼一聲：「小兒還不納命！」左臂掄圓，竟來了個脫手飛錘，一柄金錘疾若流星，砸向呂崇文後腦！

武術之中，最高明的就是制敵機先！這智圓兇僧的一舉一動，好似都在呂崇文的預料之內，他這脫手飛錘，算盤打得原妙，以爲對方出於意外，絕難躲閃，金錘重有三十六斤，砸上必然腦漿迸裂，筋斷骨折。

哪知呂崇文腳尖才點地面，身軀微轉，業已退回數尺，面對兇僧飛錘才出，一探左手，便自接住，含笑說道：「大和尙面紅耳赤，想是勞動過甚，請用杯香茗解渴！」右手一傾，杯中香茗化作一片白光，向智圓兇僧迎面潑去！

智圓連攻四招，已失一錘，對方這個俊美少年，身法靈妙已極，但卻看不出是何家數？動手之前雖曾說過第四招還手，但也想不到就是用手中的香茗回敬！

人距甚近，白光飛到，無法再閃，兇僧以爲這是內家水箭傷人的那一類上乘神功，趕緊運氣周身，翻左掌護住面門，想以鐵布衫功力度過此厄！

哪知香茗過處，兇僧滿面生涼，襟袖之間，鬧了個淋漓盡致，卻並無任何傷痛感覺！這才曉得自己小題大做，對方是揶揄性質地隨意一潑，哪裏是什麼內家絕技水箭傷人？一氣一急一羞一怔之間，掌中一震，呂崇文手執自己的一對成名兵刃八角金錘，退身已到兩丈以外！

智圓兇僧生性極暴，眾目睽睽之下，自己如泥型木雕一般，任人戲弄，五回合之內，雙錘如言出手，情何以堪？心中一急，逆血上沖，眼前頓時一黑，人便暈倒！

呂崇文恰在此時，把智圓兇僧的一對金錘凌空拋起，口中隨意地說了一聲：

「大和尚！我們隨意遊戲，不必認真，這金錘還你！」

智圓暈倒栽跌，那顆肥大光頭，無巧不巧地正好與空中落下的八角金錘撞個正著！「噗」的一聲，腦花四濺，大和尚功行圓滿，委化歸西！

慕容剛劍眉一剔，面罩寒霜！呂崇文知道自己把事做錯，不敢仰視慕容叔叔的雙眼懾人神光，默默無言，低頭歸座。顧氏家人趕緊將智圓遺屍搭過一旁。

「青陽雙煞」中，那位莊稼漢打扮，至今一語未發的竇一鶚，慢吞吞地站起身來，從腰間摸出一對判官筆，走到場中，向呂崇文冷笑說道：

「呂朋友小小年紀，做事如何這等狠毒？智圓大師藝業不敵，被你盡情戲弄之餘，勝負已分，還再拋錘傷人，算的是哪門俠義？竇一鶚雖然有眼無珠，看不出足下師承何派，但生平愛會高人，朋友肩頭雙劍，古雅不俗，可肯下場，指點竇某幾手？」

「天龍劍客」陶萍知道「青陽雙煞」不但武功甚高，嘴皮尤其刻薄，恐怕呂崇文閱歷太淺，臉上掛不下來，長劍嗆啷出鞘縱到場中，向竇一鶚抱拳笑道：

「竇當家的不必責人過甚！呂小俠還錘在先，齊雲寨主暈倒在後，無心之失，爲在場之人目所共睹，我們這種闖蕩江湖之人，終日刀不離身，常言道得好：『瓦罐不離井口破，將軍難免陣中亡！』生死二字，算不了什麼大事！竇當家的判官雙筆，威震皖南，向有『生死手』之譽，在下願以幾手俗淺劍術，領教高招，竇當家請！」左手挽訣，長劍一領「舉火燒天」，凝神開式！

竇一鶚微微冷笑，不再說話，判官雙筆「巧打陰陽」，一橫一豎，向「天龍劍客」陶萍的右脅左肩，同時點打。

陶萍劍花一錯，「脫袍讓位」，竇一鶚雙筆走空，一縷寒光已向眉心刺到，低頭避劍，撤筆還招，二人戰在一處。

慕容剛與呂崇文因這「天龍劍客」陶萍的外號，與無憂頭陀所傳的禪宗天龍掌法相合，想要看看是否係出同源，但仔細觀察之下，陶萍所用天龍劍法，似是少林一派，雖亦頗爲精妙，但與太乙奇門劍及卍字多羅劍法等武林絕藝，仍不能同日而語！

竇一鶚的判官雙筆，劃拿點打，威勢不凡，但在內家真力方面，似較天龍劍客稍弱！戰到五十回合以外，天龍劍「春雲乍展」，分心點到，判官雙筆交叉十字，往上硬開！陶萍一聲輕笑，右腕一沉，劍筆相搭，一黏一領！猿臂微伸，縱身跳出圈外，劍交左手，抱拳笑道：「竇當家的，陶萍承讓！」

竇一鶚一著使差，被「天龍劍客」陶萍用「黏」字訣，領開雙筆，把胸前衣襟微微點破，知道人家劍下留情，臉上一紅，默然退下。

「展翅金鵬」顧清見五陣之約，己方業已連勝兩陣，不由大喜！親自下位，接回陶萍。

十 步步驚心

對方那位生相陰鷙、身著青衫的九華惡寇西門泰，輕搖摺扇，離座而起，走到場中，口角隱含冷笑，陰陽怪氣地微抬眼皮慢慢說道：

「陶朋友的天龍劍法，果然不凡，但何必馬上就走？你再指教我西門泰幾手！」

姥山雙傑中的「小銀龍」顧俊，年紀三十二、三，水性極高，一套八卦遊身掌，確實得自高明傳授，下了不少苦功！但生性爽直，看不慣西門泰不死不活的那副陰陽嘴臉，何況身是主人，老讓座上嘉賓出手，也不像話，遂縱身而出，向西門泰抱拳說道：

「西門當家的有興，在下陪你過趟掌法！」

「展翅金鵬」顧清對赴會四寇之中，最擔心注意的就是這西門泰！偏巧他一下場，武功也比較弱的自己二弟「小銀龍」顧俊便自出戰，勢又無法攔阻，眉頭一鎖，只得凝神掠過，準備萬一有險，立時接應！

西門泰聽「小銀龍」顧俊要比掌法，漠然一笑，收扇入懷，二人立勢開招，插拳換掌。

慕容剛、呂崇文均是一般心事，想生擒這西門泰，從他身上問出千毒人魔下落。但西門泰才一出場，「小銀龍」顧俊業已應戰，只好等分了勝負，再行接手。

西門泰兇名久震，但武功掌法卻未見如何特殊高明，反倒是「小銀龍」顧俊的八卦遊身掌使得虎虎生風，有聲有色，盤前退後，奔左繞右，把個九華惡寇，圈在了四面八方的掌風之內，顯得穩占上風，即將克敵！

「展翅金鵬」顧清見兄弟人前露臉，當然高興，但心中也自暗忖這西門泰，光看那副倨傲神情，已似技不止此，難道還隱留什麼殺手不發？

二十回合一過，慕容剛便向隔座的「江南隱俠」南天義道：

「西門泰斂氣藏鋒，顧二莊主恐怕要上大當！此人之叔，『千毒人魔』西門豹與我有似海深仇，我去將小賊擒住，逼問一下老魔頭隱身何處？」

南天義笑道：「西門老魔與我也有段恩怨未了，雖知他人在江南，但我本鄉本土，踏破鐵鞋尋他六年，依舊杳無蹤影，其人之狡獪，行跡之隱秘，可以想見！西門泰慢說是他侄兒，就是他親生之子，也未必便能知道老魔去處？至於制這小賊，則殺雞豈用牛刀，南天義……」

話方至此，場中慘劇已生，南天義一聲斷喝：「賊子竟敢如此狠毒？老夫三十年來未開殺戒，今日卻留你不得！」雙手一按座椅，人便如一隻巨鳥一般，騰空而起三、四丈高，在空中連轉兩個車輪，單足著地，身軀前後左右搖顫，但那點地的足尖，卻穩若泰山，紋絲不動！

慕容剛識得這是輕功之中最難練的「平步青雲」和「風擺殘荷」身法，心中倒是一驚，暗想：看不出這位江南隱俠的輕功造詣，居然到此境界！

原來「小銀龍」顧俊見西門泰被自己圈入掌風以內，已落敗勢三十招一過，益發加功！

「金豹露爪」雙肩一錯，兩臂回環，猛打前胸，等西門泰退步避掌，三招連發「海鶴抖翎」、「白猿獻果」、「進步撩陰」，招招均帶勁風，凌厲無匹！

把個九華惡寇，逼到艮宮死門方位，左掌「推山塞海」用的虛招，一晃即收，旋身繞到西門泰身後，右掌以「金叉手法」，疾如閃電一般，駢指點中了西門泰後背的「精促」穴上。

哪知顧俊右手二指剛剛沾上西門泰所著青衫，突然縮手慘叫，西門泰「哼」的一笑，撤身後退，這位「小銀龍」顧俊卻全身一陣抽搐，撲倒在地！

「展翅金鵬」顧清兄弟連心，趕過看時，兄弟業已氣絕，身上毫無傷痕，只在右手食、中二指的尖端，像是被甚尖銳物刺破，有兩點綠豆大小的黑血凝結。

顧清強忍著兩眶熱淚，不令下流，伸手在兵器架上，剛剛摘下一對五行輪，「江南隱俠」南天義業已縱到，他顯露的這一手輕功，不但慕容剛、呂崇文及滌凡道人，暗暗稱讚，就連那西門泰也不禁一驚，面上神色立變！

南天義不去理他，看了看「小銀龍」顧俊的遺屍，微微一嘆，向「展翅金鵬」顧清勸道：「人生修短有數，顧二俠誤中奸人暗算，莊主不必過分悲痛！想不到千毒人魔的『毒蝟金簑』，竟已傳與小賊，此物奇毒無倫，沾身即死，莊主暫請後退，待南某誅除此賊！」

顧清含淚而退，南天義戟指西門泰，怒聲喝道：「西門小賊！動手過招各憑藏業相敵，

強存弱死，理所當然！但你這種陰毒行徑，卻犯武林大忌！你睜開眼細看，這滿座之間，哪一位不是絕世高人？舉手投足之間，便能使你粉身碎骨！殺人償命，欠債還錢，你還不自作了斷，要等老夫動手？」

九華惡寇西門泰此時凶威盡殺，雙掌依然護住前胸，目注南天義，一語不發！

南天義冷笑一聲，硬踏中宮，進身發掌，所用雖是普通的「六合」拳法，但在南天義施展，卻又不同，真正做到了所謂氣與力合，力與勁合，勁與神合，神與心合，心與意合，氣、力，勁，神、心、意六者，又彼此互合的「六合歸一」，剛柔並濟，軟硬兼攻，進似神龍掠空，退似靈蛇掣尾，撥打截壓，封閉擒拿。

這一回，西門泰不比方才有心誘敵，可是真正的招架爲難，只能在南天義的掌風拳影之內，施展小巧功夫，架隔遮攔，騰挪閃躲！

南天義長衫飄飄，招術雖然迅捷沉猛，意態卻極悠閒，他也好像畏懼西門泰青衫之內，所著的什麼「毒蝟金簑」，完全是以內家真力隔空劈打！絕不讓自己的任何肌膚沾上對方青衣，所以才便宜西門泰，勉強支持了數十回合！

西門泰方面同來的四人「金錘羅漢」智圓，最先在他自己的金錘之下證了羅漢果。竇一鶚又在「天龍劍客」陶萍的劍下敗陣。雖然還有一個「青陽雙煞」的惡道孟長風未曾下場，但他暗自度德量力，今日敗局已定，西門泰毒技傷人，已犯眾憤！

除南天義首先發難之外，慕容剛、呂崇文、滌凡道人及「展翅金鵬」顧清，個個怒形於色，此時若加接應，無非把自己也繞在其內！惡道心計甚工，把利害辨清之後，與寶一鶚兩人略一計議，老著臉兒坐視成敗，對西門泰生死呼吸的極端窘境，竟自不聞不問！

場中二人鬥到分際，西門泰似想拚命，在招架遮攔之中，突然還攻，以「雙陽沓手」向南天義當胸猛擊！

南天義哈哈一笑，「野馬分鬃」，在西門泰雙掌之中，一穿一格，西門泰兩臂痠麻，胸脅之間，門戶洞開，一聲「不好」猶未喚出，南天義神功默運，憑空屈指輕彈，「嘶」的一陣勁風過處，西門泰只「吭」出半聲，便即委頓在地。

南天義一擊成功，縱身跳出圈外，向「青陽雙煞」發話說道：

「老夫在江南行道三十餘年，對一切惡人，均以度化為旨，即屢誡不悛，也最多廢去武功，從未開過殺戒！但這西門泰，倚仗老魔頭的幾件昔年舊物，肆意行兇，倘再不加剪除，武林之中，必將流毒無算！所以才用八九玲瓏手法中的『神仙彈指』，點了他的五陰重穴！七日之內，口吐黑血而亡，別無解救！五場賭鬥，顧莊主這面，已勝三陣，你等可將這垂死的惡寇抬走，務望勿食前言，從此退出綠林，回頭向善！」

青陽雙煞孟長風與寶一鶚二人默然無言，用姥山雙傑這邊事先準備好的軟床等物，將「金錘羅漢」智圓遺屍，和半死不活的西門泰抬走，仍乘原船自去。「小銀龍」顧俊自然更

有家下人妥善處理後事。

「展翅金鵬」顧清雖然手足情深，鴿原抱恨，但知道若不是呂崇文、南天義仗義出手，今日之局，恐非「天龍劍客」陶萍及自己之力能支！

群寇方面，苟占上風，他們個個心毒手狠，則全莊焉有噍類？故而只得暫抑悲懷，重新設酒開筵，道謝眾人相助之德！

眾人也對顧清慰藉一番，說是雖然顧俊身遭不幸，但皖南道上，這幾位凶星一除，不知爲人民造福多少！此番功德，仍是無量。

快到席終，慕容剛向呂崇文正色說道：

「文侄，前在王屋四靈寨總壇，翠竹山莊的金龍堂內，你與『白衣勾魂』刁潤過手，他先蓄凶謀傷人，被你將他螳螂陰爪一齊震斷，肇因在彼，傷者無虧，所以毫不爲過！當時我斥責於你，那是因爲你一時大意，在凝氣行功之時，輕易顯露本門心法，所以藉著斥責爲由，怪你不該擅用易筋經的回元反震之力震傷刁潤，其實是藉此遮蓋，不使裴伯羽、傅君平等人，看出我們藝出何門，加強準備！

「但今日你對付智圓，卻非正派俠士應有之道，那樣恃藝驕人，戲弄對方，尤其是末了雙錘奪過之後，還要講那幾句風涼話，脫手拋錘，以致誤傷智圓，不給人留絲毫自新之路，捫心自問，應有餘慚！今後望你再與人過招動手之時，謙讓則可，否則各憑真實功力相敵，

對方藝不如人，雖死無憾，千萬不可再蹈今日覆轍！」

慕容剛這番話說得不輕，呂崇文一張俊臉窘得通紅，但知道把事做錯，只得低頭受教！

滌凡道人早就覺得呂崇文小小年紀，竟有這樣一身驚人武功，愛惜已極，見他窘得難過，忙自笑語解圍說道：

「『白衣勾魂』刁潤是鄱陽雙鬼之一，藝出崆峒，名頭不弱！四靈寨總壇所在的翠竹山莊，更是高手雲集，無殊虎穴龍潭！二位能在那種地方及人物手下討了便宜，實在令人敬佩！聞得二位曾與四靈寨訂下拜山之約，不知是在何時？貧道雖然不才，也想邀約幾位同門一觀盛會，並合力稍挫四靈寨兇焰！」

十二 千面人魔

慕容剛正好覺得明春翠竹山莊之會，自己方面人手太單，這滌凡道人，分明已得武當真傳，藝業不俗，既然自告奮勇，倒是個大好助力，聞言急忙謝過。

南天義、陶萍及顧清等人也均隨聲表示願意屆時同往，慕容剛則把三月三日約期以及結仇原由，略向眾人傾訴之後，便與滌凡道人、南天義及呂崇文等人，起立向顧清告辭，顧清再三挽留，眾人因情面難卻，遂在這姥山之上，又復逗留三日，等「小銀龍」顧俊的喪事辦完，才各自揖別，風流雲散。

滌凡因出外雲遊已久，必須先返武當，南天義則如孤雲野鶴，隨意所之，見慕容剛、呂崇文二人，意在南遊，遂相攜結伴，沿途指點山川形勝，介紹文物古蹟，多了這樣一位識途老馬，慕容剛、呂崇文二人，益發不覺寂寞！

離卻湖巢，是往東南浙江省方面進行，慕容剛、呂崇文均有良駒代步，南天義遂也買了一匹好馬，三人執策周旋，從容慢步，第三日晚間，因貪看夜景，錯過宿頭，時到初更，仍未走出一片山嶺。

好在各有一身超絕武功，也不怕什麼虎狼宵小，索性馬蹄答答，踏月緩行。

安徽省內的江淮兩域，湖泊河流，星羅棋布，在河影山光之下，漁笛衣砧，蟲聲鶴唳，那種自然音韻，交織出一片清幽！

呂崇文觀賞之餘，突然回頭向慕容剛叫道：

「慕容叔叔！那崖畔的虬松之上，不是有人在懸繩自縊麼？」

探囊揮手，一粒鐵石圍棋，電閃飛去，但繩索緊斷之後，人落地上卻僵直不動，好似早已死去！

慕容剛想起當年在蘭州豐盛堡，呂家莊外的桃林之內，也是飛刀斷索，救了一名假裝自盡的鄉農，結果被「千毒人魔」西門豹假手自己，以一隻人耳毒匣毒死盟兄之事，今日情景相若，當然深存戒心！急忙制住呂崇文輕舉妄動，與南天義慢慢走近一看，不由得大吃一驚！

原來那人七孔流血，死已多時，但卻認得分明，就是姥山赴約，在顧家莊內，以判官雙筆與「天龍劍客」陶萍過招落敗的「青陽雙煞」之一，那做莊稼漢打扮的竇一鶚！

慕容剛見過竇一鶚好端端地死在此地，不禁一愣！抬頭打量四方，果然在崖邊暗影內，另一株大樹的枝葉之中，發現還懸有一人，解下一看，未出所料，正是青陽另一惡煞的孟長風，二人死狀一樣，均是七竅溢出黑血，顯係中毒身亡之後，被人吊在樹上，並非自縊致命！

慕容剛暗忖，看此情形，對這「青陽雙煞」下手之人，心太毒辣，似非正派俠士所爲，他二人抬走西門泰，莫非……

南天義觀察半晌，自言自語道：「看這二人死狀，是他獨門手法！難道……」

慕容剛接口問道：「南兄莫非也疑心此事，是那千毒人魔西門老賊所爲麼？」

南天義看他一眼，點頭答道：

「南某昔日與這西門豹，頗有一段淵源，在十年以前，才反臉成仇！所以對他千變萬化的鬼蜮伎倆，尙能略知什一！看這『青陽雙煞』死狀，正是千毒人魔的獨門手法！此人詭譎無端，多年不現江湖，突然在此偶露魔蹤，可能是因他侄兒遇害之事而起，慕容兄及呂小俠與他結怨甚深，俗語云『明槍易躲，暗箭難防！』前途無論甚事，必須特別小心謹愼才好！」

慕容剛劍眉雙剔，恨聲說道：「慕容剛對這老賊，恨不得食其肉而寢其皮！就怕他隱居不出，無可奈何！但願如南兄之言，前途遇上，定教這老賊在我卍字多羅劍下惡貫滿盈，才能略慰我盟兄在天之靈！」

南天義聞言道：「慕容兄肝膽義氣，生死不渝，令人敬佩無已！卍字多羅劍似是恆山無憂上人不傳之秘，原來慕容兄藝出宇內三奇，無怪不把四靈寨及千毒人魔看在眼內！呂小俠身手超凡出奇，難道也是同沐無憂上人恩光所賜麼？」

慕容剛最不願倚仗無憂頭陀及靜寧真人等宇內雙奇的名望驕人，見自己把話說漏，連忙掩飾道：「先師上無下垢，元寂已久，無憂上人乃是師伯，慕容剛不過略受指點，哪裏談得到藝出恆山，南兄休要過譽！」

南天義見他設詞推脫，知道他叔侄不願輕露本相，微微一笑，也不再問。

三人策馬再行，又越過一個山頭，發現了一座廟宇。廟雖不大，建築得倒頗華麗，門匾大書「金鷲寺」三字。

南天義輕叩山門求宿，知客僧人問明來意，把三人讓到一間頗爲精緻的靜室之內，坐騎也命小僧牽到寺後。

知客陪著三人，稍談數語，便自辭出稟告方丈。少頃小僧送三碗素麵，說是方丈恐怕尊客夜行腹饑，請用夜點，即出相見。

慕容剛見那素麵之上，堆著不少松茸香菌，不由向南天義笑道：

「荒山野寺之內，竟還整治得出這樣精緻的飲食，真算口福不淺！看這幾碗素麵，色香均佳，味亦當不壞，不可辜負這位方丈好意，明日行時，多留些燈油香火之費就是，南兄及文侄，我們趁熱用吧！」

三人端起麵碗，還未就口，突從寺後傳來「希聿聿」一聲馬嘶，慕容剛長年與愛馬爲侶，到耳便自聽出，正是自己那匹「烏雲蓋雪」遇見了什麼恐怖之事，故而發出這種嘶聲！不由霍然起立，向南天義說道：

「南兄，廟後何人？竟敢暗算我們坐騎！」

南天義自閒馬嘶，就在四處打量這間靜室，忽然眉頭一皺，且不理會慕容剛，從袖底取出一根三、四寸的銀針，插入手中所捧的麵碗之內，果然半截銀針立呈烏黑！

南天義審視銀針，雙目暴現神光，滿面哂薄不屑之色！慕容剛與呂崇文卻均驚出一身冷汗，暗叫慚愧，若不是這一聲馬嘶，三人豈不全做了屈死冤鬼？

這時一個胖大僧人，面上含笑，剛剛走到靜室門口，突然瞥見南天義自麵碗之內抽出銀針，倏然變色止步，便待回頭！

呂崇文自座中躍起，點手叫道：「兇僧休走！你與我們有何冤仇？竟敢下毒暗算！」

那胖大兇僧竟似知道三人武功厲害，一言不發，伸手在室外的一根大柱之上一摸，「嘩啦」一聲，一塊極厚鋼板自空墜落，「噹啷啷」的震天巨響，砸得地上磚石橫飛，硬把門戶堵死！

三人這才注意到這間靜室的所有窗櫺，均是用極粗鐵柱所鑄，外塗黑漆，鋼板一落，無殊被人監禁在一座鐵牢之內！

慕容剛對南天義道：「南兄！江湖之中，只聽有黑店之說，想不得我們今天居然落在了黑寺之內！」

話音甫了，頭上的屋椽之間，發出一陣磔磔獰笑，一個粗暴口音說道：

「四靈寨威震江湖，從無任何大膽狂妄之人敢加冒犯！你們兩個不知天高地厚的小賊，

竟敢去往武林聖地翠竹山莊之中撒野滋事，豈非活得太不耐煩？如今玉麟令主業已通令各地寨中弟子，以你二人首級呈繳總壇者，立加特殊升賞，畀予香主之位！

「活該佛爺建此奇功，一看那黑、紅二馬，便知道你們時乖運蹇，不走天堂之路，偏投地獄之門，要在我這金鷲寺的小須彌禪房以內，被你家佛爺超度！至於另外一位老施主，也無辜株連在內，想是前生與佛爺注定有這段善緣，等收屍之時，佛爺特別替你唸上幾句往生經文，也就是了！」

南天義聞言並不生氣，只在環顧這靜室四周，嘿嘿冷笑！

慕容剛聞此才斷然肯定，那「毒心玉麟」傅君平確與自己有不解之仇！但此時還推測什麼結仇之因？只覺得把南天義也牽涉在內，好生過意不去！

方一略表歉意，南天義已自哈哈笑道：

「這種話實非慕容兄這等人物所應出口，江湖行俠，險阻艱危，還不是家常便飯？彼此既成好友，自然利害相同，何況南某早就憤激四靈寨過分跋扈驕狂，久欲邀集志同道合之人，掃穴犁庭，挫其凶焰！但這些都是後話，目前兇僧自知武功不敵，不敢入室明攻，我們應注意他下一步的鬼蜮奸謀，是從何處下手？才好準……」

話猶未了，方才兇僧傳音的屋椽之間，忽然嫋嫋生煙，三人定睛細看，原來根根屋椽也均是精鐵所製，椽上並有無數小孔，淡黃煙霧就在那些小孔之中騰騰而出！

慕容剛知道這種煙霧若非薰香，其中必也蘊含劇毒，忙自懷中取出靈丹，分與每人一粒，並把鼻孔塞住，向南天義說道：

「這是家師伯無憂上人秘煉的解毒靈丹，南兄請含上一粒！我們困在此間，總不是事，小弟來試試這些窗櫺，可能弄得它動？」

細看那些窗櫺，橫豎相交，中間只有寸許方孔，根本無法下手，慕容剛運足真力連擊兩掌，也不過把那核桃粗細的鐵柱，震得稍稍彎曲，依舊無濟於事！

這時因窗孔太小，又只有一扇，椽間噴得太多，室內煙霧已濃，又腥又臭，雖然含有靈丹，那種氣味也自難耐！

呂崇文皺眉問道：「慕容叔叔，勢逼至此，只有一試寶劍鋒芒了！」

那柄青虹龜甲劍，因昔年故主大漠神尼，與西域一派結有深仇，爲免此劍一現江湖，傳揚開去，引起無謂糾紛，所以宇內雙奇一再告誡不准輕易使用！但總無在這斗室之中坐待毒煙薰嗆之理，萬般無奈，慕容剛只好點頭。

呂崇文反手拔劍，嗆啷啷的一陣極爲清脆悠揚的龍吟起處，青瑩瑩的一泓秋水，橫在呂崇文手中，四處黃煙竟爲之減退不少！

南天義失聲讚道：「端的好劍，真是罕見神物！」

呂崇文青虹龜甲劍在手，往鐵柱窗櫺之上輕輕幾劃，慕容剛雙掌再震，果然應手立開，

現出了一個二尺方圓的大洞。三人穿窗而出，爲首兇僧還在密室機關之內，拚命放那黃色毒霧。

等到得報趕出，呂崇文早就恨透了這種暗算傷人的卑鄙之輩，青虹龜甲劍光凝電閃，劍似龍飛，舉手之間，便把個胖大兇僧，連禪杖帶人劈成兩半，屍橫就地！剩下兩名小僧正待奔逃，呂崇文殺心已動，青芒電掣之下，又是兩顆光頭墜落塵埃！

慕容剛怒聲叱道：

「文侄怎的如此瘋狂？你就算不遵我在巢湖姥山之上的諄諄告誡之言，難道連你恩師、師伯臨下山前的訓誨，也一齊忘卻？」

呂崇文恭身正色道：

「叔叔請恕侄兒頂撞！顧莊較技之時，侄兒戲弄智圓及拋錘誤傷之事，確屬輕狂不當，既經叔叔訓教，今後絕不再犯！但對這四靈寨的爪牙之輩，卻不能輕饒，因爲暗算我們可恕，爲害世人難容！就以今夜毒麵、毒煙，及房舍中的機關之類看來，這座金鷲寺內，已不知有了多少屈死冤鬼？四靈寨聲勢太大，手段太毒，江湖之上，人人側目而畏其凶鋒，含憤在心，莫敢一吐！今後侄兒只要發現四靈寨任何一處明樁暗卡，一定把他們化作飛灰，劍劍誅絕，以儆凶邪，伸張江湖正義！

「不然難道我們八年埋首，茹苦含辛學來的這一身功力，就爲了報卻一己私仇，殺一個

千毒人魔和『單掌開碑』胡震武老賊而已?恩師曾說過,自他老人家等人隱居以來,江湖之中奸邪得勢,魑魅橫行,亟須有所整頓,所以『殺』並不戒,戒之在『妄』!就拿這柄青虹龜甲劍的昔年故主大漠神尼來說,身爲佛門中人,不也在一夜之間仗此三尺青鋒,連斬六十七名萬惡不赦的江洋巨寇,至今傳爲美談,人人敬仰不已麼?」

呂崇文展眼之間連斬三僧,偏又說得頭頭是道,慕容剛一時真還無話相駁!

想起八年前,此子目睹父母遭禍,忍淚不流的那副怨毒眼神,和遠上恆山,無憂師伯嫌他一身殺孽,不肯收錄等事,知道這是劫運使然,一干奸邪恣肆太久,如今碰上這位小小殺星,一柄青虹龜甲劍,不知要有多少綠林賊寇斷肢飛頭,開膛破腹!

呂崇文見慕容剛默然無語,以爲對自己生氣,忙又涎臉笑道:「侄兒年輕,不會說話,以後盡量少殺就是!叔叔最疼我的,不要生氣,我們看看馬去!」

慕容剛與呂崇文情逾父子,便真想發脾氣,也發不出來!何況仔細一想,呂崇文所說,確甚有理,按照一路所見四靈寨爪牙,及千毒人魔叔侄的種種惡行以及當年之事,難道還說不上死有餘辜、罪有應得?所以根本就未生氣,聽呂崇文提起馬匹,心內倒是一驚,暗想方才若非寶馬長嘶,毒麵入腹,與南天義等三人,豈不成了這金鷲寺內的新死冤鬼?但寶馬不會無故驚嘶,不要被兇僧有所傷害?

即忙趕到寺後一看,黑、紅、白三匹駿馬,驕立廊下,神駿如常,引導三人入寺的那個

知客僧人，卻已腦漿迸裂，地上還遺有一柄戒刀。顯係想來暗算，被寶馬奮威踢死，前殿又起爭鬥，所以屍體尚未收拾，也顧不得再害寶馬！

慕容剛真為自己這匹烏雲蓋雪擔心，見牠不但無恙，並還踢死一名兇僧，不由高興已極，伸手一撫馬背，寶馬昂頭擺尾，一聲驕嘶！慕容剛乘這烏雲蓋雪寶馬，昔年在白山黑水之間，肝腸似鐵，義氣如雲，不知做了多少除暴安良、扶危濟困之事！

牠這一嘶，嘶得慕容剛英風盡復，劍眉軒動，星目閃光，向呂崇文說道：

「我們今後處置任何人、任何事之前，先盡量憑自己的良知加以判斷，當寬則寬，當厲則厲！當放則放！當殺則殺！你說得一點不錯，江湖中危機四伏，荊棘叢生。稍微善良軟弱之人，不但隨處受人欺凌，並隨時有喪生之禍！若不能剷除不平，造福人群，要這一身武學何用？自此我們便憑掌中三尺青鋒，胸內一腔熱血，從頭整頓這齷齪江湖！回山後，兩位老人如若降罪，我與你一齊領責！」

呂崇文見慕容剛竟被自己說服，不由高興已極，這金鷲寺規模不大，四個兇僧均已涅盤，三人自己從廚下找些食物，試過無毒，胡亂充饑，並略為歇息。

天明以後，因這寺內設有機關，不必留以貽禍，遂放起一把大火，策馬南行，仍往浙江方面進發。

南天義在馬上向慕容剛笑道：

「我們被困密室之內，呂小俠劍一出鞘，南天義便知不俗，但想不到是大漠神尼昔年故物！但江湖傳言，當年大漠神尼劍劈西域魔僧之後，即將所用青虹龜甲劍投入天山絕壑，誓不再用，不想今日重現江湖！

「據我所聞，大漠神尼嫉惡如仇，在這柄劍下喪生之人，不下二、三百之眾！所以除青虹龜甲劍本名以外，此劍又名『天下第一煞劍』！慕容兄與呂小俠雖然真人不肯露相，但南天義窺一斑可測全豹，二位均身懷極高武學，再有這稀世寶物在手，綠林宵小之輩，大概又是一次劫運當頭，無可稽誅於絕藝神兵之下了！」

慕容剛對這南天義的器宇風懷，著實欽佩，此時更震驚他關於江湖掌故，幾乎淵博到無所不知！聽他又在讚許自己，微笑說道：

「武林中高人無數，我們叔侄這點微末之技，不值方家一笑！倒是南兄在巢湖較技，憑空彈指，點那『九華惡寇』西門泰五陰重穴之時，所用六合拳中揉雜著的八九玲瓏手法，確是一種絕傳已久的內家絕藝呢！」

南天義笑道：「慕容兄眼光畢竟高明！這八九玲瓏手法，我確是近六、七年來得了一冊秘笈以後所習，無師自通，功候還差得太遠，真正遇上高手，原形立現，慕容兄再加謬讚，便使我汗顏無地了！」

三人一路談笑，不覺已到安徽東南的寧國縣境，慕容剛雖然聽說八年前贈送自己雕凰玉

珮的白馬白衣女子，往南海朝香，所以想由江浙沿海南行，一來訪查「千毒人魔」西門豹的蹤跡，二來如能遇上此女，也好看看是否就是四靈中聲譽最好的「天香玉鳳」嚴凝素！

但寰宇之大，又無準確去處方向，這種希望未免太已虛渺，而千毒人魔行蹤尤其詭秘，更非一時可以尋得！四靈寨約會之期又遠在明春，故而身上並無急事，每到一處，均隨意徜徉遊覽。

南天義有位老友，住在這寧國縣城之中，既然路過，正好順便探視，三人遂落店投宿，準備明日再行。

晚飯用畢，南天義自去訪友，慕容剛、呂崇文則上街流覽，彼此歸來之後，因時間還早，齊在房中閒坐飲酒。南天義持杯在手，無意之中，偶一抬頭，面上神色忽然一變！

慕容剛何等機警？知道必有岔事！順著南天義目光看去，只見房中屋梁之上，貼了一張長白紙條，條上字跡雖看不清，但末尾因署名稍大，慕容剛卻已看了個一真二切！當年往事，立時電映心頭！

霍地輕伸猿臂，止住南天義作勢欲縱的身形，抄起桌上的一雙竹筷，躍起當空，就用手中竹筷，把那梁中紙條輕輕夾下！

南天義見他這般小心，取出銀針一試，紙上未如所料，絲毫無毒，只寫著兩行字跡道：

「鐵膽書生！你倘若膽真如鐵？明日夜間，請到浙江百丈峰下的古塔塔頂一會，彼此了

卻八年舊債！」

下面赫然署著八個大字「千毒人魔」西門豹啓！

慕容剛閉眼皺眉不語，呂崇文卻見這千毒人魔不找自來，親仇眼看可殲其一，頗爲興高彩烈！叔侄二人各懷心事，輾轉枕席，連南天義也攪得一夜未曾睡好！

次日清晨即行，那百丈峰屬天目山脈，在浙江省內，鄰近安徽，離這寧國縣城本就不算太遠。慕容剛的烏雲蓋雪和呂崇文的火騮駒，又是千里良驥，雖然南天義的白馬稍弱，延慢不少腳程，但天過晌午，也已到了百丈峰下！

十二 古塔魅影

呂崇文初生之犢，滿不在乎，慕容剛卻因昔年上過大當，知道傳言不謬，這千毒人魔實是陰詭無倫！他既然敢於下帖相邀，必然有甚自恃，遂主張乘著白天，先行找到古塔，把周圍形勢踩探一遍！

果然在這百丈峰麓，頗爲隱僻之處的一座廢寺之後，發現千毒人魔帖上所說的那座古塔。塔共七層，好似久無人跡，蛛網塵封！但從那些雲棟風鈴及各種雕塑的玲瓏形態看來，當年香火盛時，高超碧落，俯視煙雲的巍峨之狀，仍然可以想見！

慕容剛想一看塔中光景，剛剛走到塔門，又見一張紙條迎風飄舞，上面寫著：

「月到中天，人在塔頂，鐵膽書生何必操之過急？」

慕容剛臉上微紅，不再入塔，與南、呂二人就在附近徘徊眺覽，準備宵來赴約！

這一段不太長的時間，在慕容剛、呂崇文的感覺之下，簡直過得緩慢已極，好不容易等到夜色朦朧，彼此用畢乾糧，突然風雨大作，傾盆不止！

空山新雨，天氣生寒，等到風息雨停，慕容剛抬頭一看，下弦秋月已然將到中天，忙把坐騎藏好，取出解毒靈丹，分給每人一粒，向呂崇文正色道：

「這千毒人魔一身是毒，防不勝防！我們口含靈丹，你並把寒犀角備好待用！少時如若動手，必須效法你南老前輩制那西門泰一般，完全以內家掌力，劈空遙擊，千萬不可讓他任何物件觸及我們肌膚！就連那座古塔門窗牆壁，以及一切陳設之物，均須特別小心，不可輕

易觸碰！」

呂崇文先前確實未把這位千毒人魔估得太高，但見慕容叔叔對他如此忌憚，一再諄諄囑咐，也自提高警覺，唯唯應命！

那廢寺周圍，盡是些參天古木，在淒淒月色之下，好像是無數幢幢魅影，加上極幽極靜之中，突然不時響起的梟鳥悲號，景色確實陰森森的，懾人心魄！

三人轉過廢寺，借著淒迷月色，看見那座古寺黑黝黝地矗立在萬樹叢中，除卻風搖葉顫，積雨下滴，和斷續淒涼的蛩鳴之外，便是一片死寂！

慕容剛以為千毒人魔又是故弄玄虛，根本不敢真正來到古塔赴約，回頭向南天義道：「老魔狡獪無倫，可能我們這回又是徒勞跋涉，上他惡當！」

南天義微微一笑，手指塔頂，向慕容剛說道：「慕容兄！這回卻料得不對，你看塔頂燈光已現，南某與這老魔也有多年舊債，正好一齊清算！」

慕容剛聞言霍地回頭，果然就在這剎那之間，那古塔最高的第七層上，點起了一盞孤燈，綠熒熒的宛如鬼火般，正對三人的塔窗之間，也現出一蒙面黑衣人影！

慕容剛一見塔頂人影的這身裝束，傷心往事，重到眼前！這不分明就是八年前，呂家莊外，桃林之內，假扮劫路強人的那個蒙面黑衣客麼？

深仇在目，滿腔熱血不住翻湧，心頭也不住騰騰亂跳，但知千毒人魔既敢現身，必有詭

計，生怕呂崇文萬一按捺不住，衝動起來，易遭暗算！遂一伸手，攔住呂、南二人，叫他們把解毒靈丹含入口內，然後自己舉步當先，緩緩向古塔走去！

塔門虛閉，日間那張紙條仍貼其上，但卻換了八個大字：

「鐵膽書生，請從此入！」

千毒人魔兇名久震，四周環境又是這樣陰氣森森，慕容剛一朝被蛇咬，十年怕井繩，真連這塔門都不敢用手去推，拔出腰懸長劍，朝塔門中央輕輕一點！塔門「呀」然自開。

慕容剛、南天義及呂崇文均不禁被一件意外之事驚得連退幾步！原來當門立著一具骷髏，嶙峋白骨，襯著從叢樹枝葉之中漏下的幾絲淡淡月光，加上塔頂幾隻夜鳥，撲撲驚飛，遠山再傳來幾聲慘切猿啼，確實怖人已極！

這古塔底層一片漆黑，從暗影中突然出現此物，呂崇文真被嚇了一跳，等看清是具骷髏，不禁大怒，單掌遙推，一股奇勁掌風，把那骷髏震得四分五裂散落在地！

骷髏震散，三人才入塔內，塔頂便是一陣「哼哼」冷笑，笑聲怪異淒厲，四壁回音嗡嗡，似有萬千惡鬼同時並作哀鳴，聽去令人心魂欲飛，毫髮皆豎！

慕容剛劍眉雙剔，搶步登梯，閃眼一看，這第二層塔上，倒也點著一盞孤燈，但空無一物，只在窗台之上擺有三只酒杯，酒杯之下，壓著一張紙條，仍然是八個大字，寫的是：

「點滴斷腸，試君鐵膽！」

武林之中，這一種尋仇赴約，對方就是設下了劍樹刀山，也須坦然直前，毫無懼色，才稱得起英雄人物！所以慕容剛先前那般防範千毒人魔，連這古塔之中的任何物件，均避免觸碰，但對這標明「點滴斷腸」的毒酒，卻毫不遲疑地舉杯一傾而盡，且是連盡三杯！這不但表示了不畏任何艱阻，矢志尋仇，並且代替南天義、呂崇文二人，承擔了毒酒穿腸的殺身奇險！

但這位專以毒藥成名的千毒人魔，在這酒中，卻按著武林規矩，毫未下毒！慕容剛三杯入肚，神色泰然，南天義自在一旁暗挑拇指！

那盞孤燈之內，居然又有花樣，燈花越來越變成暗綠顏色，慕容剛方笑了一聲說道：「老魔頭盛名在外，怎的盡弄這些狡獪？未免太小家子氣……」

話猶未了，燈花一爆，倏地全滅，眼前頓時一片黑暗，但頭頂似有微光，注意看時，原來這第二層塔，與塔頂之間已無阻隔，上下相通，螺旋形的塔梯，則均已頹壞堵死，所以要想到達塔頂，非從第二層起施展輕功，平拔而上不可！

這時千毒人魔的笑聲已止，古塔之中，連半絲聲息全無，又恢復了沉默得可怕的那種死寂！

慕容剛打量由此起腳，約須縱過五丈才能到塔頂，像這樣高下，自然難不倒自己與呂崇文，就連南天義，照他在巢湖所顯露的那手「平步青雲」絕頂輕功看來，也似不足為慮，他

自入古塔以來，知道面對武林中第一險詐狡兇人物，事事均是一馬當先，此時貿然上縱，危機自然甚大，他豈肯讓南、呂二人以身涉險？肩頭微晃，「潛龍升天」，一拔便是五丈來高，但把佛門般禪掌力業已提足，全神貫注當頭。以防不測！

但腳點古塔頂層的方磚，不覺一怔，因爲那位黑衣蒙面的千毒人魔，卻在憑窗遠眺，明明聽得有人上塔卻連頭都不回，好似根本就沒把這位和他誓不兩立的強仇鐵膽書生和小俠呂崇文等人放在心上！

這時，南天義、呂崇文業已跟蹤縱上，慕容剛真想不到這千毒人魔，居然如此沉穩從容？自己遂也把驟見不共戴天深仇的那種既高興又緊張的心情，稍微一定，手指千毒人魔出聲叫道：

「西門當家的！慕容剛與呂崇文應約來此，了斷彼此的八年舊債，你何必再擺這些無用排場！趕快劃下道兒，我們是條條照走！」

千毒人魔不理不睬，憑窗依舊，慕容剛心頭微慍，冷笑說道：

「閣下何以如此傲慢無禮？慕容剛與呂崇文雖然與你有一天二地之恨，三江四海之仇！但仍不屑於在背後傷人，不然三尺青鋒之下，你豈不早做了洞胸之鬼？」

「江南隱俠」南天義二度爲慕容剛的這種光明磊落襟懷暗挑拇指，並向慕容剛道：

「慕容兄！這老魔端的狡獪無倫，我們大概又上了一個大當！據我看來，憑窗而立的，不像是個真人呢！」

慕容剛被南天義一言提醒，上前一看，果然是個假人，但做得唯妙唯肖，在這樣微弱燈光之下，簡直難以分辨，塔窗之間，掛有一根長繩，直垂塔下，三人才一探頭，樹林之內，閃出一個與塔上假人衣著一般無二的黑衣蒙面之人，向塔上哈哈笑道：

「鐵膽書生果然不凡，但老夫因有急事，今夜無法奉陪！好在我化身千億，時時不離你等左右，我們前途再見！」身形微閃，沒入林內。

慕容剛與呂崇文等人空自氣憤填膺，無奈追之不及，只得徒呼負負！

下塔以後，尋回馬匹，慕容剛越想越不明白，這千毒人魔既然下帖邀約在這古塔相會，爲何又虎頭蛇尾，不戰而退？

回頭一問南天義，南天義沉吟片刻，皺眉說道：

「西門豹一生行事，任何人均難以猜測，但在古塔之上的一切佈置，卻多屬戲耍！例如酒中無毒等等，不但與他昔日行徑大相逕庭，且對慕容兄及呂小俠這等深仇，好似並未存有多大惡意，著實令人費解，空自揣測無益，好在老魔說過前途再見，料無虛言，我們沿路多加小心便了！」

慕容剛雖然滿腹疑雲，但無法解答，只得信馬前行。

到了一個昌化縣屬的小鎮之內，時值晌午，三人均覺腹饑，方自下馬入一家飯店，店家

業已迎上前來，滿面堆歡，招呼笑道：「三位尊客請坐，小店酒菜均是現成，包令尊客滿意！」

霎時送上十斤陳紹美酒，一隻油淋肥雞，兩尾鮮魚，一蒸一煎，還有一碗新鮮蟹糊，一盤荷葉蒸肉。

三人雖然覺得像這樣小鎮店中，居然在短短時間之內整治出這等酒飯，太已難得，但因一夜乘騎，頗感饑餓，酒菜又件件鮮美，到口便如風捲殘雲，頃刻之間，吃得一乾二淨！

飯罷吩咐結帳，店家陪笑回道：「這酒菜早已有人訂好，帳也付清！」

慕容剛聞言面色一變，方待細問那人形貌，店家笑嘻嘻的自衣袋之中掏出一個信封，遞與慕容剛道：「那位爺說是尊客舊友，極其慷慨，賞賜甚多，並命小人將這信呈交騎黑馬的尊客！」

慕容剛又疑心到那位莫測高深的千毒人魔身上，但見店家手執信封安然無事，遂接將過來，用竹筷夾出信箋，攤開一看，只見上面寫著：

「鐵膽書生俠駕南來，老夫忝屬地主，古塔之巔，因事爽約，歉疚無已！濁酒粗肴，聊當謝罪，請放寬鐵膽飲酌，保證安全無毒！」

下面雖未署名，但一看便知，不出自己所料，果然又是那位千毒人魔！

南天義就慕容剛手中看完信箋道：「我們這頓飯可吃得太過玄虛！難道江湖傳言，千毒

人魔業已回頭向善之語，果然是真？不然任憑我們功力再高，此刻只怕早已魂飛腸斷！」

慕容剛冷笑一聲，接口切齒答道：「西門豹蛇蠍爲心，豺狼成性，數十年闖蕩江湖，身揹無數惡孽，這種人怎會回頭？不過是賣弄他那兩下鬼蜮伎倆驕人而已！暫時讓他得意，只要叫我撞上，慕容剛若不使他當時碎骨粉身，以慰我盟兄的在天英靈，武林之中，從此便無『鐵膽書生』四字！」

呂崇文悶聲不響，珠淚雙垂！

南天義見自己的幾句話，引得他叔侄如此傷感，也覺得不是意思，哈哈一笑，自找下場，三人繼續向前趕路。

這日行到建德附近，天已昏黑，四周全是一片墳塋，斷碣殘碑，荒煙蔓草，秋螢點點，綠火磷磷，間有極其怪異悲涼的梟嘯蟲鳴，點綴得景色幽森，淒涼已極！

一鉤殘月，不時爲浮雲所掩，淡淡柔光忽隱忽現，慕容剛馬上微吟道：

「秋墳鬼唱鮑家詩，確是目前光景……」

語未畢，突然聽見四外荒煙蔓草之內的那些寒蛩淒切聲，真如啾啾鬼語一般，彷彿有人在不斷低低喊著自己外號「鐵膽書生」四字！

十三 波詭雲譎

呂崇文也自失聲驚叫道：「慕容叔叔！你看那是什麼？」

慕容剛偏頭看處，東南方最高大一座墳頭的碑上，突然現出一片極淡磷光，磷光之中，並有慘綠色的「鐵膽書生對我來」等字樣，不住閃爍明滅！

不問可知，又是千毒人魔的一貫手法！

慕容剛屢受調侃，蓄怒已深，暗囑南天義、呂崇文注意四外動靜，勿使逃脫，自己卻冷笑一聲，發話叫道：

「西門當家的！你在江湖之上也頗有名頭，怎的行事均如鼠竊狗盜？這片荒墳，是個大好埋骨之處，你我如山舊恨，正好清還，慕容剛恭迎大駕！」

慕容剛這回勢在必得，一面發話，一面緩步前行。心想：四處有南、呂二人監視，當前這數丈方圓，又全在自己目光籠罩之下，這回老魔頭便脅生雙翅，諒你也難飛脫！

但四周景色太暗，月光又似有似無，慕容剛話完無人應聲，走近墳前定睛一看，知道又是徒勞，西門老魔果然智計絕倫，地形選得太好，此時早已鴻飛冥冥！

原來那座高墳背後，便是一大片長幾過人的蔓草，草後黑壓壓的松林頗爲茂密。碑上字跡想是早以磷光寫好，再用黑布蒙住，等自己一行到來，先行學那啾啾鬼語亂人心神，然後揭布現出磷光字跡，人便隨由草中遁入林內，還往哪裏去找？

碑上磷光，仍在依稀明滅，慕容剛借著明滅微光，看見碑下石桌之上，用兩塊鵝卵石壓

著一張柬帖！

慕容剛此時對這千毒人魔詭秘難測的各種行徑，反倒感覺有點興趣！索性緩步走上墳前石階，恰好掩月浮雲已過，清影流光，柬上字跡約略可辨，寫的是：

「老夫偶因機遇，頓悟本來，近六、七年間，埋首深山，懺悔前孽。當日桃林之事，往者難追，久耿胸懷，歉疚不已！賢侄中原仗劍，決意恩仇，其欲搜索西門豹，剖腹剜心之志，不想可見！但自巢湖起始，老夫行蹤，每日均不離賢叔侄百步以外，三餐一宿，隨時皆可略施薄技，殲此強仇！即以此刻而言，慕容大俠足下，即踏有毒釘三枚，倘老夫不去釘頭，任憑慕容大俠身負絕世武功，早化南柯一夢！……」

慕容剛看至此處，驀地驚心，抬足一看，右足下的石階之上，果有三根去了釘頭的純鋼鐵釘！但埋藏極巧，是先把石階鑽孔，埋入毒釘，然後再用鋼鋸，齊石階鋸去釘頭，所以足踏其上，依然毫無知覺。

慕容剛雖然知道他是存心示好，但對千毒人魔這種揣測自己心理之精微，計算自己所立步位及方向之準，也不由得悚然生懼，驚出一身冷汗！稍定心神，再行往下看那柬帖：

「……凡此種種，無非顯示老夫委實不願再造惡孽。但慕容大俠多年茹恨，呂小俠矢志親仇，老夫亦有自知，絕非善言能解！但憑人力，莫問天心，賢叔侄放寬胸懷，且做勝遊，南行千里之內，西門豹負責將這段冤仇，做一合理了斷！」

慕容剛看完千毒人魔這封柬帖，百感交集，心頭一片說不出來的滋味，竟自癡然木立！

南天義、呂崇文見慕容剛這般神情，不知出了什麼岔事，雙雙縱過，看完柬帖，呂崇文向慕容剛淒聲叫道：

「慕容叔叔，當初若不是西門老魔用那人耳毒匣害死我爹爹，那『單掌開碑』胡震武來時，根本就不見得能討便宜，我娘怎會遭那分屍慘禍，追本溯源，西門老魔才是殺我雙親的罪魁禍首，侄兒對他恨重如山，比那胡震武老賊猶有過之！怎的叔叔竟爲他幾句花言巧語所惑，忘卻了與我爹爹的生死之交了麼？何況老魔頭句句謊言，他說他痛恨前非，不願再造惡孽，那『青陽雙煞』孟長風和竇一鶚身遭毒斃，懸屍山林，是誰毒殺的？」

慕容剛被呂崇文那一句「忘卻了與我爹爹的生死之交了麼？」戳傷心靈，當年盟兄手捧人耳毒匣，慘死壽堂的情景，頓現眼前，驀地一挫鋼牙，英雄淚滴下衣襟，高聲叫道：

「千毒人魔若尚未去遠，請聽一言，慕容剛、呂崇文矢志報仇，此心不轉，你不必示恩賣好，有何手段？儘管施爲！慕容剛若負盟兄，有如此石！」

一伸手抓起壓柬帖的鵝卵石，雙掌一合即揚，碎落一地石粉！

南天義暗暗驚佩慕容剛掌上神功，呂崇文卻知道自己一時情急，話說太重，恐怕慕容剛傷心，蘊淚抬頭，滿含歉意地叫了一聲：

「叔叔！……」

慕容剛擺手止住他發言，淒然一笑說道：

「文侄不必解釋，你心切父仇，說話稍失分寸，本在情理之中，慕容叔叔怎會怪你？我是勾惹起當年傷心事情，此仇未復，片刻難安！我們何必在這荒墳亂塚之間與鬼為鄰，趕快上馬走吧！」

三人策馬走出亂塚，那座高墳背後的長長蔓草，往兩邊一分，鑽出一個黑衣蒙面之人，走到墳前，一看地上那堆石粉，搖頭驚嘆，伸手把石桌上的柬帖撕碎，拭去碑上餘磷，仍自蔓草之中，縱向密林之內！

說也奇怪，慕容剛這一碎石明心，矢報深仇後，「千毒人魔」西門豹的飄忽魔影，也不再現。

又是一個風雨之夜，地屬縉雲縣界，山嶺連綿，三人行到一座小山半腰，看見一戶人家，茅屋三間，微有燈光外爍。

慕容剛先行下騎，準備叩門求宿，但是，剛走到那虛掩的柴門之前，便覺得室內血腥之味沖鼻！知道這戶人家業已出事。

把門一推，首先入目的，便是一位六旬開外老者，口溢黑血，死在門旁，手中還緊握一柄雁翎刀，尚未丟去！

胸前微微露出一個亮晶晶的虎頭，慕容剛一眼便自認出，那是專破內家氣功，極其霸道的外門暗器「白虎釘」！看老者口溢黑血情形，釘上定還餵有劇毒！

東室門邊，露出一雙人腿，走進一看，是位年老婦人，業已連肩帶背，被人劈成兩段，西室之內，更爲悽慘不堪入目，一個美貌少婦死在床頭，從那衣衫撕得破爛不整的情形看來，似是拒姦被殺！地上並還有一個三、四歲的幼童，腦殼被人砸得稀爛！

慕容剛不忍再看，回到中室，向南天義恨聲說道：

「南兄，你看這一家四口，死得如此慘絕人寰，不知是哪路賊子所爲？我們身爲俠義，這類奇冤若不代爲伸雪，真應愧死！」

南天義尚未答言，呂崇文卻因恨煞千毒人魔，脫口叫道：

「看這般毒辣手段，定然又是那『千毒人魔』西門豹，口稱痛悔前非，而實際所造的無邊惡孽！」

南天義啞然一笑說道：「呂小俠這卻料錯，千毒人魔所說回頭痛悟前非，不管是真是假，但他殺人從不用刀，且有一樁好處，生平不開淫戒，所以這一家四口慘死之事，絕非出自千毒人魔之手，可以斷論！但附近僅此一戶人家，無一活口，要想查出做案之人，難免費番手腳……」

語方至此，三人同時警覺，屋外又有人來！

果然一個滿面風塵、三十來歲的壯漢，手攜行囊，好像是從遠道歸來，興匆匆地一推柴扉，口中叫道：「爹爹，門外怎有這好的三匹駿馬，難道家中來了什麼貴客？」

但一進室中，看見老者遺屍，神色立即巨變，狂吼一聲，甩去手中行囊，照準站得離他最近的慕容剛，當胸便是一掌！

慕容剛知道人在急痛之時，難以理喻，上步欺身，疾伸二指，一下便自點了大漢穴道，和聲說道：「這位兄台，暫時恕我得罪！我等乃是過路之人，偶爾發現尊居出了這種慘事，一家四口，無一倖存，手段之辣，委實令人痛恨！正在商議怎麼查緝凶徒，以代死者雪此沉冤，兄台恰好歸來，以致誤會！人死不能復生，徒悲無益，望兄台稍定心神，若能推測出做案之人，我三人負責爲你懲凶雪恨！」

說完之後，替他解開穴道，大漢不答慕容剛所問，趕往東西兩室一看，捶胸頓足，仰面悲觀，無法控制這種激動情懷，「咕咚」一聲，便自暈倒！

南天義淒然搖頭，蹲身慢慢爲他按摩點拍，半晌過後，大漢悠悠醒轉，想起父母妻子悉數遭難，真是欲哭無淚，全身不住抖顫，吞聲飲泣！

男子輕不垂淚，但若到了傷心極致之時的放懷一慟，聽來卻比婦人啼哭，更覺悲涼！而這種全身抖顫的無聲飲泣，更是傷心之最，再配上滿地血跡，到處遺屍，小俠呂崇文禁不住的無名火騰，忍不住的英雄墜淚！

青虹龜甲劍「嗆啷」出鞘，颼地一聲，精芒閃處，把長案劈下一角，向地上大漢瞋目叫道：

「你一家四口被人殺光，只哭無用！還不趕快推測仇人，呂崇文要仗著一支長劍，替這茫茫濁世，瞶瞶蒼天，蕩掃群魔，整治出一片清平世界！」

說也奇怪，呂崇文這幾句話，比慕容剛、南天義多少好言勸慰，均來得有效！

那大漢霍地起立，目中點淚全無，在滿口鋼牙挫得大響之中，說出一番話來：

原來這大漢名叫楊堃，父親楊殿英，本來是位江蘇名捕，因年老退休，遂率領老伴及子媳孫兒，在這景色明秀的括蒼山麓，蓋了幾間茅屋，以樂天年！楊堃雖然也有一身武功，但楊殿英身爲公門名捕，見聞太多，知道在江湖之中的刀尖之上打滾，極少能有良好收場，遂嚴禁楊堃再繼父業，只做些小本經營，以維家計。

照說知足常樂，這一家人應該安泰無憂，但蒼天瞶瞶，魑魅噬人！就因爲楊堃之妻頗具幾分姿色，竟而肇下今日這場滅門慘禍！

括蒼山摩雲嶺，有四位強人嘯聚，「鐵臂金鼉」伊義、「常山蛇」焦淳、「青面獅」巴雄、「飛天火燕」紅綃，口稱「小四靈」，也是四靈寨的一處分寨。

其中「常山蛇」焦淳好色如命，偶過楊家所居，看見楊堃之妻，驚爲天人，遂動歹念，幾度向楊殿英邀請楊堃到他摩雲嶺中加盟入夥，楊殿英連公門之事都不願讓楊堃繼業，怎肯

答允使他加入這種形若強梁的江湖群會？不但次次堅拒，並遠遣楊堃外出行商，以避免焦淳這種無聊糾纏！

楊堃此次出外三月，甫返家門，就發現這場滔天禍變！痛定思痛之下，再三思索，爹爹雖在公門甚久，一生仁義爲先，從未結怨！難道就是摩雲嶺的小四靈所爲？但自己與他們最多是堅拒入夥，無甚深仇，似乎不應遽然下此毒手？

呂崇文聽說此處又有四靈寨分寨，爲首之人，又叫甚麼小四靈，那一把無名火越發高冒，向楊堃叫道：

「照這下手之人心腸狠辣的程度看來，不是四靈便是『千毒人魔』西門豹！千毒人魔，魔蹤飄忽，不易找尋，這甚麼小四靈，既有巢穴在此，你葬好家人，便帶我們一探，替你查它一個清清白白！若就是小四靈所爲，則殺人償命，欠債還錢，我把他們劍劍誅絕，正好四命四償，豈不公道！」

南天義卻已看出這楊堃神智雖未全昏，但眼光業已呆滯不靈，倘再受重大刺激，能急痛成瘋，父母妻子均是至親骨肉，那等慘死之狀，不宜令他再見，遂略問摩雲嶺方向途徑，突伸二指，一下點了楊堃暈穴，向呂崇文笑道：

「呂小俠請你先帶此人去至前途相候，掩埋他一家四口之事，我與慕容大俠擔當這場功德！」

呂崇文暗中佩服南天義做事老到，如言帶起楊堃，去到前途，等了好大時光，慕容剛、南天義才把楊氏一家人掩埋妥當趕來，但楊堃穴道解開以後，神智業已不清，滿口譫語，見人便欲拚命！

這一來，三人無奈他何，只得另外找家山民，一住三日，楊堃依然不見痊癒！互相商議之下，認爲只有這樣帶他一探摩雲嶺，倘此案果然係小四靈所爲，楊堃眼見深仇得雪，心願一了，神智或能恢復！

好在途徑方向事先早已問明，慕容剛的烏雲蓋雪比較神駿，遂將楊堃帶在鞍後，直奔摩雲嶺而去！

既稱摩雲，當然峻拔，呂崇文看見前面一嶺巍然，眾山相拱，知道已到地頭，翻腕掣出背後的梅花劍，彈鋏高歌道：

「寶劍光寒天下，神駒踏遍江湖，一身俠骨好頭顱，看我誅除狐鼠！……」

歌聲未了，道旁林內閃出兩個壯漢，一身勁裝，青布纏頭，手中各執一柄明晃晃的鋼刀，向四人大喝道：

「來人上山何事?可知摩雲嶺是甚所在，豈能任你隨意喧嘩！」

呂崇文哈哈長笑，聲若龍吟，梅花劍脫手飛出，把兩丈多外一株大樹一劍穿透，劍尖突

出樹外，顫搖不定！嘴角微哂，冷冷說道：

「小爺替天行道，是專門查看小四靈的惡跡而來，快叫那『常山蛇』焦淳出來見我！」

兩壯漢雖然覺得呂崇文年歲太輕，口氣太狂，但為他那兩丈以外飛劍透樹的神威所懾，略為打量四人，便自退往寨中報信！

呂崇文拔回寶劍，少時嶺上迎下一群人來，當中兩人，一個又高又瘦，滿面奸詐之色，另一個身材魁梧，蟹面虯髯，不問可知，正是那小四靈中的「常山蛇」焦淳和「青面獅」巴雄。

果然那高瘦身材之人，目光觸及楊堃，似乎微微一怔，但隨即神色平復，當先向慕容剛抱拳笑道：

「適才手下來報，焦淳便知可能是遼東大俠鐵膽書生駕到！我大哥四妹，因本寨總壇之中突有幾位香主光臨，須加款待，不便出迎，慕容大俠既有鐵膽之稱，不問你來意如何，可敢到我區區小寨之中一敘？」

慕容剛見這「常山蛇」焦淳竟以言語相激，不由縱聲大笑說道：

「焦當家的！四靈寨總壇翠竹山莊，比你這摩雲嶺山寨如何？慕容剛還不是坦然出入？一路之上，玉麟令主惠我良多，正想找個貴寨中有頭臉之人，致謝厚意！焦當家的，請你頭前引路！」

焦淳、巴雄一笑回身，呂崇文幾度要想當時發作，均被慕容剛所阻，並低聲說道：

「這『常山蛇』焦淳一臉邪淫之相，楊家之事，我已斷定是他所為，此類兇人，留之必為世害，你且暫為忍耐，少時必定讓你殺個痛快！你沒聽說四靈寨總壇之中，派下幾位香主，照沿路情形看來，可能是專為對付我們的！倘我料想不錯，這干鼠輩一鼓而殲，豈不乾淨省事？」

這摩雲嶺山寨倒甚寬宏，大廳之中，設有一席盛宴，一個黃臉胖大壯漢，和一個紅衣紅裙妖媚少婦，見焦淳、巴雄迎進慕容剛等人離席降階相迎，另外還有三人，卻大邁邁地坐在席上文風不動。

慕容剛哪裏理會他們這等張勢，南天義卻向他輕聲說道：

「想不到太湖三怪也投入四靈寨，此三人武功個個不凡，尤其是中座那瘦矮老頭，名叫『鐵扇閻羅』孫法武，功力最高，倘若動手之時，千萬留神他那鐵扇之中另有花樣！」

慕容剛微笑頷首，彼此入席坐定，黃臉胖大壯漢自報姓名，是小四靈首腦「鐵臂金鼉」伊義，用手一指紅衣少婦道：

「這是我四妹『飛天火燕』紅綃，上座昔年的太湖三傑，『鐵扇閻羅』孫法武，『癲虎』彭飛，『玉面神鶴』蕭子俊，現在卻均是本寨玉麟堂下三家香主，慕容大俠與呂小俠，伊義久已聞名，這位老朋友和這位壯士，不知怎麼稱謂？」

慕容剛接口笑道：「這位老人家是『江南隱俠』南天義，這位壯士，名叫楊堃，焦當家的似乎應該認識，慕容剛今日也就是爲他，才特上摩雲嶺來拜望。喂！焦當家的！在江湖中闖字號之人，最要緊的是英雄氣概，敢作敢爲，楊壯士一家四口齊遭慘戮，可是焦當家所爲的麼？」

「常山蛇」焦淳一陣獰笑說道：「焦二太爺一雙手下，少說些也有百、八十條人命，楊家四口算得了什麼？你問得不錯，正是焦二太爺因那婦人不識抬舉，一時惱怒所爲！你說你爲此事上我摩雲嶺，難道就憑你們幾人，還想把你們二太爺怎麼樣麼？」

慕容剛用眼色止住呂崇文發怒，含笑說道：「殺人償命，欠債還錢，焦當家的只要承認此案是你所做，事就好辦！」

楊堃此時好似稍有知覺，一雙怨毒眼神，死盯著「常山蛇」焦淳，鋼牙咬得竟從口角之間沁出血水，慕容剛看他這般神情，劍眉微剔，隱藏殺氣，自懷中取出一粒靈丹，遞給南天義，請他餵給楊堃服下。

自己卻回頭注視著那傲踞上席，自飲自酌，旁若無人的太湖三怪發話問道：

「三位既然來自翠竹山莊，慕容剛有一言動問，我叔侄與貴寨已訂明春拜山之約，爲何一路之上，效那下流鼠輩所爲，屢加無恥暗害！難道說這就是威震江湖的四靈寨的寨規？三位能否還我一個公道！」

自從四人入廳以來，那「飛天火燕」紅綃就不住地在慕容剛和呂崇文的臉上瞟來瞟去！太湖三怪中的「玉面神鷹」蕭子俊，駐顏有術，近五十的年齡，看上去還不過二十來歲，一到此間，便和魏紅綃有了勾搭！此時見她這副蕩逸神情，不禁醋火中燒，不等「鐵扇閻羅」孫法武開口，便自搶先說道：

「你們與『單掌開碑』胡香主所結梁子，雖已訂約拜山，但得罪了另外一位煞星，卻難活到赴約之日！你一路上傷了我寨中不少弟子，今天在這摩雲嶺，居然還敢如此猖狂，真不愧人稱長白狂客！至於你向我弟兄要的什麼公道，蕭某不懂這些，只知道強存弱死，真在假亡，何必囉裏囉嗦，乾脆後寨演武場中一會！」

慕容剛笑道：「蕭香主這才叫快人快語，慕容剛等敬領高招！」話既至此，便由「鐵臂金鼉」伊義等人引往後寨。

那位「飛天火燕」紅綃人倒長得俏麗，就是一雙水汪汪的大眼顯出邪媚之氣。她特地放慢腳步，與呂崇文走在一起，低聲笑問道：

「小兄弟，看你這樣年輕，文文秀秀的，怎樣在王屋山翠竹山莊之中，把白衣勾魂刁香主的螳螂陰爪給毀了呢？」說罷抿嘴嬌笑，眼風連拋！

呂崇文討厭她這樣妖相，沒好氣地答道：「不信妳就試試！誰是妳的小兄弟？」

魏紅綃「喲」了一聲說道：「人家好好跟你說話，怎的這大脾氣？我才不願交你這小兄

弟呢！」

慕容剛見呂崇文劍眉之間已現殺氣，方自說了一聲：「魏姑娘請尊重一點！」

鐵臂金鼉回身讓客，原來已到後寨。

慕容剛見這演武場規模甚大，一切練武用具，差不多應有盡有。但東盡頭處，卻是斷崖，下臨無底深淵，略不小心，便會粉身碎骨！

眾人就座以後，呂崇文見楊堃神色越來越覺難看，忍耐不住，站起身來手指四靈的「常山蛇」焦淳說道：

「四靈寨沿途設伏，要暗害我們之事，暫且慢談，我先請教焦當家的，楊家四口滅門慘案，你既已承認是你所為，今天呂崇文要替屈死冤魂索命，由你劃道，我是無不相陪！」

原來慕容剛、呂崇文一出翠竹山莊，「毒心玉麟」傅君平的「玉麟令」，跟著便即傳遍天下各地分壇，對二人的形貌、裝束、武功、馬匹，無不指示得清清楚楚！吩咐不論明攻暗害，能將二人首級，尤其是慕容剛的，送到總壇，立予黃金千斤，及香主之位！

所以「常山蛇」焦淳知道莫看這呂崇文年輕，自己武功比鄱陽二鬼「白衣勾魂」刁潤何如？不論拳腳兵刃，恐怕一上手，便即送死！可是碴兒又不能不接，眼珠一轉，點手叫過寨卒，附耳低聲說了幾句。寨卒領命踅去，霎時抱來幾大捆青竹，一根一根地插在場中沙地之內。

「常山蛇」焦淳等青竹插好，才向呂崇文抱拳，陰惻惻地笑道：

「提什麼楊家四口滅門？又講什麼四靈寨沿途設伏？總之貴叔侄一行，大概凶星照命，到哪裏都是太歲臨頭！方才蕭香主不是說過，強存弱死，真存假亡！焦淳不才，願在這青竹梅花樁上，討教呂小俠的暗器手法，不知意下如何？」

呂崇文略爲閃眼一看，不用細數，便知道這些青竹，共是兩百七十五根，每五根插成一朵梅花形狀，五十五朵小梅花合併起來，眼看去卻又是一朵絕大梅花，其中並隱含五行八卦方位。青竹每根長達四尺，兩頭均已削尖，埋好以後，還有三尺露出地面，遠遠望去，就宛如地上插著無數竹刀一般！

看罷之後，不禁暗笑，爹爹在世，就以梅花劍法馳譽江湖，雖然從未教過自己，但經常看爹爹操練，那些什麼左三右二、四實一虛等等步法，早已記得熟而又熟。天山學藝之時，宇內雙奇又對奇門生剋之道加以傳授，焦淳想在這小巧之技上面占些便宜，豈非做夢！

下山以來，肩頭的兩柄寶劍，除了殺掉金鷲寺中幾個窩囊廢似的兇僧之外，尚未好好發過利市！今天何不拿這七個賊子開刀？先不必施展辣手，等他們陣陣俱敗，逼得要想以多爲勝之時，再試試師門劍法到底有多大威力？

主意打好，含笑點頭，「常山蛇」焦淳爲人凶狡，工於心計，對這呂崇文一絲也不敢大意，寬去外衣，勒緊紮腰絲絛，把手一拱，先行縱向青竹梅花樁上。

呂崇文見焦淳縱得不高卻遠，全身筆直，好像一條直線般的，單足輕點西面青竹，擰腰回頭，抱拳待敵！才知無怪他要擺那青竹梅花樁，此賊輕功果有兩手！

方待跟蹤縱過，南天義突然在他耳邊低低說道：

「呂小俠千萬當心！方才我看這『常山蛇』焦淳脫衣時，左脅下隱隱隆起之物，像是江湖中極爲霸道的著名暗器『蜂巢銀線弩』，最好不要讓他有施展此物的機會，就可以穩保無虞了！」

十四 撲朔迷離

呂崇文表面含笑謝過南天義，實際卻已動了童心，蓄意要看看這陰惡江湖之中，到底有多少鬼蜮伎倆？什麼「蜂巢銀線弩」？南天義既然說得那等厲害，卻偏要見識見識！肩頭絲毫不動，只猛翻雙掌，往下一按，人便似支急箭凌空竄起三丈來高，兩手微分，改成頭下腳上，像隻大鳥一般，往青竹梅花樁的東頭落去。

直到離那些銳利竹尖約莫五尺高下，才驀然拳腿躬身，宛如揚絮飛花，輕輕著足在竹樁之上！

就這一手罕見輕功，七禽手法中的「雁落平沙」，已把內場鎮住！連南天義也覺得自己雖對輕功一道自視甚高，但僅憑那硬用內家真氣，平拔三丈多高，恐怕就有點望塵莫及！

「常山蛇」焦淳想不到呂崇文輕功竟有這等高妙，也是一驚！

呂崇文卻在身落竹樁的刹那之間，目光微掃，果然看出焦淳的左脅之下，似乎有一圓形之物，略向外凸！

那竹樁插法，是五支一組，作梅花形。每支的前後左右間隔均爲二尺五寸，但五支之中，均是四低一高，呂崇文知道這就是所謂「四實一虛」，高的一支，地下埋得定淺，不易著力！

口角微哂，故意避實就虛，單單往那較高竹樁之上立足，並向「常山蛇」焦淳說道：

「焦當家的既然約我上這青竹梅花樁較量暗器，對於此道，定有絕妙手法，就請施展，

讓我開開眼界如何？」

焦淳心中暗想：小賊休狂，等我那獨門暗器出手之時，任你輕功再好，也難逃一死！但面上仍然詭笑說道：

「呂少俠休要過分捧我焦淳，我所會的，不過是幾樣不登大雅之堂的庸俗暗器，哪裏能有什麼絕妙手法？拋磚引玉，焦淳有僭！」

右手一甩，三支白虎釘不知何時業已藏在掌中，一齊打的是呂崇文的丹田部位！

他這白虎釘一出手，呂崇文便知半點不差，楊堃之父，就是死在這種暗器之下！見三釘齊打下盤，猜出焦淳用意，是不讓自己接擋，只一上縱，或移步換樁之時，第二撥暗器隨即打到！

呂崇文料透敵方意旨，卻偏偏照他行動，足下輕點，身體高拔八尺，「刷刷刷」三縷驚風，白虎釘一齊打空，人已往右方另一朵梅花的虛樁之上落去！

焦淳這起手三釘，果是誘敵，呂崇文身形拔起，尚未換樁，焦淳業已判明他下落部位，左手疾探一甩，五柄藍汪汪的淬毒柳葉飛刀，分上中下左右五路，歪歪斜斜地掠空飛到！

心計雖狡，但早在人家預料之內，呂崇文腳尖甫沾另一朵梅花的虛樁，略借些微之力，人已回到原來的那支竹樁之上！

五柄刀，四柄落空，奔左邊的一柄，卻被呂崇文輕伸二指夾住，反手一甩，口中說了

聲：

「焦淳當家的，完璧歸趙！你還有更歹毒精妙一點的暗器麼？」

焦淳本來以爲呂崇文縱然躲過這五柄飛刀，定已手忙腳亂，自己這淬毒飛刀，共是一十二柄，餘下七柄齊飛，可能不必取用那防身保命之物，這小賊便已了結！

哪知事出預料，人家不但毫不忙亂，竟然接得自己暗器，還敬過來，只好也白飛出一刀，凌空截回呂崇文所發！兩刀空中相對，不但未把呂崇文所發擊落，反而連自己的一齊倒撞回頭！

焦淳不由驚出一身冷汗，才知道人家功力之高，不可思議，趕緊移步換了三根竹樁，算是把自己的兩柄淬毒飛刀雙雙躲過，臉上一紅，殺氣已生！

呂崇文笑聲叫道：「焦淳當家的且莫心慌，不到你把那看家本領使出，我絕不傷你！」

焦淳濃眉微皺，聽出對方像是已經知道自己身有何物！這東西當年只有極少數人見過，而且本非自己之物，不過偶然得來，做爲防身至寶，這小賊年歲這輕，怎有如此經驗目力？但轉眼念頭一想，就算你識得此物，在這青竹樁上，只要我崩簧一響，縱是飛鳥也難逃脫，怯你何來？

膽氣一壯，向呂崇文獰笑說道：「呂少俠逼得焦淳獻醜，你可留神！」

左手戴上鹿皮手套，往腰間摸了一把，換步搶進四、五支竹樁，縮短了一丈距離，出聲

暴喝，左手猛揚，十幾粒蒺藜往呂崇文身外的左、右、上方，破空飛行，封住了一切退路！突然右手從左脅下，取出了一個黃澄澄的形如蓮蓬之物，一按崩簧，「格登」一聲響，千百條銀色精光，就如一片箭雨一般，照準呂崇文電疾飛到！

這一來，不但南天義大吃一驚，慕容剛也在暗叫不妙！

呂崇文真未想到南天義特別囑咐自己注意的「蜂巢銀線弩」，竟有如此威力？而且心神先爲焦淳戴那鹿皮手套所惑，以爲他左手之中有甚奇特之物！

等到毒蒺藜出手，心中已在嫌惡這條常山毒蛇暗器太多。而且件件歹毒，遂也在囊中取了兩粒鐵石圍棋子在手！

那黃澄澄的形似蓮蓬之物，在焦淳右手一現，呂崇文便知不妙，四外退路被封，眼前銀光蜂至，卻往哪裏去躲？

眼看危機一髮，忽然情急智生，一口混元罡氣叫足，硬用「大力金剛法」，把足下那根三尺多高，尖銳如刀的竹樁，踏得沒入地中只剩尺許，身軀一斜一矮，單足點住竹尖，竟在那些竹樁的空隙之間施展絕頂輕功，來了一式「臥看巧雲」，無數銀光，帶著颼颼破空之聲，均從竹樁上方疾飛而過！

呂崇文單足使力，上飄三尺，卻用左手二指箝住竹樁，以「鐵指神功」拔回原位。遠遠看去，竟好似呂崇文腳下這根竹樁是活的一般！

方才「常山蛇」焦淳的蜂巢銀線弩發出之時，往下一縮，使呂崇文避過了一次大難！此時卻又往上一長，歸本還原！

但呂崇文自知這支椿經過一踩一拔，根下太空，不能再爲吃重，遂借著飄風之勢，換到另一朵梅花的虛椿之上，右手輕揚，說了聲：

「焦當家的！你也嘗嘗我這兩顆圍棋子滋味！」

一黑一白，兩顆鐵石圍棋子，冉冉飛出！

「常山蛇」焦淳「蜂巢銀線弩」出手以後，正在得意洋洋，突然見呂崇文巧施妙計，足下竹椿一降一升，竟把這種霸道無倫的罕見暗器輕輕躲過，怎不大驚失色？就這一怔神工夫，呂崇文的鐵石圍棋子，業已發話出手！

焦淳先不知呂崇文用什麼奇妙暗器還手，倒頗擔心，但聽說是兩顆圍棋子，來勢又是那般冉冉從容，一絲哂笑，剛自嘴角浮起，突然變做驚恐之色，身形微晃，往左縱出兩根椿去！

原來休看呂崇文這兩顆圍棋子，因他痛恨焦淳，雖立意等到後來一體行誅，但眼前也要給他吃點苦楚！所以一上手就用了極高明的「陰陽開闔」打法！

兩顆圍棋子，一白一黑，白棋子在前，黑棋子在後，白棋子平飛，黑棋子豎打！但一到中途，黑棋突然超前，在白棋邊緣微微一錯，白棋子被錯得往上偏飛，黑棋子卻由冉冉之

勢，變為電閃一般，向「常山蛇」焦淳的「玄機穴」上打到！

焦淳見呂崇文所發圍棋子能在中途生變，就知對方手法太高！縱身換樁，躲過黑色圍棋子，剛一張口，話還未出，突然「吭」的一聲，左後肩「風眼穴」上，已被那顆白色圍棋子，從空中走了一個弧形之後，打個正著！半身一麻，立足不穩，眼看就要栽向那些如刀如劍的竹樁尖上洞胸破腹。

太湖三怪中的「鐵扇閻羅」孫法武自呂崇文所發黑白雙棋子空中交錯，便已低聲訝道：「難怪『白衣勾魂』刁香主失手！這少年不但輕功極妙，暗器居然也有這高手法？焦兄恐怕……」

自語未畢，焦淳業已受傷，小四靈其餘三人眼看千鈞一髮，但不及援手，正在驚急無奈，「玉面神鷹」蕭子俊自座中一聲長嘯，真像隻大鷹一般，一掠四丈有餘，縱到青竹梅花樁上，右手抓住「常山蛇」焦淳衣領，反臂猛力一甩，正好被趕來接應的「鐵臂金鼉」伊義在樁下接個正著！

蕭子俊方一回身，待向呂崇文叫陣，那位「江南隱俠」南天義也已輕輕縱上竹樁，向呂崇文笑道：「呂少俠讓我活動活動筋骨！」

呂崇文一笑歸座，蕭子俊心中卻氣往上撞，暗想你這老賊是甚來歷？太湖三怪何等威望？動手之下向不留人！想活動活動筋骨，豈非做夢？只要你一上這青竹梅花樁，便算是已

向枉死城中掛號！心中毒念已生，但面上卻仍冷冷地向南天義道：

「我們是過兵刃，還是動拳腳？你若嫌這青竹樁上活動不便，下去也是一樣！」

南天義爲人極其深沉而工心計，不管這「玉面神鷹」蕭子俊言語神色之間怎樣狂傲，依舊笑吟吟的抱拳施禮說道：

「武功倘若練到火候，方寸之間，也可照常施展！南天義藝雖庸俗，生平愛會高人，我就在這青竹梅花樁上，接接蕭香主的神鷹九式。」

蕭子俊驀地一驚，暗想這神鷹九式，是自己看家絕學，雖然仗此成名，但生平並未用過幾次，這老賊怎的一口便給叫出？不由得又打量了南天義幾眼，見對方委實陌生，傲然神色又現，冷冷答道：

「蕭某兄弟三人奉命遠來，就爲的是會會那慕容剛和呂姓小子，像尊駕這等人物，恐怕還未必能引得出蕭某的神鷹九式吧？」

南天義聽蕭子俊這種說話，簡直太狂，根本就未把自己放在眼中，但他涵養功深，仍自微笑說道：

「怪不得江湖之中，一聽四靈寨三字，個個魂飛膽懾！果然就憑著蕭香主貴盟兄弟的盛望神威，嚇也把人嚇死！南天義老朽無能，但既已上樁，無顏自退，蕭香主隨便比劃兩下，把我打發下去，便可換上你意所欲會的那兩位高人，也好讓南某人開開眼界，瞻仰瞻仰武林

絕藝！」

說罷再不答話，雙拳一抱，步眼活開，在這青竹梅花樁上，盤旋繞走一遍！

因爲他們是動手過招，照理應該各自把內樁遊走一遍，試試每支竹樁的受力程度，但蕭子俊一來自視輕功絕倫，二來這青竹梅花樁是「常山蛇」焦淳命人所設，不會有甚花樣！所以面含不屑之色，注視南天義走完一周以後，見他並沒有什麼出奇輕功，益發冷笑一聲，發話說道：「你能接蕭某幾招？何必虛張聲勢，看打！」

二人相距本有兩丈以外，「玉面神鷹」蕭子俊身形未見怎動，業已飄到南天義切近，屈指成鉤，迎胸抓到！

慕容剛心中暗想，那「白衣勾魂」刁潤，武功已算不弱，呂崇文聯手都未還，他螳螂陰爪便吃玄門罡氣震斷，那「毒心玉麟」傅君平料敵有方，這次派來之人，功力定比刁潤更高，正好趁此機會，看看四靈寨中，到底有多少奇材異能之士？而南天義自巢湖出手，憑空彈指，點了西門泰的五陰重穴之後，始終謙退自抑，深藏若虛，這一來青竹梅花樁上，遇見強敵，必然無法再隱，也好明白這位洞達人情、熟知世故的新交好友，在武功一道之上，究竟有多少功力？

南天義見蕭子俊在這種輕飄飄不能著力的青竹樁上，一縱兩丈，不禁點頭暗佩！對方五指抓到胸前，知他鷹爪神功有獨到之處，不肯接招，以左足點住足尖，身軀滴溜溜地一

旋，換出了四、五根竹樁，步下略移，反而轉到了蕭子俊身後，未出手先揚聲，「蕭香主接招！」駢指點向「腎俞」穴上！

蕭子俊塌肩上步，甩左手「玄鳥劃沙」，截向南天義右腕，心中卻已驚疑，方才看他遊走樁上步法未見高妙，怎的這避招還擊，用的卻是「旋葉飄風」的上乘家數？

二人動作均是捷若電掣，眨眼間在樁上換手三十餘招，誰也沒有占了半絲便宜！蕭子俊事先神情太傲，話說太滿，玉面微微一沉，真氣暗提，竟從青竹梅花樁上雙臂一抖，硬用「一鶴沖天」，拔起了丈餘高下！

南天義見他這凌空一拔，就知道蕭子俊急於求勝，已自施展他神鷹九式中的飛騰撲擊身法！心中暗笑，佯裝不識，移步換了幾根竹樁，半空中，「玉面神鷹」蕭子俊狂笑連連掉頭向下，右掌虛提，左掌護胸，飛撲而至！雙睛炯炯逼人，自己身形已爲他目光威勢所籠！

蕭子俊撲到當頭，見南天義人猶未躲，開聲喝道：「老狗納命！」虛提右掌一按，一股勁風，疾壓而下！

南天義叫聲「不好」，身形望前一撲，用二指箝住一根竹樁尖端，就借這點些微之力，平撲著的身軀，宛如轉風車一般，離那些銳利如刀的竹樁尖端僅約半寸，奇險無比地轉了一個半圓！

不但蕭子俊十拿九穩的一掌成空，南天義身形挺處，駢指如風，二度作勢點向對方後背

要穴！

身法那等靈妙，心思又那等出奇，不但鐵扇閻羅等人相顧失色！連慕容剛、呂崇文也在暗暗叫好，欽佩無已！

「玉面神鷹」蕭子俊吃虧就在先前太傲，未把這些青梅竹樁試走一遍。此時一掌擊空，對方從身後逆襲，只好腳點竹樁，準備回身接招！

哪知南天義計慮驚人，早就選好地勢，誘他上當！蕭子俊無巧不巧地，正好落在呂崇文先前躲避「常山蛇」焦淳「蜂巢銀線弩」時所立那根竹樁之上！

這根竹樁，被呂崇文以「大力金鋼腳」法踩入沙內二尺有餘，然後輕輕拔回原位，根下全虛，怎能吃得住人？

蕭子俊單足一點樁頭，樁便往下沉，事出意外，身軀一晃，南天義指風已到後腰，蕭子俊力量用虛，無法再躲！一咬牙關，猛力提氣，護住後心要穴，拚著挨南天義二指，先行猛揮右掌，把面前這片竹樁全給震飛，免得自己被人點中穴道暈倒之時，在竹尖樁頭洞胸穿腹！

哪知南天義指尖已沾對方後背，真力忽收，順手一攙蕭子俊後左臂，微笑說道：

「蕭香主！彼此印證武學，何必認真？這竹樁已毀，我們到此為止，另換一場如何？」話完騰身而起，竟把蕭子俊一齊帶到了青竹樁下！

蕭子俊簡直比死都難過，一同自椿上騰身之時，早想趁勢暗算這故意羞辱自己的南姓老兒，但人家江湖經驗之老，委實驚人！明面雖在攙扶自己，一同把臂縱落，其實大指微翹，正好頂住了自己脅下要穴，倘有異動，微用真力，便足制己死命！

這種情形，外行人雖可矇過，但滿座之人，均具武功上乘身手，瞞得了誰？以太湖三怪威名，此番無異被人生擒活捉，傳揚開去，怎在武林再混？

「玉面神鷹」羞慚氣恨得變做了一隻紅面貓鷹，滿臉通紅，垂目低頭，剛出場時的那種桀傲之氣，蕩然盡失！

「鐵扇閻羅」孫法武早已起身接應，他身爲太湖三怪之首，何等眼光？看出三弟受制於人，悶聲不響，等二人縱落地上，南天義含笑鬆手，蕭子俊滿面羞慚，歸還原座之後才冷冷向南天義叫道：

「閣下慢走，孫法武有事請教！」

南天義駐足回身，含笑問道：

「孫香主！南天義何事做錯？有話請講！」

「鐵扇閻羅」孫法武根本不提方才動手之事，雙目神光迸現，注意南天義面上，緩緩問道：「閣下當真姓南？」

南天義哈哈一笑，說道：「孫香主問得蹊蹺，老夫不姓南，難道姓北不成？」

「鐵扇閻羅冷冷說道：「孫法武不敢斷言，但我總覺得閣下有些說不來的地方，頗像我一位當年的舊識！」

又說道：「此事暫且不談，太湖三友向來榮辱相同，我三弟既已敗在閣下的詭計陰謀手中，孫法武還要領教領教！」

南天義知道方才一陣，對方確實有點敗得不服！這鐵扇閻羅要想找場，究應鬥他不鬥？正在尋思，慕容剛業已離座慢慢走過，向南天義笑道：

「南兄輕功絕技，蓋壓武林！在這青竹梅花樁上，尤其施行出色！孫香主等三位奉傳令主之命，遠下翠竹山莊，本是爲我叔侄而來，南兄，你把這一場讓我慕容剛吧！」

南天義知道這「鐵扇閻羅」孫法武，是綠林道中傑出人物，極不好鬥，見慕容剛替自己圓場，含笑說了聲：「孫香主鐵扇無雙，慕容兄小心注意！」隨即退回呂崇文身畔坐下。

「鐵扇閻羅」孫法武見慕容剛出場，精神一振，剛待答話，那旁坐的「飛天火燕」紅綃卻已走到近前，先對慕容剛一揚媚眼，然後向「鐵扇閻羅」孫法武說道：

「孫香主！今日之會，不過才算開始，你是主將，豈能輕易出手，讓魏紅綃先接這位『鐵膽書生』慕容大俠幾招！」

「鐵扇閻羅」孫法武心中暗罵：丫頭該死！自己盟兄弟在翠竹山莊受命之時，玉麟令主一再諄諄囑咐，這叔侄二人身懷絕藝，不可倚仗勢眾，致有絲毫輕視！起初真頗不服，但方

才青竹梅花樁上，「常山蛇」焦淳身畔所藏的那等霸道暗器，蜂巢銀線弩一發，誰也以爲必勝無疑，卻偏偏出人意料的徒勞無功，反而傷在了人家的鐵石圍棋子之下！

最可怕的是，自己在局外留神觀察，除了同其他人一樣，只覺得呂崇文的輕功極妙，暗器手法極高之外，是何派門？始終判斷不出！

知己知彼，才能百戰不殆，像這樣對敵情漠無所知，冒失動手，卻最犯武林大忌！所以慕容剛出場爲南天義一打接應，自己心中即行暗暗怙惙！這魏紅綃既然自不量力，讓她試試敵手真正的實力也好！

十五 危機一髮

念頭打定，狂態一收，向慕容剛笑道：「魏姑娘既然有興，孫法武暫且告退，少時再來奉陪！」

慕容剛見這太湖三怪之首「鐵扇閻羅」孫法武，前倨後恭，知道此人頗爲知機，江湖經驗老到，是個不好鬥的人物！

他外號「鐵膽書生」，名如其人，平生肝腸似鐵，除了八年前與那白馬白衣女子並轡數百里，兩意相投，至今聲音笑貌，依然繫念縈心之外，從來最不願意與異性交手！如今見這位「飛天火燕」紅綃下場較藝，委實不願動手，回頭一看呂崇文，想叫他接替自己。

哪知呂崇文來得更壞，暗笑慕容叔叔下山以來，第一次出手就遇上了這位紅粉魔頭，倒要看他怎生打發？見慕容剛回頭，猜出用意，卻不肯接碴，只是笑嘻嘻地把頭一偏，誠心看著這場熱鬧！

只見慕容剛卓立當場，面帶窘色，魏紅綃格格連聲蕩笑說道：

「慕容大俠，魏紅綃陪你過幾招！」

話發人起，身法還真快捷，語音才落，嬌軀業已搶進慕容剛的懷中。

武家過手哪有如此打法？不但慕容剛被她弄得面紅耳赤，道聲：「姑娘請放尊重！」晃身退出四、五步去。而那適才敗在南天義手下的「玉面神鷹」蕭子俊的一張玉面，在羞慚之狀以上又復加上了一層桃紅顏色，雙目之中也已充滿殺氣！

「飛天火燕」紅綃卻不管這些，把一套「飛絮拳」使得輕飄飄、軟綿綿，靈活已極！加上鶯聲嚦嚦，媚眼如絲，簡直是胡鬧已極，哪裏還像雙方對陣動手對敵？

慕容剛奇窘無比，兩次駢指如風，即將點在對方「期門」、「七坎」等重穴之上，無奈魏紅綃太過刁鑽，不是纖腰一扭，就是作狀撲前，反而嚇得這位素行端正的鐵膽書生趕緊縮手不迭！

接連幾次過去，魏紅綃竟以爲慕容剛對她已有好感，不忍傷害，是以更加放肆，慕容剛一想，這樣就與她耗到明天，自己也占不了絲毫勝算！劍眉微剔，滑步進身，架開對方一掌「六出花飛」，猿臂長伸，向魏紅綃當胸一掌擊到！

魏紅綃故技重施，不避敵招，一聲蕩笑，挺胸撲前。哪知慕容剛這回蓄意儆戒，掌到中途，微運無憂頭陀絕學般禪掌力，突然改擊爲斫！

魏紅綃頓覺左肩頭上劇痛欲折，不由脫口嬌哼，縱身退出場外，一條左臂業已轉動不靈，銀牙一挫凶光，方才一個笑臉迎人的紅粉嬌娃，立時變做夜叉羅刹一般，一語不發，便往前寨走去。

慕容剛從南天義口內及群寇的神色之中，看出「鐵扇閻羅」孫法武功力最高，打定主意，擒賊擒王，不願多做無謂糾纏，遂發話叫陣道：

「孫香主，你既爲我叔侄自翠竹山莊遠來，慕容剛敬候賜教！」

「鐵扇閻羅」孫法武徒自看那「飛天火燕」紅綃出了不少醜相，仍未看出一點虛實，無法猜測人家門派，心頭益發嘀咕；聽慕容剛指名索戰，眼珠一轉，向自己盟弟「癲虎」彭飛、「玉面神鷹」蕭子俊，及四靈的「鐵臂金鼉」伊義等人，略微低做暗語，叫他們各自準備兵刃，倘自己比鬥萬一不敵之時，暗號一發，便即來個一擁齊上，群打群毆！

對方四人之中，一人已瘋，反而需人照應，俗語說得好：「雙拳不敵四手，好漢架不住人多！」己方聲勢太眾，總可穩操勝算！

分派既定，走入場中，向慕容剛道：「慕容大俠名不虛傳，卻敵於從容揮手之間，實足欽佩！孫法武不才，想先比試一下內家掌力，然後再賜教幾手劍術，不知意下如何？」

慕容剛見孫法武吐屬如此謙和，想起初見面時，他那種傲不為禮神情，不禁啞然笑道：「孫香主請自施為，慕容剛悉聽尊便！」

孫法武切齒暗道：小賊休要賣弄，看你能狂到幾時？心中雖然恨極，面上絲毫不露，依然含笑招手，叫過寨丁，搬來二十塊青磚，十塊一疊，分兩堆疊好，回頭笑向慕容剛道：「掌震青磚，在慕容大俠眼中看來，大概是俗而又俗之技，孫法武先行獻醜！」

走到右面一疊青磚之前，站好子午樁，暗暗提足真氣，向上面第一塊青磚輕輕斫了一掌，但毫未有甚麼聲息，青磚亦仍完好無缺！

孫法武臉上微露得意之色，正要說話，慕容剛已在一旁點頭笑道：「隔山打牛的陰柔暗

勁，能練到這般地步，真不容易！孫香主，你這一掌，毀的是第幾塊磚？」

孫法武眉頭一皺，暗想這鐵膽書生眼力真好！但這是我獨門手法，縱然被你看出，也未必就準能照樣學得上來，若用別種打法，高下即難明顯判斷，最低限度，也可算是平手！這樣略爲己方挽回一點顏面之後，再仗成名鐵扇一拚他腰下長劍，倘仍不敵，末後還準備了個以多爲勝的集體群毆，「飛天火燕」紅綃並已另有佈置！不管這三人功力再高，今日料然絕難逃命！

一再盤算，覺得勝券在操，心情越發泰然，神情也裝得越發謙和，含笑答道：「我這種掌力，還未練到火候，毀的是第七塊磚，難擋慕容大俠法眼！」

揮手示意旁邊侍立的寨丁，把那疊青磚一塊一塊地搬開，果然除了第七塊裂成五、六小塊以外，餘均完好無缺！

慕容剛微微一笑，用手一指另一疊青磚，向「鐵扇閻羅」孫法武笑道：「慕容剛勉強獻醜，我想毀的是第七和第九塊磚，不知能否辦到！」

「鐵扇閻羅」孫法武陡的一驚！自己這身功力，雖然比不上龜龍麟鳳四靈寨令主，但在四十八家香主之中，卻算得上是佼佼上乘之選！掌震青磚借物傳力，能指明震碎第七磚，已極自負，這慕容剛怎敢出此狂言？不但要震碎第七磚和第九磚，並還要把在這兩磚之間的第八磚保持完整！照此看法，內家真氣若不能練到神明變化，吞吐自如，陽剛陰柔兩種勁力，

隨意收發之境，絕辦不到，倒要看他怎麼發掌？

哪知慕容剛笑吟吟地負手閒立，不見動作，孫法武被他大言所懾，真有點沉不住氣，含笑催道：「慕容大俠請自施爲，孫法武敬觀絕學！」

慕容剛微笑說道，「孫香主怎的走眼？青磚早碎，不過第八磚是否完整無損，卻難保萬全，有勞這壯士搬開一看！」

「鐵扇閻羅」孫法武耳根一熱，臉上通紅，心中著實又大大地吃了一驚！但忽然想起慕容剛方才曾向那疊磚虛空指了一下，趕緊叫寨丁搬開，果然七、九兩磚，業已裂成無數小塊，第八磚也略有一點傷損，餘均完好無缺！

慕容剛笑道：「孫香主！慕容剛尚有自知之明，這種隔物傳力手法，實在太難！要能做到這第八磚完整無傷，七、九兩磚碎如齏粉，才算登峰造極！你我對此均有不逮，這陣就算扯平，孫香主，你還打算賜教何種絕藝？」

「鐵扇閻羅」孫法武見慕容剛在較量「掌震青磚」之上，分明遠勝自己，偏偏說是扯平，這種表面謙抑，實際刻骨譏嘲，比當面罵人還覺難過！但藝不如人，羞惱何益？探手懷中，取出自己成名兵刃精鋼摺扇，刷地一開，依舊神色自如地向慕容剛笑道：

「慕容大俠，請亮腰間長劍，孫法武要以這柄鐵扇，領教幾招！」

一入這摩雲嶺小四靈山寨中，初見太湖三怪之時，「江南隱俠」南天義就告知慕容剛、

呂崇文，注意「鐵扇閻羅」孫法武的掌中鐵扇！

此時見他亮扇叫陣，慕容剛微一打量，見扇長約有一尺七、八，扇骨均是純鋼所鑄，扇面黃橙橙的，則是用風磨銅絲編織而成。但除了扇骨好似稍粗之外，其他看不出絲毫異狀！

本來慕容剛是想空拳接扇，懾服群寇！但因看不出孫法武這柄鐵扇的奧妙所在，反而慎重起來，一聲：「慕容剛從命，孫香主請賜招！」長劍嗆啷出鞘，交在左手一背，右手挽訣，斜指眉前，身形往下一縮，足尖點地，用的似是「猿公劍法」。

「鐵扇閻羅」孫法武成名兵刃在手，方才爲慕容剛神功所懾的怯敵之意已減三分，鐵扇輕搖，倏地往回一收，疾若飆風，業已點向慕容剛右腿的「五里」穴上！

慕容剛從容換步，「丹鳳掠羽」，長劍已到右手，身形往左一飄，孫法武一扇點空，就勢化爲「鐵鎖橫江」，「刷」地一聲，鐵扇開成半月形，帶著一片驚風，橫截慕容剛持劍右臂！

慕容剛二指一甩，長劍脫手而起，人也飄然隨上，左手一接劍柄，趁孫法武的鐵扇在足底掃過，身形往前一傾，就以左手發劍，一片劍光，凌突蓋下，右掌遙推，並加上了一股劈空勁氣！

「鐵扇閻羅」孫法武「鐵鎖橫江」一招又空，正想三度換式傷敵，慕容剛的一片劍影和勁疾掌風，業已齊到當頭！

這種抛劍接劍手法之妙，還招之速，不由得孫法武暗自心驚！他在「掌震青磚」之上，領教過了慕容剛的內家真力，此時見對方左劍右掌，劍掌同施，主意早已拿定，避掌接劍。往右擰身滑步，手中鐵扇合攏「巧撥千斤」，叮噹幾響，並「呼」的一聲，孫法武右臂微覺痠麻，方才立身之處的地上，已被慕容剛所發掌風，生生擊出了一個大坑，漫空沙石飛舞，威勢好不懾人心魄！

慕容剛凌空一劍被對方化解，也已試出這「鐵扇閻羅」孫法武，名不虛傳，功力不弱！自己若在二次學藝以前，絕非此人對手！身形落地，劍還右手，朝「鐵扇閻羅」道：

「孫香主，鐵扇之名，果不虛傳，你接我一招『萬螢伴月』！」

搶步直踏中宮，長劍一旋一抖，疾刺而出！

孫法武果然只見眼前千百點劍尖，挾著當中一圈寒光，電旋而至！知道這是一招精粹絕學，不明對方劍法，怎敢硬接？

但寧神不亂，直等那如山劍影即將旋到面前之時，突然倒身斜塌，「臥看牽牛」，左手在地面一撐，「毒蟒翻身」，一連兩個滾轉，不退反進，人已貼近對方，手中鐵扇斜挑，點慕容剛丹田重穴！

慕容剛本意是把各派名劍，不拘路數，綜合運用，但剛才那一招「萬螢伴月」，卻是靜寧真人太乙奇門劍中招術，特意用來試探「鐵扇閻羅」孫法武的真正實力究有幾何？見對方不但躲過，居然還能逆襲進招，心頭也自暗讚，同時對四靈寨，也越發加重戒心。

鐵扇點到丹田，慕容剛吸氣縮腹，掌好分寸，欲使對方僅差絲毫，無法點上，則招術自然用老，然後用手中長劍「孔雀剔翎」，輕輕一挑，對方右臂非斷不可！

念頭一定，剛自把氣一吸，突然看見孫法武滿面得意之色！慕容剛何等聰明？知道不妙，前計齊捐，毫不考慮地一劍斜劈對方肩背！

「鐵扇閻羅」孫法武眼看得手，但慕容剛突然變計，以攻還攻，自己怎肯以一扇換他一劍，足下微點，人已側竄丈許。

慕容剛攻敵自救，解了自己之厄以後，才敢分神一看究竟，不由沁出一身冷汗！暗暗警戒自己，江湖之大，果有能人，千萬不可以爲自己藝出宇內雙奇，八載苦研，就可以傲視天下武學！剛才若非臨變機敏，豈不毀在了這「鐵扇閻羅」孫法武的奇絕兵刃之下？

原來孫法武手中那柄長約一尺七、八的鐵扇，此時業已長過二尺，慕容剛若照初意吸氣縮腹，丹田重穴，必被鐵扇驟然一長之下，點上要害所在，縱有一身功力，不死亦將重傷！

孫法武身形縱出以後，哈哈一笑，「刷」地一聲，把手中鐵扇打開，足下按著八卦方位不停遊走，單手持著扇柄，就好像替慕容剛打扇一般，風磨銅絲的扇面，和精鋼扇骨一齊微微不住顫動！

慕容剛一番歷險，戒意已深，看孫法武那副神情，知道他這柄鐵扇，除了能夠伸縮之

外，定然還有什麼花樣在內！不敢絲毫大意，先提足一口混元真氣，瀰漫周身，手中長劍斜舉胸前，且不急進招，納氣凝神，靜觀其變！

「鐵扇閻羅」孫法武足下越轉越疾，手中鐵扇也顫動得越來越快，慕容剛身在中央，真覺得四面八方，均是孫法武單手持扇、矮身盤旋、面帶詭異笑容的人影！

呂崇文看了半天，真猜不出這孫法武不動手進招，只是圍著慕容叔叔亂轉，並拚命顫動鐵扇所爲何故？

但南天義因深悉太湖三怪底細，心內早已雪亮，知道他那柄鐵扇的十三根精鋼扇骨，根根中空，以「梅花間竹」之法，藏貯著一種迷魂香粉，和一種細若牛毛的毒針，此時正以內家真力，慢慢將迷粉、毒針，聚向鐵扇頂端，然後盡力一抖，再以鐵扇罡風隨後一搧，對方縱然不被毒針所傷，但只要嗅入一點迷魂香粉，也就骨軟神昏，任人擺佈！

慕容剛若以精妙劍術掌招，逼得孫法武無暇施展這扇中所藏迷粉、毒針，或可無妨！如今氣定神閒的要想來個以靜制動，卻恰好給了「鐵扇閻羅」孫法武一個無上機會！但一路行來，業已看出呂崇文年輕好勝，慕容剛外表雖然謙和，其實骨子裏比呂崇文還要氣傲心高！雙方勝負未分，不便發話點明，只得自座中站起身來，準備萬一有變，立時援救！

呂崇文見南天義這種神色，知道不妙，雖未隨同起身，兩手已經按住座椅扶手，隨時均可一縱而出！

慕容剛見孫法武越轉，面上那股獰笑得意之色越濃，心中也已警覺，改變主意，不再等待敵方出手，潛運混元罡氣「移嶽推山」，先發制人，左掌當胸慢慢推出！

恰好孫法武也已把迷魂香粉和牛毛毒針聚向扇端，準備停當，側身左旋，避開來勢之後，發聲狂笑，對準慕容剛面目五官之間，鐵扇一抖一搧，一片透骨陰風，帶著無數銀芒及一股極淡極淡的氤氳氣息，一齊狂捲而至！

慕容剛一掌擊空，對方已自發難，這近距離之間，滿空突然佈滿銀芒，再好的輕功也已無法躲避！

只得怒喝一聲，真氣瀰漫周身，自閉百穴，左掌一揚，用佛門般禪掌力，把奔向五官面門的無數毒針一齊震飛，但鼻端仍然微聞香味，手足一軟，神思一昏，便即暈倒在地！

「鐵扇閻羅」孫法武一聲「哈哈」猶未出口，半空中青芒電閃，呂崇文人到當頭，怒叱說道：「無恥惡賊！還不與小爺納命？」

青虹龜甲劍化成無數寒星，一片劍雨，倒捲電漩而下！

呂崇文因見慕容剛中人暗算，急怒之下，一出手便是太乙奇門劍中絕學「化雨飛星」！孫法武見威勢太強，顧不得再對地上的慕容剛下手，「金鯉穿波」，倒縱而退！

老賊輕功極高，應變又快，就這樣還被青虹龜甲劍端精芒在大腿肉厚之處，劃了三寸來長一道傷口，深約一寸，登時血染中衣，疼得一咬牙關，發動事先暗號，口中胡哨一聲，盟

弟「癲虎」彭飛、「玉面神鷹」蕭子俊，以及小四靈中的「鐵臂金鼉」伊義、「常山蛇」焦淳、「青面獅」巴雄等五人，各亮手中兵刃，一擁齊上，自已卻趕緊取藥敷治傷口！

呂崇文一劍逼退孫法武後，見群賊蜂擁而來，劍眉雙剔，殺氣盈眸，俯身抓起慕容剛，向南天義一拋，口中叫了聲：

「南老前輩趕緊設法救治我慕容叔叔，這干惡賊，交我一人打發！」

慕容剛才被南天義接住，群賊已至，呂崇文縱聲長笑，宛若龍吟，青虹龜甲劍連演師門劍法三絕之「長虹怒捲」、「亂石崩雲」、「風搖萬葉」，根本看不清是人？是劍？及怎樣出招？

一片青色神芒，電掣之下，「嗆啷啷」一陣金鐵交鳴，「鐵臂金鼉」伊義的鑌鐵枴杖，「青面獅」巴雄的護手雙鉤，和「癲虎」彭飛的踞齒翎刀，均只剩下半截在手！

群寇立被這種奇絕招術和寶劍威力鎮住，彼此方在面面相覷，「鐵扇閻羅」孫法武傷已裹好，看出呂崇文劍法來歷，鐵扇一舉，大聲喝道：

「這小兒是北天山靜寧妖道門下，我們人有這多，怕他何來，千萬當心搏殺，不可縱虎歸山，爲本寨貽留後患！」

縱身領導群賊，二度蜂擁而上！

呂崇文騰拿縱躍，人似百變神龍，點刺劈挑，劍化千重光影，邀住群賊，放手狠鬥，根

本不讓任何一人能夠分出身來，擾亂南天義對慕容剛下手救治！

南天義一向斂刃藏鋒，其實他對解救這類毒藥迷香之物，原具專長！一粒靈丹入口，慕容剛人便清醒，發軟的手足四肢，也在逐漸恢復，觀看場中混戰情勢，呂崇文仗著一柄威鎮群邪的大漠神尼昔年名劍，和神妙劍術，獨鬥六賊，竟無絲毫窘狀。

太湖三怪，個個都是當今綠林道中一時之選，小四靈功力亦頗不俗，六個強梁巨寇，合手鬥一個弱冠少年，竟自不能取勝，「鐵扇閻羅」孫法武不禁臉上微紅，怒聲喝道：

「二弟、三弟和伊寨主等，還不盡力施爲？今日若不能摘下他們的項上人頭，四靈寨威名豈不掃地？」

欺身進步，鐵扇點打劃戳，招招致命！其餘五人，也跟著全換了進手招術，拚命進攻，威力果然頻增不少！

呂崇文「哈哈」一笑，正待也出全力拚鬥，突然這練武場邊的山壁之上，響起一聲嬌叱，「飛天火燕」紅綃帶著五、六個手執鐵筒的寨卒，一齊現身！

小四靈之首的「鐵臂金鼉」伊義，滿面喜色高呼一聲：「各位暫退，讓他們嘗嘗我四妹『子母硫磺彈」』的滋味！」

六賊聞言，往後撤身，魏紅綃冷笑一聲，把手一揮，那些寨卒，齊用手中鐵筒往外連甩，五、六個碗口大小的綠色火珠，便自凌空飛落！

南天義叫聲「不好」，說道：「慕容兄與呂小俠，趕緊貼近那班賊子動手，讓這女賊有所顧忌！」

話音才落，綠色火珠業已當空自爆，每一粒爆散成十餘粒小小綠火，滿天橫飛，煞是好看！

這時慕容剛功力已復，知道這類硫磺火珠不但有毒，並且見物即黏，一時難滅，端的霸道已極！遂與呂崇文一個用玄門罡氣，一個用般禪掌力，盡力施爲，劈開當前的漫天綠火，並如南天義之言，飛撲太湖三怪和「鐵臂金鼉」伊義等人，與他們貼身纏戰，使「飛天火燕」紅綃縱然再有什麼厲害火器，也因有所顧忌，難以出手！

但南天義自己卻因身邊還有一個神智不清、如醉如癡的楊堃需要照應，以致吃了大苦！火珠一爆，綠焰四飛，他內功真力本就不如慕容剛、呂崇文，再加上護衛楊堃，劈擋自然不及，自己背上和楊堃胸前，連中兩彈，趕緊相準這練武場盡頭深壑邊上的一塊巨石，拖著楊堃就地連滾，好不容易滾到石後，但腰背之間，業已被那硫磺毒火，灼起了幾個大泡，楊堃傷得更重，胸前連燒帶被滾轉所擦，血跡殷然，人已奄奄一息！

慕容剛、呂崇文這一次與太湖三怪等人動手，也不比先前，邊打邊自暗中叫苦！因爲目前形勢，勝敗兩難，「飛天火燕」紅綃率著五個手執火器的寨卒，居高臨下虎視眈眈！倘若方才不照南天義之計，撲近太湖三怪及伊義等人纏戰，拿他們做了護身符，任憑般禪掌力和玄門罡氣是傲視江湖的武林絕學，恐怕也不能完全擋住那些漫空毒火，此時早已有了傷損！

所以勝既不能，敗則更無是理，慕容剛暗想，這種情形之下，不管纏到多久，自己這邊豈不永處不利地位？

他們心中煩惱，敵方自然精神抖擻，六個強徒耀武揚威，不但全是進手招術，口中還不住地譏諷嘲刺！

十六 劍氣千重

呂崇文忍不住心頭火發，怒吼一聲，劍挾驚風，削落了「青面獅」巴雄的一頭短髮，就勢「浪捲瀾翻」，青虹龜甲劍蕩起一圈青虹，逼開纏繞自己的「癲虎」彭飛和「玉面神鷹」蕭子俊，要想乘機摸出囊中鐵石圍棋子，用「亂灑天花」手法，先解決掉峭壁之上的「飛天火燕」紅綃，和手執那內盛子母硫磺鐵筒的五、六名寨卒。剩下眼前幾個賊子，光憑武藝動手，便好打發！

哪知剛剛逼退主賊，手還未伸入囊內，魏紅綃見機即施，纖手揚處，三支蛇焰箭，支支帶著一溜藍火，已做一字形，電疾射到！

呂崇文不顧再取鐵石圍棋子，右劍左掌，連挑帶劈，把三支蛇焰箭一齊擊落！但身後風聲，方才被自己逼退的三賊又復群攻而至！

「飛天火燕」紅綃更是刁鑽，自己居高臨下策應全場，卻叫一名寨卒，繞往南天義、楊堃二人藏身的大石側方，再以子母硫磺彈加以暗算！

慕容剛目光閃處，雖已瞥見，但壁上的魏紅綃等人，子母硫磺彈鐵筒筒口，均已直對戰場，只要敵方往後一退，就是自己想抽身往援南天義等人，當中稍有空隙，定然數彈齊發，滿空爆散，毒火如珠！

萬般無奈，只得依然用精妙劍術，纏住「鐵扇閻羅」孫法武、「鐵臂金鼉」伊義和「常山蛇」焦淳三人，口中大聲喝道：

「女賊差人暗算，南兄多加小心！」

南天義被那硫磺毒火灼傷頗重，疼得火辣辣的一般，偏偏傷處又在背上，自己不好敷治，只得強咬牙關，先用唾液化開幾粒丹藥，撒在了楊堃胸後那片燒成了焦紫之色、血肉模糊的傷口之上！

可憐楊堃本來就被那滅門慘禍，刺激得神智不清，再加上這樣重傷，人已全瘋，抓起地上一塊山石，張嘴便是一口，「格崩」連聲，把自己牙關咬得涔涔出血，雙目佈滿血絲。那副慘厲面容，委實怖人已極！

南天義知道此人業已無救，方自長嘆一聲，突然聽見慕容剛叫自己當心，抬頭一看，果然一個寨卒，手執那內貯子母硫磺彈的鐵筒，正從山壁之上悄悄掩至！

不由鋼牙一咬，憎恨這般賊子真個萬惡！如此趕盡殺絕，須怪不得自己在無可奈何之下，只得違背當日誓言，再度用一用那些終身不願再動之物！

手剛伸入懷內，那名悄悄掩來的寨卒，突然莫名其妙地拋卻鐵筒，雙手捧腹，在山壁之上，縱聲狂笑起來！

笑聲如癡如狂，越笑越烈！

「飛天火燕」紅綃聞聲卻顧，臉上剛剛微露訝色，欲待喝問，身旁其餘的幾個寨卒，竟然也是一樣，一個個的拋卻手中鐵筒，捧腹狂笑，甚至笑得在地上亂滾！

魏紅綃見這種事情太已怪異，突然想起了江湖之中的一件傳說！心中方自一震，臨後颼的一聲，趕緊滑步飄左數尺，面前山石之上「叮」的一聲，墜落一支紫色小箭！

魏紅綃一見這紫色小箭，越發知道方才所料無差，翻手拔劍，護住前胸，霍地抬頭一看，峭壁頂端，露出一個黑衣蒙面人的半截身影，手指處又是幾縷尖風，凌空襲到！

魏紅綃哪敢再停，亡命一般地竄入一個秘洞之內，邊縱邊向孫法武、伊義等人大聲叫道：「孫香主及大哥等人千萬留神，『千毒人魔』西門豹突然來和我們作對！」

魏紅綃畏懼千毒人魔一逃，子母硫磺彈的威脅一解，慕容剛、呂崇文受制於人，鬱積已久的怒氣立時爆發！

慕容剛長劍「幽壑蛟騰」，一刺一震，孫法武虎口發麻，鐵扇幾乎出手，翻身疾退八、九尺遠！

慕容剛逼退了一個最強對手之後，動作快得簡直如同閃電一般，連人帶劍，倏地翻回，招化「反臂倒劈絲」，劍光掠處，血雨騰空！「鐵臂金鼉」伊義連肩帶背被劈成兩段！

慕容剛與「鐵扇閻羅」孫法武動手之時，中了他鐵扇之內暗藏的迷魂香粉暗算，幾遭不測，經南天義救醒之後，又被「飛天火燕」紅綃的子母硫磺彈弄得窘迫不堪！

他自下山以來，還真是第一次與人動手，便自吃了這多暗虧，怎不氣憤填膺，手下也自然而然地再不留情，施展真正絕學！

就在右手長劍力劈「鐵臂金鼉」伊義的同時，左掌也自淩空吐勁，打向「常山蛇」焦淳！

焦淳見已操勝算的局面突然生變，便知不好！再見慕容剛神威奮發，大哥伊義已在劍下做鬼，哪裏還敢接招？「紫燕斜飛」騰空便起！

慕容剛一掌擊空，就勢翻手，二度發力，焦淳人在空中，突然眼前一黑，嗓口一甜，真如斷線風箏般的，被一股勁疾罡風震得飛出一丈多遠，無巧不巧地，恰好摔在了大石背後的楊堃身側。

前文交代，楊堃人已全瘋，滿腔的血淚悲憤，化成了一股暴戾之氣，帶著周身血跡，正在拚命咬那山石解恨！

焦淳經這一震一摔，人也微暈，那楊堃突見殺家仇人，好像略微恢復了一點靈智，捨卻口中山石，一把抱住焦淳，猛向他的咽喉頸項之間，一連便是幾口！

焦淳被他咬得連叫都叫不出聲，只是不住慘哼，拚力掙扎！

但楊堃此時，不知從哪裏來的勁力，十指如鉤，生生地插入了他的脅縫之中，兩人宛如生成一體，怎能掙扎得脫？

南天義正面對這般慘狀，看得目眩神搖，連自己背後劇痛均已忘卻！忽然一聲「不好」，但救援已自不及，只得淒然掩目！

原來那楊堃竟拚命用力，摟定「常山蛇」焦淳，一陣翻滾，雙雙墜入那無邊絕壑！

慕容剛劍劈伊義，掌震焦淳，跟進著身猛撲孫法武，施展看家絕學「卍字多羅劍」，「卍」字本是「千手」之意，孫法武真覺得對方一柄長劍，化做了千百柄一般，把自己裹入了千重劍影之中，變幻莫測，不知所由，獨門兵刃鐵扇上的幾手絕招，不但絲毫施展不開，連招攔架躲均極其艱難，幾個回合以後，生命業已危在頃刻！

呂崇文那面更是來得痛快，「飛天火燕」紅綃一退，青虹龜甲劍精芒閃處，北天山靜寧真人的驚世絕學，太乙奇門劍立時展開，身形往後一撤，人走外圈，宛如電疾風飄般地圍著「癲虎」彭飛、「玉面神鷹」蕭子俊和「青面獅」巴雄三賊，按著陰陽八卦、太乙九宮等方位，把步眼活開，使對方警覺身陷危境之中，未仔細看清門戶之前，不敢妄自逃遁！

然後突然倒轉陰陽，逆運九宮，長嘯一聲，劍演奇門劍中絕招，回環掃蕩，漫空俱是光雨寒星，挾著森森劍氣，向三賊猛攻而至！

果然三賊一陣慌亂，呂崇文「撥雲見日」，「青面獅」巴雄洞胸殞命！「神龍掉尾」，「癲虎」彭飛腰斬亡身！

剩下了一隻玉面神鷹，怵於對方過於精妙的劍法和寶劍威力，業已膽懾魂飛，毫無鬥志，足下蹤處「鷹隼入雲」，拔起三丈來高，便想獨自逃命！

呂崇文所習輕功，是最上乘的七禽身法！青虹龜甲劍平舉胸前，竟與「玉面神鷹」蕭子

俊一同騰身，半空中絕招突發，「混沌中開」，寶劍分心一點即收，驟運一口真氣，自身竟又升起了六尺多高，倏然掉頭向下，手揮處一片驚風，蓋頂而落！

蕭子俊哪裏料得到，自己這「玉面神鷹」外號應該轉贈呂崇文才對！真像一隻神鷹一般，半空中發招變式之後，居然還能提氣上升，自己餘勢早衰，想避亦自不及，劍光落處，一聲慘號，活生生地被呂崇文的青虹龜甲劍，從頭至尾劈成兩半！

呂崇文把三賊料理之後，身形並未稍停，加速撲上峭壁頂端，要想找尋那「千毒人魔」西門豹的蹤跡！

但等人到壁頂，形影毫無，呂崇文只得回頭為南天義醫治背上傷勢。

那旁慕容剛把「鐵扇閻羅」孫法武圈在千重劍影之內，宛如靈貓戲鼠一般，正待下手搏殺，突然看見呂崇文青虹龜甲劍下，諸賊俱已伏屍！心中微一不忍，劍化「夜叉探海」，僅在孫法武右腕「大陵」穴上，輕輕一點。

十七 古墓驚魂

話說慕容剛劍尖剛在孫法武右腕「大陵」穴上輕輕一點，孫法武手中鐵扇「噹啷」墜地，長嘆一聲，瞑目待斃。

慕容剛回劍入鞘，俯身拾起他那柄鐵扇，向孫法武冷冷說道：

「像你這鐵扇之中，暗藏毒針、迷粉，不憑真實功力，實施暗算傷人的無恥行爲，本應殺卻！你睜眼細看，洞胸裂腦的滿地遺屍，作惡之人，一旦報應臨頭，全是這般光景！慕容剛體念上蒼好生之德，留你一人，但毀去你這作惡兵刃，歸稟四靈寨各堂令主，不必時時弄這些淺薄無聊手段，讓他們寨中弟子平白送死！天大冤仇，明春三月，我叔侄赴約翠竹山莊，雙劍會四靈，了斷個清清白白，豈不乾淨？……」

慕容剛一面說話，一面暗運神功，話至此處，精鋼摺扇業已被他揉成一團鐵球，見孫法武羞慚滿面，目仍未開，遂突做「獅子吼」道：

「禍福無門，唯人自招，善惡之報，如影隨形！慕容剛業已放你，還不快走？」

孫法武聽慕容剛末後數語，宛如醍醐灌頂，心頭一片清涼，雙目自然睜開，見對方突然揚手拋起一團黑忽忽之物！

接過一看，正是自己成名兵刃「精鋼鐵扇」，但此時已被慕容剛暗運神功，捏成了一個鐵木魚形，靈光一現，心頭是一片空明，原來滿臉的暴戾凶煞之氣，全化成了安詳微笑，一語不發，向慕容剛合掌深深一拜，並與呂崇文、南天義略爲點頭招呼，然後雙手捧著那由精

鋼鐵扇變成的鐵木魚，安然回身舉步而去！

慕容剛見「鐵扇閻羅」孫法武這樣一走，靈台之間，彷彿竟比昔日所做的那些千金倒橐、一劍誅仇等豪邁俠義之事，更有一種說不出的極端受用！

這時，那些倒地狂笑的寨卒，有的業已氣絕、有的也僅剩奄奄一息，但仍在淒厲狂笑不止！

慕容剛不覺心驚，知道這些未死寨卒均已無救，不忍看他們多受痛苦，舉掌一揮，一齊死去！

南天義腰背灼傷，已由呂崇文爲之敷藥包紮，想起方才一場驚險搏鬥，向慕容剛搖頭嘆道：「慕容兄！今日之會，雖然斬卻了五個強徒，但那楊堃依然與『常山蛇』焦淳並骨深壑！全家五口，一人不活，委實慘絕人寰！但據我看那『鐵扇閻羅』孫法武的臨去神情，此人可能從此回頭，慕容兄厚德仁心，令人敬佩！」

慕容剛也爲楊堃一家的悲慘遭遇，憫默不已！

呂崇文想那些寨卒突然發笑之事，向慕容剛問道：

「慕容叔叔！那千毒人魔怎的居然幫助我們？他使那些寨丁倒地狂笑，是用的甚麼手法？」

慕容剛也是一樣茫無所知，南天義卻縱上山壁，拾來數支紫色小箭，向呂崇文笑道：

「這是『千毒人魔』西門豹的幾枚著名厲害絕技之一，名爲『紫追魂斷腸笑箭』，打中人身，若不知解法，頃刻光陰，便即狂笑不止而死！至於他突然協助賢叔侄之故，據老夫看法，可能此人確已真正改悔，自覺當年之事，對賢叔侄歉疚太深，才在暗中相助，略示贖罪之意！

「此人昔日所行，惡孽雖重，但生平不輕然諾，他不是在那片荒墳之中，留言曾說南行千里以內，必然設法把這段恩怨作一合理了斷！依南某奉勸，反正他行蹤飄忽，難以尋找，慕容兄與呂小俠暫把此事撇開，且作勝遊，看看此人是否言而有信？」

呂崇文慨然說道：「我自己一身安危，比起父母之仇，輕重何啻天壤？『千毒人魔』西門豹倘若果如南老前輩所言，他叫做心機枉費！」

慕容剛也說道：「千毒人魔縱然當真回頭，他昔年愚弄慕容剛轉遞人耳毒匣之怨可解，害我恩兄之仇仍然必報！南兄及文侄，我們彼此留神，一路上凡事小心，不要再中人暗算，被這老魔頭藉機示恩才好！」

南天義微微一笑，再未出言，這練武場中的滿地遺屍，自有摩雲嶺小四靈手下之人收拾，三人尋回馬匹，下得摩雲嶺，順便要遊覽一番這括蒼山的景色！

江浙山水，多半靈奇，括蒼是浙東名山，霧嶂雲崖，流泉飛瀑，景色果然極美！

三人流連多日，仍不忍去，這天在一座參天翠峰半腰，慕容剛與南天義指點雲煙，呂崇文卻在負手觀瀑。

突然峰下又有履聲傳來，慕容剛閃眼一看，見是兩個手執禪杖的黃衣僧人，步履沉穩，氣概昂藏，似乎武功不弱！但因素不相識，彼此均係遊山，多打量別人，易招誤會，所以並未多看。

那兩個黃衣僧人業已走過三人身邊，欲上峰頂，但忽然，其中走在左邊、身量稍高的僧人「咦」了一聲，說道：

「師弟慢走！我有點事！」

回身走到三人面前，單掌問訊說道：「貧僧大通，師弟大德，與三位施主雖然萍水相逢，也是一段緣法！這位小施主左肩長劍似非凡物，貧僧冒昧啓齒，可能見借一觀麼？」

慕容剛見這大通、大德二僧，好端端的要向呂崇文借劍觀看，已知可能與西域一派有關，還未想出怎樣答話爲妥，呂崇文藝高人膽大，已自左肩拔出青虹龜甲劍，遞與大通和尚，含笑說道：

「大師高人慧眼，一瞥之下，居然識出此劍尚非凡物，要看請看！」

大通和尚雙手接過青虹龜甲劍，略一端詳，與師弟大德同時面色微變，將劍還與呂崇文，唸了一聲佛號說道：「阿彌陀佛！貧僧想不到這青虹龜甲劍重現江湖，小施主怎樣稱

呼？既然持有此劍，可知道此劍的來歷？」

呂崇文傲然笑道：「在下呂崇文，大漠神尼昔年這柄青虹龜甲劍，誅邪馳譽江湖！此劍來歷，難道還不夠輝煌？大師無端動問，可是與西域一派有甚關聯麼？」

大通和尚又宣了一聲佛號道：「阿彌陀佛！呂施主知道這段淵源就好，貧僧師兄弟，正是西域門下！與呂施主雖無恩怨可言，但這柄劍對我西域一派，卻仇深似海！今日貧僧向呂施主化件莫大善緣，這柄青虹龜甲劍，能否賜交貧僧，帶回西域？」

呂崇文見他一廂情願，不由好笑著道：「化緣在你，結不結這段善緣，權卻在我！倘若在下有違大師尊意，又待如何？」

大通和尚沉著臉道：「那呂施主你就要代替昔年大漠妖尼，償還北天山一段血債，並與整個西域門下為敵！」

呂崇文朗聲長笑問道：「大師開口西域、閉口西域，你們西域一派，究竟有些什麼了不起的驚人絕學？」

大通和尚怒道：「不信你就試試！」當胸問訊的左掌微推，一股極強勁氣劈面襲到！

呂崇文見這大通和尚真敢動手，劍眉方自一挑，慕容剛一路行來，業已看出無憂頭陀的佛家慧眼果然無差，呂崇文這一柄青虹龜甲劍下，不知要有多少江湖豪強遭受劫數！弄得自己只有竭力壓制剛強本性，處處設法為他減少殺孽！

此時見大通和尚竟然發掌，生怕觸惱這位小魔頭，登時又是一筆血債！遂一拂衫袖，把對方所發掌力化解無形，口中說道：

「出家人怎可妄自生嗔？彼此萍水相逢，互無瓜葛，我侄兒這柄青虹龜甲劍，乃得自北天山絕壑之中，慢說是此劍舊主人大漠神尼，被江湖尊爲天下第一劍客，一生正直，極受武林愛戴！縱然有什麼恩怨未了，貴派盡可柬邀天下武林成名人物，當眾說明與大漠神尼結仇根由，以憑公斷，那時我侄兒既然敢用此劍，絕無不敢承當之理！若是像這樣三言兩語，就想把此劍帶回西域，豈非過分瞧不起在下一行，大師莫被無名孽火蒙蔽靈明，在下敬聽一語！」

大通和尚與師弟大德在西域門下，是二代弟子中的傑出人物，平素自視甚高，但方才當胸吐掌的那股勁力不小，這書生打扮之人，袍袖一揮便即化解，知道休看這老少三人，可能個個都是強手！

打量了慕容剛幾眼，冷冷說道：「閣下何人？話倒講得輕鬆，不要說叫我們柬邀天下武林成名人物，就是你們三人，倘若今日當面錯過，海角天涯，還往哪裏去找？」

慕容剛知道西域一派能手極多，自魔僧法元在北天山較技，死在大漠神尼青虹龜甲劍下之後，所有西域弟子一律禁止踏入中原！今日這括蒼山中，突然又現他們蹤跡，可能業已練成什麼絕藝，要想再與中原各派一爭雄長。

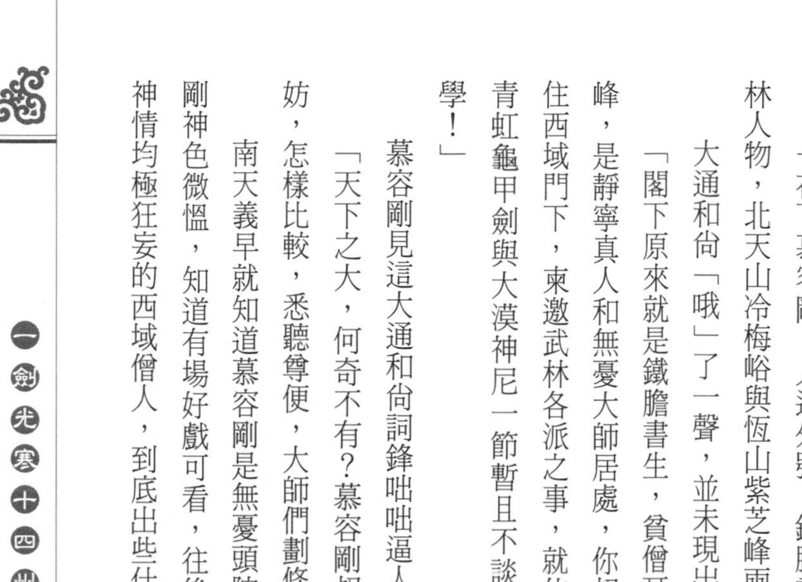

對於此事，自己無需隱諱行藏，南天義也氣味相投，交好甚厚，不必再加避忌，遂含笑說道：

「在下慕容剛，人送外號『鐵膽書生長白狂客』！大師只管照我方才所說，柬邀天下武林人物，北天山冷梅峪與恆山紫芝峰兩處，隨時均可找我們叔侄！」

大通和尚「哦」了一聲，並未現出多少驚愕之色，點頭緩緩說道：

「閣下原來就是鐵膽書生，貧僧耳中聽說過你這麼一號人物！北天山冷梅峪與恆山紫芝峰，是靜寧真人和無憂大師居處，你叔侄藝出宇內雙奇，怪不得如此傲慢！但雙奇名號唬不住西域門下，柬邀武林各派之事，就依閣下所言，但今日這段遇合，卻不能不留紀念！撇開青虹龜甲劍與大漠神尼一節暫且不談，貧僧師兄弟要領教領教宇內雙奇秘授親傳的武林絕學！」

慕容剛見這大通和尚詞鋒咄咄逼人，心中也自有氣，淡淡一笑說道：

「天下之大，何奇不有？慕容剛叔侄絕不敢以技炫人，但大師一定要逼我獻醜，那也無妨，怎樣比較，悉聽尊便，大師們劃條道來！」

南天義早就知道慕容剛是無憂頭陀師侄，但想不到與北天山靜寧真人也有關聯！見慕容剛神色微慍，知道有場好戲可看，往後一退，與呂崇文並肩而立，含笑欣賞一下這兩個言語神情均極狂妄的西域僧人，到底出些什麼稀奇題目？

大通和尚聽慕容剛要自己劃道，往左側峭壁的二塊突石之上看了一眼，側臉向大德和尚說道：

「人生到處知何似？應似飛鴻印雪泥！我們遠自西域來遊中土名山，何不在括蒼靈峰，留上一點歷久不磨的紀念呢？」

說完，師兄弟雙雙閉目凝神，霍地雙目一開，精光電射！右手禪杖拄地，左掌虛空一推，那峭壁之間突出的山塊大石之上，立時現出了兩隻淡淡手印！

慕容剛知道這是西域一派，獨擅勝場的「大手印」功夫，看這大通、大德二僧，並不像西域派中主腦人物，這「大手印」業已練到距離這遠，就能隔空印石，雖然右手禪杖在地下一拄，借力不小，但仍足驚人，西域武學，端的不可小視！

一面思索，一面估量那塊大石，約有數千斤重，石根陷在壁中，欹側半懸，形勢頗險！遂拿定主意，折服雙僧，仍自淡淡笑道：

「佛家講究寂滅無相，一留痕跡，便落下乘！這兩隻手印，後世愚夫容易附會成什麼神仙鬼怪之說，何況此石勢危，一旦突逢地震，可能墜落爲禍，趁著今日四顧無人，將它毀去，也是一場功德！」

藉著說話工夫，佛門絕學般禪掌力業已提到十成，話完，偏頭向呂崇文笑道：

「文侄！我把這大石抓落之後，你以罡氣，將它擊碎，免得墜下深壑之時，因此石體積

太大，釀成別的災變才好！」

呂崇文含笑點頭，慕容剛緩抬雙手，虛空往那大石之上一搭，猛然瞋目一喝，雙掌一抓，只聽得「格崩崩」的連聲巨響，那塊大石果然根際浮動，慢慢離壁倒下！

呂崇文哈哈一笑，聲若驚雷，施展北天山冷梅峪八年所得，雙掌胸前全力猛推，震天巨響過處，那大一塊山石，硬被他所發玄門罡氣，一擊碎成數十小塊，石雨星飛！

威勢之強，不但西域雙僧心悸神搖，連遠在喬松長草之下徜徉遊行的三匹駿馬，也被驚得「希聿聿」的嘶鳴不已！

大通和尚懂得呂崇文劈空碎石，聲勢固然驚人，尚不算太難，那慕容剛空拳抓物的神功確實並世罕見！把心神一定，向慕容剛點頭說道：

「施主果然不愧藝出宇內雙奇，掌力方面，貧僧敬服！但還有幾手杖法，要想一併領教！」

慕容剛見他們無了無休，也自憋起心火，冷笑答道：

「西域飛龍杖法，久所馳名，慕容剛不自度德量力，索性狂妄一下，就以兩隻肉掌，接接貴師兄弟的一雙禪杖！」

大通和尚確實驚懾慕容剛的掌上神力，要想憑藉掌中沉猛精妙的禪杖挽回顏面！但聽慕容剛竟然自願以一敵二，並還空手接杖，師兄弟對看一眼，仍由大通和尚答話說道：

「施主豪氣干雲，貧僧等敬遵台命，討教雙奇絕學！」

慕容剛冷冷說道：「大師們只管施爲，慕容剛靜候指教！」

大通和尚一聲：「阿彌陀佛！」與大德和尚二人身形略退即進，鐵禪杖「雙龍鬧海」，帶著無比風聲，電掃慕容剛左右雙肋！

慕容剛輕笑一聲，飄身而起！大通、大德不等雙杖打空，坐腕沉肘，業已收勢帶回，二度發杖，「風掃殘雲」，往慕容剛腰背之間奮力斜砸！

慕容剛見他們三度發杖，也自猛提真氣，身軀憑空再升，呼呼兩響，鐵禪杖貼著靴底掠過！

不等他們收招換勢，慕容剛再度提氣，離地已有一丈七、八，突然折腰往下一撲，雙臂平分，好似要用「飛鷹攫兔」的七禽身法搏擊雙僧，但撲到中途，倏然收勢，身形疾打千斤墜，宛如沉雷瀉地一般，落在雙僧面前四、五尺遠，右掌一吐「裂石開碑」，照準大德和尚當胸擊去！

他這種身法，變幻的過分出人預料！大德和尚一身功力不弱，但眼前好似無法逃得過這一掌之厄！

正在千鈞一髮之時，大通和尚的鐵禪杖「盤頭蓋頂」，疾掃慕容剛後腦！

好個慕容剛，這「裂石開碑」居然仍是虛招，右掌乍吐即收，反臂一圈，恰好擄住大通

和尚疾掃而來的禪杖！

大德和尚虧了師兄一杖，解了自己之危，臉上微紅，鐵禪杖「毒龍尋穴」也自當胸點到！

慕容剛左掌一伸，照樣硬奪禪杖，把雙杖往左手一併，一聲冷笑說道：

「大師們多多包涵，慕容剛無禮得罪！」右掌一舉，猛擊雙鐵杖中腰，「噹啷啷」震天巨響，兩根鐵杖斷成四截！

大通、大德二僧若不是撒手稍快，連虎口也必震裂，空自身懷一套極其精妙的西域「飛龍杖法」，絕學未等施展，禪杖便被人家毀去，不由面面相覷，作聲不得！

慕容剛對這兩個西域僧人印象不好，一鬆手丟卻兩根半截鐵杖，寒臉問道：「大師們，我們是到此爲止，還是另有指教？」

大通和尚滿面羞慚，兇睛一轉，合掌宣了一聲佛號，把口氣一沉，緩緩說道：

「慕容施主既然問到，貧僧照實直言，今日雖敗，尚有不服！明夜在南行五十里的仙人洞敬候施主，倘若再敗，便立時回轉西域，稟告掌教，柬邀天下英雄，共斷當年之事。」

慕容剛劍眉雙挑，尚未答言，呂崇文已先冷笑說道：

「和尚們得了便宜，莫要賣乖！我慕容叔叔近八年來，事事寬仁，只毀去雙杖示儆！倘若換了在下，你們能不能回轉西域尚未可知！仙人洞內，就是刀山劍樹，虎穴龍潭，我們明

夜必到，無事就此請便。呂崇文最討厭的就是你們這樣五蘊不空，六根不淨，揹著佛像做幌子的假出家人，休要壞了我們遊山清興！」

大通和尚被呂崇文搶白得無地自容，滿臉籠罩殺氣，陰惻惻地說道：「呂施主，小小年紀，說話如此刻薄，污辱聖僧，死後豈不怕入『拔舌地獄』？今日敗軍之將，不足言勇，明夜相逢，貧僧倒要單獨會會呂小施主！」

呂崇文縱聲長笑說道：「茲世何世？江湖中的魑魅魍魎，多至不可勝數！十八層地獄縱然再加一倍，也不夠收容他們！我叔侄替天行道，仗劍誅邪，便真身入地獄，也非所懼！和尚們莫再嘮叨，可是嫌我『青虹龜甲劍』的鋒芒不利麼？」

大通、大德二僧此時手中兵刃已無，真怕呂崇文翻臉動手，見他眉間已聚殺氣，雙目神光懾人，不敢再肆口舌，狼狽而去！

呂崇文等二僧去遠，向慕容剛問道：「慕容叔叔，明夜之約，我們對這兩個西域僧人，是殺是留？叔叔還是先加指示，免得到時又要怪我！」

慕容剛道：「照利害關係來說，這二僧如果一放，『青虹龜甲劍』重現江湖及在誰手中之訊，立時傳揚開來，跟著便是西域僧人一撥一撥，無了無休地尋仇報復！但我們既然敢用此劍，自應擔當一切，不能畏事，而效綠林賊寇所爲殺人滅口，明夜還是不必傷他，而以暗中施展絕學，警戒他們知難而退的好！」

那南天義卻自聽西域雙僧訂約仙人洞之後，始終就在皺眉深思，未加任何表示！

三人繼續略爲流覽景色，便即策馬下峰，各作休息，準備明夜赴那西域雙僧之約！

次日傍晚，三人南行約有五十來里，南天義指著一座巍峨峭拔的山峰，向慕容剛叔侄說道：「仙人洞就在這座高峰之上，我雖未來過，但曾聞人言，此洞曲折迂迴，洞中套洞，秘邃已極，常人無敢深入！據我之見，那西域雙僧武功雖然不凡，但絕非賢叔侄敵手，訂約在此之故，可能是他們已把洞中一切摸熟，要想仗著這仙人洞的特殊地形，對我們有所不利！所以我們如能不進此洞，便不必輕身涉險！」

慕容剛正在點頭，呂崇文卻已說道：

「一座山洞，任憑當初開鑿之人如何巧奪天工，頂多不過是有些八卦九宮、五行四象等迷蹤之妙罷了！但這些名堂，難得住誰？我自下山以來，覺得江湖中的鬼蜮伎倆，多到不可勝數，並也有許多極爲有趣之處！早已立意見識到底，然後才能在其中求得經驗。倘若遇事畏縮，不如找一處深山幽谷，獨善其身，又何必自稱義俠，要以這三尺青鋒，滿腔熱血，爲江湖蕩滌膻腥，除暴安民，兼善天下呢？」

呂崇文說話未加思索，衝口而出，不但南天義聽著不是滋味，竟連慕容剛也一齊搶白在內！

慕容剛與他叔侄情深，固無所謂，南天義也知道呂崇文素來口直，猶存童心，並不介意，只是哈哈笑道：

「呂小俠俠骨英風，令人可佩，不過你錯會我意！我只是表示凡事必須小心，倘一中奸謀，任憑你蓋世英雄，可能一無用武之地，便即埋骨荒山，豈不爲天地之間消失一份正氣？若談到『畏縮』二字，慢說賢叔侄藝出宇內雙奇，睥睨天下！就是南天義一生，也怕過誰來？這峰上陡削難行，反正慕容兄寶馬通靈，就讓牠們留在峰下，我們上峰一探！」

呂崇文知道自己失口，剛喚了一聲：「南老前輩……」

南天義即笑道：「呂小俠不必解釋，彼此知交，哪會計較這些，我們上去看看！」

雙臂一抖，就在馬背騰身，直起三、四丈高，人貼峭壁，巧縱輕登，便往峰上而去！

慕容剛臉帶薄嗔地看了呂崇文一眼，叔侄雙雙施展輕功，跟隨南天義飛縱而上！

攀登過半，蒼崖翠壁之間，果然有一大洞，大通、大德雙僧兩手空空，未持兵刃，正在洞口相待！

遙見三人上峰，大通和尚氣發丹田，高聲叫道：「三位施主真個信人，貧僧師兄弟洞內候教！」話完晃身閃入洞內。

慕容剛足下加功，電疾撲到，但距離過遠，人到洞口之時，雙僧形跡早杳！

劍眉微皺，等南天義、呂崇文到來，說道：

「西域雙僧神情詭秘，定然有甚毒計！我們赴約來此，洞是必進，不過務必須特別小心，尤其文侄，絕對不許妄逞匹夫之勇，否則我必嚴懲不貸！」

因洞中黑暗，一進洞口，慕容剛便當先翼衛，命南天義、呂崇文閉目凝神，片刻以後再行睜目，果然覺得仍有微光，七、八尺內，尚可勉強見物。

這仙人洞確甚玲瓏，大洞行到盡頭，是一間石室，作八卦形狀，每面鑿有一個洞穴！慕容剛略為躊躇，率領二人，走向「離宮」方位，但不到十丈，仍與先前一樣，是間八卦形的石室，又自分為八洞！

慕容剛擇善固執，仍闖「離宮」！

此時入洞越深，越覺靜悄，偶然輕咳一聲，那四壁回音，均悠悠歷久不歇，黑暗程度，也到了不可辨物之境，呂崇文青虹龜甲劍「蹌啷」出鞘，劍上精芒，光映丈許，只見石洞四壁光滑異常，顯係經過人工打磨，壁上每隔兩丈，必然有一小洞，慕容剛恍然頓悟，當初開鑿這「仙人洞」之人，真有鬼斧神工之妙，不知費了多少人力、物力，才把這座峰頭整個掏空！

意料之中，這洞定然是個八卦形的蛛網模樣，洞洞相通相連！但何以要費如此心力開鑿此洞，卻有些猜度不出！而西域雙僧自從入洞以後，休說形影不見，連聲息均未一聞，到底暗中搗的是甚麼詭計？

十八 變生肘腋

照洞形如此複雜，人若靜靜地藏在任何一個小洞之中，委實無法尋找，他們難道是想把自己一行，困死在這「仙人洞」內？

但自己隨處留心，退路業已記得清清楚楚，每次到八卦分歧之處，均是走的「離宮」，山洞不像陣式，洞法顛倒乾坤，倘若真是這種企圖，豈非妄想？

正在反覆忖度，橫側小洞之中，突然一股陰柔暗勁，襲向呂崇文身後！

呂崇文自入此洞，毫未懈怠，時時均在戒備，暗勁一發，便覺出是西域獨擅的「大手印」功力，裝做並未在意，其實玄門罡氣業已提到八成，等暗勁臨到後背，突然出聲怒喝：

「無恥西域狂徒，自來找死！」

左掌一甩，一股無比勁風硬截陰柔暗勁，略一交接，左側橫洞之中發出一聲悶哼，南天義趕過看時，人已不見！

呂崇文冷笑說道：「南老前輩不必追他，聽那一聲悶哼，禿賊受傷已不輕！」

話音剛落，右側橫洞之中「刷」的一聲，飛出一條黑影，又向呂崇文襲來！

呂崇文青虹龜甲劍在自己手中，精光耀目，反而不如慕容剛、南天義看得真切，見黑影飛射而來，也未看清是甚物件，左掌再揚，又往黑影斫去！

掌還未曾斫上黑影，南天義突然出聲喝道：「呂小俠快閃，這東西沾它不得！」並怕呂崇文收勢不及，一掌虛推，隔空發勁！

呂崇文此時也已看出那條黑影，不像暗器，遂收勢順著南天義掌風閃過數尺！那條黑影打空，「叭」的一聲，掉在地上，呂崇文藉著青虹龜甲劍上的精光照映之下，閃眼一瞥，不由驚出一身冷汗。

原來那黑影是條三尺多長的火赤煉毒蛇，可能被人活捉，裝在竹管之內，當做暗器甩出！自己方才倘若一掌砍上，定被毒蛇就勢纏住手腕咬噬，雖然身有解毒藥物可以救治，總是惹厭不淺！

寶劍隨手一挑，毒蛇便成兩截，呂崇文心頭火發，向慕容剛恨聲說道：「慕容叔叔！你看西域僧人如此險毒陰惡，豈是佛門弟子行徑？」

慕容剛微微一笑，並未答言，此時石室又到盡頭，但這回卻不是八卦形狀，只在盡頭石壁之上，分左、中、右，開著三個圓洞！三人略爲躊躇，由中而進！

這洞不像先前寬敞，似甚逼仄，幾經轉折，前面忽然微現燈光，循光以往，把洞走完，出口以後，才發覺是條人工甬道！道旁不時見有白骨成堆，好像這「仙人洞」中，曾有不少人喪命其內！

甬道走完，那點微光是從兩扇虛掩石門的隙縫之中漏出，慕容剛輕輕一推，石門「呀」然自啓，裏面竟是一間極其寬大石室，兩壁均有小門，石室當中，是兩層石台，石台之上，放著三具六尺桐棺，但卻未設甚靈位之屬！

三人這才大悟，這仙人洞的洞穴何以如此窮極鬼斧神工？原來是座古墓！

但看這局勢排場，心思雖妙，氣派卻不見大，不像是甚麼帝王陵寢，將相墳塚，倒好像是綠林巨寇或叛賊奸臣，怕人在他們死後雪恨鞭屍，才以無數重資，秘密地建造了這個埋骨之所！

石門到那放置桐棺的石洞，還有七、八尺長的狹窄甬道，方一舉步，身後忽地「呀」然一聲，三人愕然回顧，那兩扇石門業已悠悠自闔！

慕容剛叫聲「不好」，知道這古墓之中，竟然設有機關，看情形，果然是想把自己一行三人困死在這石洞之內，石門厚約尺許，青虹龜甲劍不論如何鋒利，也無法加以毀損，武功掌力更是有技難施！

正在與呂崇文面面相覷，南天義也在皺眉思計之時，身後又是一陣隆隆微響！

三人大驚回頭，甬道兩壁，竟又湧出兩扇石門，把通往置放桐棺的石室之路也給堵死！前後四扇石門一闔，宛如把慕容剛、南天義及呂崇文三人，關在一座石牢之內！

但靠石室的石門之上，卻有四、五個核桃大小的透氣圓洞，人就洞眼，可以窺見石室之內的一切動靜！

三人正在焦急無計，石室中兩壁小門之內，傳出來一陣桀桀獰笑之聲，西域雙僧，大通和尚面含得意之容，大德和尚則垂著一條右臂，滿臉痛苦恨毒之色，師兄弟雙雙緩步走出！

大通和尚走到慕容剛等面前，隔著石門，獰笑說道：

「慕容施主，你昨日英風，而今安在？宇內雙奇秘授親傳的功力再高，恐怕也奈何不了這兩扇石門，貧僧等本佛家慈悲之旨，承將你們困住，餓上十日，不再親手殺害！這座仙人洞，乃是明初海盜丘騰蛟的埋骨之所，外洞通路若不故意開放，任何人也無法入內！

「貧僧等巧得秘圖，盡知洞中秘奧，才把你等引來，囚在其中！如今你們已成網中之魚、甕中之鱉，縱有神仙人物，也難施救，說了實話無妨，我們西域門中八大長老有言，誰能得到這柄青虹龜甲劍，或是訪得大漠妖尼傳人加以誅戮，爲本門洗雪當年北天山之恥，將來便可接掌本門門戶！貧僧等自到中原以來，到處訪查，知道大漠神尼並無傳人，正在失望，不想天緣湊巧，括蒼山頭竟見此劍！這也是……」

一席話未曾說完，面上獰笑，竟自越來越顯，末後索性縱聲狂笑，笑得旁邊站立的大德和尚也覺莫名其妙，不知師兄何以如此高興？

慕容剛與呂崇文卻因在摩雲嶺頭，見過「飛天火燕」紅綃帶來的那些寨卒捧腹狂笑之狀，心中均是驀地一驚，暗想難道那神出鬼沒的千毒人魔，居然又在這古墓之中出現不成？

但石室之中，空空洞洞，除了三具桐棺和兩個西域僧人之外，一無所有！而且此時洞中的對外通路業已閉死，千毒人魔縱然本領通天，也無法進入！

十九 疑幻疑真

再看那大通和尚，業已捧腹狂笑，一語不發，正和中了千毒人魔「紫追魂斷腸笑箭」的情形一般無二！不過因他功力甚深，還未笑到滿地亂滾地步！

大德和尚也已看出不對，驚聲問道：「師兄你怎麼了？」

可憐大通和尚哪裏還能答得出話？濃眉緊皺，面容獰厲，咧著一張大嘴，不住苦笑，但目光之中，卻向大德和尚流露出一種乞援之色！

大德和尚不由會意大驚，目光電掃石室，依舊靜悄悄地闃無一人，心想師兄無端發此怪笑，不知救法，聽他笑聲，業已力竭聲嘶，再笑下去，不把肚腸笑斷才怪？只有先下手點了師兄暈穴，然後再圖解救之策！主意打定，駢指點向大通和尚脅下！

這大德和尚功力真叫不弱，二指才著他師兄身上，大通和尚便能發聲！

不過大通和尚所發之聲，是一聲淒厲狂吼：「師弟你好狠！」吼聲方畢，一連三口紫黑鮮血，噴得大德和尚一頭一身，大通和尚也撲倒塵埃，立時氣絕！

大通和尚撲倒以後，慕容剛目光如電，業已看出他方才立足之處的石地上，露出二、三分長的兩點釘頭！心中恍然頓悟，暗驚當日在建德附近的荒墳之內，自己足下，也踩過三根毒釘，倘若「千毒人魔」西門豹那時不把釘頭鋸掉，自己狂笑不止，呂崇文定然伸手解救，還不是與這大通和尚一樣，狂噴鮮血而死！

大德和尚見師兄好端端的，被自己二指一點，竟告斃命！正在驚疑悲痛交集，石室左、

右兩壁點著的萬年油燈，燈花突然一爆，爆起了一個兩、三寸長的火苗，但火苗由紅漸漸轉綠，最後成了一種慘綠顏色，石室之中，頓時充滿鬼氣森森，石台上所放的三具桐棺，也自靠左壁的一具之上，發出一陣「吱吱」微響！

頃刻之間，怪異迭來，休說是大德和尙根本蒙在鼓內，莫測高深，嚇得膽戰魂飛，不住口宣佛號！就連隔著一層石門的慕容剛和呂崇文，明明知道又是「千毒人魔」西門豹弄鬼，但因周圍情景過分淒清，也覺得有些頭皮發炸！

大德和尙對師兄的怪異慘死，本已驚心，不由把一身頗爲不俗的西域武學，嚇得減去了一半有餘！口中喃喃唸佛未畢，左面那具桐棺「砰」然巨響，棺蓋先自凌空飛起，照著大德和尙打來！

大德和尙此時心膽已碎，慌忙閃身避過棺蓋，「吱」的一聲鬼叫，棺中慢慢站起一具白骨骷髏，舉著兩隻鳥爪似的鬼手，向大德和尙作勢欲撲，壁間燈光，也已綠到幾乎不可辨物程度！

呂崇文先也以爲千毒人魔藏在棺中，這具骷髏一現，心中倒也一驚，低聲向慕容剛問道：「慕容叔叔！世上真有鬼麼？」

慕容剛方一皺眉，南天義低聲笑道：「鬼怪之說，太過虛渺，我們且看個究竟！」

自從骷髏一現，大德和尙已像亡命一般，竄入石室右側小門逃去！

骷髏跳出棺外，竟自長嘆一聲，隔著石門，向三人合掌折腰一拜，然後不知抓了一把甚麼東西，灑向兩壁的萬年油燈之內，火焰立復原色！

骷髏會拜？真拜得慕容剛、呂崇文毛骨悚然，但燈光轉亮以後，看得分明，哪裏是甚麼骷髏，原來就是沿路所見那位黑衣蒙面的千毒人魔，不過在他蒙面黑巾及身穿的黑衣之上，多畫了一副白色人體骨架，預先藏在棺中，等到燈光變綠之後，突然出現，竟把個西域僧人嚇得屁滾尿流，鼠竄而遁！

千毒人魔把燈火弄明，回頭又看了石門一眼，竟自走向左側小門而去！

呂崇文不由急道：「這兩撥人一去，我們難道就生生葬在這石牢之內？」

青虹龜甲劍一挺，刺向石門，雖然碎石紛飛，火星四濺，但石門太大太厚，明明無濟於事！

慕容剛也在束手無策，身後忽有微聲，三人回頭看時，來路石門，業已「呀」然自啓！

呂崇文仗劍護面，當先闖出，慕容剛默記來時路徑，指示方向，果然毫未走錯，但走完那幾個八卦形石室之後，到了最先入洞之處，忽然一陣隆隆作響，八個洞門，一齊被壁間湧出的石門堵死，除了細心勘察，可以看出石縫之外，連石色均是一樣，這才知道西域雙僧所說，內洞若不存心開放，外人絕難入內之言，果然不是虛語。

出得仙人洞外，呂崇文悶悶不樂！慕容剛知道他是因爲又接受「千毒人魔」西門豹一次

解圍之德，將來下手報仇之時，增加一重心情負擔所致。自己何嘗不是也因此煩惱？但這些都是無可如何之事，越想越煩，一聲長嘯，輕功展處，領著呂崇文縱下高峰，三匹駿馬業已聞得嘯聲跑來，翻身上騎，揚鞭疾馳，讓那涼夜山風獵獵飄衣，暫時把這些恩怨糾纏，置之度外！

從此一路南行，倒無甚其他變故。

到浙閩交界的楓嶺山脈之處，南天義忽然指著遠處一座翠色孤峰，向慕容剛、呂崇文笑道：「慕容兄與呂小俠，那座積翠峰腰，南天義築有一間小小石屋，我久未來此，先暫時告便半天，晚間敬候兩位大駕，略作小酌，明後日再做南遊便了！」

慕容剛笑道：「南兄久未歸家，既然路過，自然應該回去看看，我叔侄遵命晚間拜望，但不必費心準備甚麼飲食才好！」

南天義面上突然有一種說不出來的神色，一掠而逝，但剎那之間，便自恢復平靜，微笑說道：「南某孑然一身，在此築上一間石屋，不過準備江湖倦遊以後，聊避風雨而已！因這種粗陋小築，不來已久，必然骯髒不堪，略爲加以清掃才好迎迓佳客，至於這山野之間，不過是粗茶淡飯，哪裏談得上費心？兩位晚間早臨，那石室就在峰腰，甚爲好找，我們一路投緣，南天義有幾句出自肺腑之言，要在今夜奉告二位！」

說完，轉身揮鞭，跨上白馬，便自緩步望那積翠孤峰跑去！

呂崇文見南天義身形在遠方消失，回頭向慕容剛微笑說道：

「這位老前輩，江湖經驗那等老到，待人處事卻極其謙和，武功亦頗不弱，我們這一路真得他助益不少！他說夜來有幾句肺腑之言，要掬誠相告，是什麼事，叔叔猜得出麼？」

慕容剛搖頭笑道：「人家腹內之言，如何猜法？不過我直覺感到，這位江南隱俠，一路之上不知有件甚麼事，幾度吞吞吐吐，欲說未說，可能是對我們有所規勸也說不定！」

這楓嶺又名大竿嶺，山脈來自仙霞，蜿蜒於龍泉、武義等八縣之間，直至福建浦城之北，為閩、浙兩省界嶺，廣袤千里，萬壑爭幽，豹隱層巒，螺堆列嶂，景色極為清麗！

慕容剛叔侄二人隨意留連，覺得一峰一壑均有佳趣，在這種地方築一石室，嘯傲煙霞，真是神仙不羨！徜徉於風光山色之中，不知不覺，已近黃昏。

慕容剛胸襟挹爽，情緒極佳，笑向呂崇文道：

「文侄，你看落霞晚照，遠山近嶺，紅帶夕陽，我們隨步遊山，走出業已不近，不要再往前走，就此回頭。去往南天義所居的積翠峰石室，時光恰恰正好！」

呂崇文點頭笑諾，叔侄二人攬轡回騎，望著那座滿布碧蘚蒼苔、青蘿古樹的參天翠峰，緩緩馳去！

到得峰下，夜色已起，南天義所騎的那匹白馬，這些日來，與慕容剛的烏雲蓋雪，和呂

崇文的火騮駒整日廝守，也已漸通靈性，不用拴繫。此時正在峰下低頭吃草，慕容剛知道山峰峭拔，馬不易登，遂把韁繩掛好，與呂崇文一齊甩鐙離鞍，施展輕功，往蒼崖翠壁之間，攀援直上！

上到峰腰，果然看見石壁凹處，建有一間滿爲綠蘿覆蓋的高大石室，室旁還有一條說大不大、說小不小的瀑布，掛壁飛瀉，景色幽絕！

南天義當門而立，含笑相迎，他這石室，共分裏外兩間，外間縹緗滿架，錦軸牙籤，古翠瑯環，奇香翰墨，竟是一間極好的書房！

慕容剛暗暗點頭，心想怪不得南天義談吐之間，學識頗爲淵博，看他這山居石室之中，居然還佈置這樣一間書房，可見此人文武兼資，確實不俗！

外間既是書房，裏間當然是臥室，但慕容剛叔侄一進裏間，不由便是一愣！

原來裏間甚是寬敞，室中石桌之上備有酒菜，但卻毫無床帳之屬，而最令人觸目生疑的，是那東南牆角之間，竟有一口黑漆棺木，棺蓋欹在一傍，棺中並似還有衾褥等物！

南天義請客就石桌旁邊的靠背右椅之上坐下，含笑說道：

「慕容兄與呂小俠可是爲那口棺木疑詫麼？南天義近年以來看破世情，時時皆以解脫爲念，我在大江南北的靈山幽谷之間，像這樣的石室，築有四、五處之多，到處均設有一口棺木，平素也就以棺爲床，以棺蓋爲帳，每夜臥在棺中，自行用裏面特設的搭扣，把棺蓋扣

死！準備一旦平生幾樁心願得能了卻，大夢醒來，就此解脫，也免得旁人還要爲我這孤煢老人費事，豈不乾乾淨淨？」

慕容剛見這南天義說話之時，神情好不淒涼，不由暗詫他何以好端端的，出此不祥之語？

南天義鑒貌辨色，哈哈一笑，面上那種無形中帶出來的憂傷神情，立時蕩然無存，仍然恢復了豪邁本色，向慕容剛叔侄答道：

「南天義太已不才，我還自以爲這多年來，確已明心見性，哪知在眼看塵緣將了之際，靈台方寸之間掛滯仍多，出言無狀，豈是款待嘉客之禮？來來來！我先把盞敬賢叔侄一杯自釀美酒，然後有幾句肺腑之言相告！」

說罷，拿起桌上一個錫製酒壺，先替慕容剛、呂崇文各斟一杯，然後自己也斟了一杯，放下酒壺，持杯微笑敬酒！

慕容剛、呂崇文同時覺得南天義的臉上和雙眼之中，突然現出一種湛湛神光，這種神光說不上來像仙，還是像佛？總之令人一望，立即油然生敬！

叔侄雙雙舉杯，一傾而盡，南天義等他們喝完，才把杯中酒緩緩飲下，雙眼微閉。

慕容剛、呂崇文俱是極大行家，見他好端端的，竟自暗提內家真氣，均相顧生疑，莫名其妙！

南天義雙眼再開，神光仍自湛然，但已萎縮不少，向慕容剛叔侄微笑說道：

「慕容兄賢叔侄，藝出恆山紫芝峰無憂上人和北天山冷梅峪靜寧道長等宇內雙奇，絕學神功，自足震懾武林，縱橫湖海！但經驗閱歷方面，卻委實差得太遠，崇文初離師門，猶有可說，但慕容兄早年在白山黑水之間，曾闖下那大名堂，譽為關外萬家生佛，怎的仍嫌不夠細心？

「四靈寨鬼蜮奸謀，沿途已見不少，今後殊不知有多少花樣？尤其明春翠竹山莊一會，倘玄龜羽士和毒心玉麟等人在藝業方面不敵之後，我料他絕不肯甘心認敗，就此使四靈寨瓦解冰消，定然有甚麼極惡奸謀，到時必須嚴密提防，不可絲毫大意才好！」

慕容剛聽他突然好好地提到後話，詫異問道：「翠竹山莊一會，南兄不是曾允拔刀相助，屆時同往麼？怎的此刻忽然預做指教？」

南天義微微一笑說道：「天有不測風雲，人有旦夕禍福！南天義自忖也許活不到明春，我們一路上，情意交投，關懷賢叔侄過甚，所以先把拙見奉告！」

慕容剛、呂崇文聽他越說越覺不祥，正在互看皺眉，南天義又自笑道：

「賢叔侄且莫驚疑，南天義再給你們來個驚人之筆，讓你們體察體察，絕世武功是不是抵得過奸邪鬼蜮？這自皖中巢湖南來的千里之內，依我估計，賢叔侄至少遭遇死亡危險千次有餘呢！」

說完，手執方才替二人斟酒的那把錫製酒壺，微微把壺中之酒往地下傾出少許，石地之上，登時一片火光，顯示出壺中所貯的，竟是極其猛烈的斷腸毒酒！

慕容剛、呂崇文不免驚得齊要離座起立，但一想不對，壺中之酒，三人各飲一杯，南天義並未例外，而且照那酒一著地即起火光的毒性強烈程度看來，理應入口斷腸，但自己回想當時飲酒之際，不但毫無異味，而且此時腹中仍自泰然，覺不出有甚不適現象！

南天義微微擺擺手笑道：「賢叔侄不必著慌，看我把這戲法變完再說！」

伸手揭開壺蓋，送到二人眼前，原來是一把內藏機關的鴛鴦酒壺，壺分兩格，一格裝的斷腸毒酒，另一格裝的卻是無毒美酒，壺嘴也是兩條通路，通往不同兩格，機括處在壺柄之上，斟酒之時，可隨斟酒人心意，斟出毒酒或是美酒，端的製造得巧妙至極！

二人看明以後，心中才自釋然，但覺得南天義既欲指教自己這等江湖鬼蜮，儘可以話說明，何必真拿毒酒裝在壺內，故弄玄虛，害得方才幾乎推桌而起，彼此反臉動手！

南天義看出二人心意，又是微微一笑，拿起二人所用酒杯，把杯中餘瀝傾向地下，未見絲毫異狀，然後徐徐將自己面前杯中的幾滴剩酒，也往地上一倒，卻一片火光，應手而起！

慕容剛叔侄見他竟然自飲毒酒，雙雙驚得從座中跳起來，呂崇文自懷中取出寒犀角，急急問道：「南老前輩！你何故厭世？這是我無憂師伯所賜寒犀角，專解百毒，老前輩請先含在口中，暫遏毒性發作，慕容叔叔快找清水，好替南老前輩磨汁解毒！」

南天義點頭面帶感激之色說道：「呂小俠這份人情，南天義心銘無已，這種毒酒，不是寒犀角之力能解，南天義暫時還自無妨，賢叔侄且請歸座！我還有一件更令賢叔侄驚奇百倍的東西，要給你們看看！」

慕容剛、呂崇文叔侄，此時已被種種接二連三的怪異之事，弄得神智全昏，癡癡地聽憑南天義指使，往石椅之上一坐，看他還有甚麼怪異東西拿將出來，是否能令自己驚奇到如他所說的那種程度！

南天義目中神光，已比先前又見萎退，面上所含的祥和笑容，也已漸漸變爲苦笑，左手扶住石桌邊沿，右手往臉上一摸，竟自生生把自己的一隻右耳撕下！

慕容剛叔侄恍然頓悟，宛如暴雷震頂，這一驚非同小可，雙雙手指南天義顫聲問道：

「難……難……難道你是千……」

南天義且不答話，左手微動，慕容剛、呂崇文所坐的石椅之上，突然「格登」連聲，不知從何處生出三根極粗鋼環，雙腕連腰，一齊被鋼環生生束住，半絲功力也自施展不開！

叔侄二人正在大驚失色，南天義從石桌之下，抽出一方微帶藥味的潮濕面巾，往臉上一陣洗擦，然後向慕容剛含笑問道：

「慕容兄，稍安勿躁，可還認得我麼？」

慕容剛對這副形相，腦中記憶最深，分明就是當初在蘭州豐盛堡呂家莊外桃林之中，假

扮上吊的自稱朱姓鄉農之人，不由長嘆一聲，瞋目說道：

「西門豹、慕容叔侄雖落你手，也真佩服你的智計絕倫！自皖中巢湖開始，天天要去找千毒人魔，卻天天與千毒人魔同行、同食、同宿，不怪你說絕世武功抵不過江湖鬼蜮，你這種江湖鬼域，確實太已高明！古塔之巔、荒墳之夜、摩雲嶺頭的黑衣怪人，和仙人洞裏棺中枯骨，你是怎樣分身佈置？又何必沿路示恩，直到這石屋之中才揭開本來面目，對我叔侄下手？望你詳細說明，我叔侄縱死九泉，亦無所憾！」

慕容剛在這裏發話，呂崇文卻一聲不響，暗咬鋼牙，想要運用神功，把這三根鐵環震斷！但這位「千毒人魔」西門豹，真是絕世奇人！無論何事，均做得妙到毫巔，那三根鐵環，兩根正好束住脈門，一根正好束住腰眼，休說是想運功震斷，連稍微動轉都有困難！

「千毒人魔」西門豹忽也長嘆一聲，潸然淚落，向慕容剛叔侄說道：

「賢叔侄休要誤會，西門豹要是有害你們之心，哪裏還會等到今日？這一路之上，隨時隨地不可下手？我用鐵環機關束住賢叔侄，是因爲彼此仇恨太深，真相一明之下，恐怕賢叔侄不肯等我把話說明，便即動手！所以才先行飲下那杯斷腸毒酒以示決心，並借預先服用的兩粒自煉靈丹，和多年鍛鍊的一點內家功力，暫時遏阻毒性蔓延，等我把與賢叔侄這段冤仇，前因後果，了斷清楚，然後向呂小俠的已故尊人梅花劍呂大俠以死謝罪！不過西門豹雖然早已回頭，狂傲心性至死不變，我雖然自甘了結殘生，以清當年所作所爲的無邊罪孽，但

卻不願死在任何外人手內！彼此一路情分不薄，賢叔侄暫時受此委屈，還請擔待擔待呢！」

說罷，一陣哈哈大笑，臉上又已恢復先前那種湛然神光，但笑聲未了，突然眉頭一皺，似有極大痛苦，自懷中取出一粒靈丹服下，略閉雙眼，把真氣調勻凝聚，緩緩開目說道：

「西門豹早年所作所爲，陰狠毒辣，無以復加，江湖之中，才送了我『千毒人魔』這個匪號！氣量襟懷，也褊狹到了極處，睚眥必報，任意橫行！因爲一次在豫中作案，巧逢呂懷民大俠，被他施展梅花劍法削去一耳，加以告誡放走，遂引爲畢生奇恥，立誓復仇，虛心窺伺多年，終於探得呂莊主五十整壽之日，慕容大俠必自關外趕來拜壽，乃用苦心製成一個毒匣，內盛當年被呂莊主梅花劍削落之耳，與我侄兒西門泰假扮壽禮被劫，上吊自盡，假手慕容大俠轉送那個毒匣，以冀呂莊主不致生疑，可能親自啓匣！」

慕容剛想起當時情事，和盟兄的音容笑貌，不禁淒然淚落！

二十 恩怨一線

呂崇文更是目眥欲裂，恨聲叫道：

「西門豹，你好毒的鬼計，害得我父母雙親廳前絕命，室內飛頭，呂崇文縱然死爲厲鬼，此恨難解！」

西門豹點頭說道：

「就因爲我送匣之後，人並未走，換裝易容，親眼看見呂莊主死後，『單掌開碑』胡震武率眾尋仇，慕容大俠生死全交，拚命戰賊！那老僕呂誠，更難能可貴的義捨獨孫，拯救幼主！這種光明磊落、驚天地泣鬼神的俠義行爲，突然使我深深感動，回到九華舊居，咎心自責，閉門思過！

「但就在這段時間之內，無意中發現了一部武學奇書《內景真詮》。自改習正宗武術以後，靈明越發澄澈，深以昔時所作所爲愧怍無已！等把《內景真詮》中的『八九玲瓏手法』練成，武功大進，決心二度出山，盡自己心力，對昔日所造罪孽，一一加以彌補！東西南北，流轉多年，在我苦志虔心之下，所有仇讎均已化解，只剩下『梅花劍』呂大俠的這一樁憾事，始終耿耿於懷，無時或卻！」

呂崇文冷笑道：「難得！難得！」

西門豹知道他叔侄尚難盡信自己所言，遂不理呂崇文的譏嘲神色，繼續說道：

「安徽巢湖巧遇二位，並一齊觀光姥山顧莊盛會，不想我多年未見的侄兒西門泰，竟然

未改前非，倚仗一件毒蝟金簑，使『展翅金鵬』顧莊主抱恨鴿原，雁行折翼！那時我因生平煢獨，只此一個骨肉親人，忽然又動私心，知道賢叔侄只要有一人下場，我侄兒便無能逃死！遂搶前動手，假說已用『八九玲瓏手法』點了他的『五陰重穴』，必死無救！其實是暗中點醒，叫他趁此逃生！

「皖中結伴南行以來，西門豹每日與賢叔侄同寢共食，寸心之中，矛盾已極，知道彼此越是交厚，將來真面目揭穿之時，越是爲難！因我侄兒替我擔心，暗中一路隨行，遂命他在百丈峰古塔和建德荒墳兩地故弄玄虛，以探測賢叔侄心意，這段冤仇可有善了之望？我連番親身在旁，默察之下，慕容大俠故友情深，呂小俠椿萱仇重，任憑西門豹費盡苦心，到頭來仍必免不了兵戎相見！

「最後結果既已料定，天人交戰遂起心頭，還是一走了之！在我昔年辛苦經營的幾處秘窟之中一躲，靜享餘年，賢叔侄縱然踏破鐵鞋，把整個江湖翻轉過來，也必無處尋覓！還是坦誠相見？聽憑賢叔侄劍下分屍，了此冤孽！或是索性再造一次更大惡孽？把賢叔侄也用毒技一併剷除，永絕後患！這三種念頭，交織心中，無法決斷！但一來彼此交誼與日俱深，賢叔侄的人品、武功，越來越令西門豹衷心敬佩！二來途中所見四靈寨的那種殘酷暴行，比我昔年尤覺過之！楊堃一家絕命的那種傷心慘目之狀，簡直令人不忍卒睹！

「正邪之辨愈明，愈覺得齷齪江湖以內，亟需賢叔侄這等英俠仗義行仁，予以整頓清

除，爲天地之間發揚正氣，所以第三種再度造孽的自私惡念，自自然然的消除，並已悟透我自己年過花甲，何必還想苟全性命，把這筆孽債拖到來生？遂下定決心，在這積翠峰石室之中，向賢叔侄揭開真相，自陳罪狀，並先飲那無藥可救的斷腸毒酒，以示矢志贖過之意！」

說到此間，精神顯又不支，面容慘白，身軀並微起抖顫，臉上神情好似正在忍受莫大痛苦！

伸手入懷，取出一只白色瓷瓶，把瓶內靈丹盡數傾出，一齊納入口中，雙手托住小腹，又自閉目暗運功勁。

慕容剛、呂崇文聽至此處，相顧無言，心中也是矛盾和沉重到了極處，二人都是一樣心思，這「千毒人魔」西門豹，那等刁鑽惡毒之人，一旦回頭，竟會變得如此好法！看這情形，他果然是先飲毒酒，蓄意自盡謝過。這一路之上，只要他真要心生暗害，不但早已屍骨無存，並還糊裡糊塗地不會知道死在何人之手！但昔日深仇，難道……

他們這裏思索未畢，西門豹雙目再開，慘笑說道：

「西門豹業已盡服我囊中所有靈藥，大約還可以在這世界上逗留一盞茶的時光！曾記得當年在呂家莊大廳以外竊聽之時，慕容大俠曾對胡震武說過『人死不記仇』之語！我們結仇在前，交友在後，撇開冤仇不談，一路之上，情分確實不薄！西門豹一生狂傲，從不求人，但在這垂死之時，卻要向賢叔侄一流弱者之淚！」

回身從所坐椅後，取出一雙血跡殷然，顯係新近才剁下來的人手，目中含淚說道：

「西門豹從小孤苦，除了一個族兄之外，絕無親人！我侄兒西門泰，因係自幼相隨，受我昔日惡行感染，以致生平也頗有幾樁惡孽！尤其是以毒蛸金簑，暗害小銀龍顧二莊主之事爲最！但我在賢叔侄來此之前，已以我爲鏡，對他諄加告誡，他也頗知悔悟，引刀自斷一手，以示從此回頭決心！還望賢叔侄看他在摩雲嶺頭和仙人洞內，也曾略微效勞，把這隻斷手費神轉交顧大莊主，並請善言婉勸，解釋此仇，予我侄兒留一條自新之路！則不但西門豹九泉銜恩，賢叔侄與人爲善，也自功德無量！」

說至此處，雙眼神光漸散，全身皮肉不住抖顫，眼看業已支持不住！

慕容剛早想開口，但因自己到底是外人，有所不便，方望了呂崇文一眼，呂崇文劍眉雙挑，面上神光煥發，高聲叫道：

「放下屠刀，尚能立地成佛！難道世界上人與人之間，真個就有不解之仇？西門老前輩，你這種存心，不但往孽齊消，並還人所共敬！如山舊恨，從今一筆勾除，不必再提，趕緊設法解救你所服毒酒要緊！」

呂崇文這幾句話一出，慕容剛胸間一片清涼，點頭心喜，西門豹也從強忍痛苦的面容之上，浮現出一絲安詳微笑，說道：

「得聆呂小俠此言，西門豹九泉之下，應無所憾！我早說過，所飲毒酒，無藥可解，賢

叔侄不究既往，解孽消冤，已感寬宏厚德，不必再行爲我擔心！西門豹自三十歲以後，從未以真相對人，當今解脫之前，要還我本來面目！」

雙手抖顫之下，自解衣襟，從頸項之間，慢慢揭起一層極薄人皮，人皮之下，想是長期不受日光炙射，膚白如玉！

揭到下頦以上，猛一用力，慕容剛、呂崇文齊覺眼前一亮，哪裏還是昔日桃林之內的猥瑣鄉農？對面所坐的西門豹，竟變成了一位長眉朗目、五官端正的慈祥老人！

但瑩白如玉的雙頰之上，卻深深留有兩個十字烙痕，西門豹自摸雙頰，慘笑說道：

「老夫壯年，慷慨悲歌，橫刀市井，何嘗不是以俠士自居？但因不平之事得罪貪官，竟行栽贓陷害，硬以江洋大盜之名，把我雙頰烙字，釘肘收監！一怒越獄以後，殺卻貪官，因本來面目已難示人，又感覺這茫茫濁世，似乎並無可言，遂索性我行我素，任意所爲，在江湖之中，闖蕩出了這麼一個極其兇惡難聽的『千毒人魔』匪號！」

說到此處，又自閉目凝神，竭力提氣，緩緩再道：

「就這一念之忿，誤入歧途，不知造了多少惡孽？此刻雖然痛悟前非，但是不是回頭已晚，西門豹自己也想它不透！不過我如把數十年來千變萬化的假面具摘下，以真相相示賢叔侄之時，心頭竟自泰然，絲毫不以這雙頰烙字爲恥，可能這最後閉門思過的六、七年間，在靈性修持方面，略有成就！此時我本身功力及所服靈藥，已經抗不住毒酒之力，肺腑之中，

翻騰欲裂！把最後一事做完，便與賢叔侄長別，來生再見！」

自懷中取出一本小書，微一翻動，書是絹製，頁數頗多，字跡小如蠅頭，封面之上寫著《百毒真經》，及「西門豹藏」八個隸字！

西門豹三把兩把，把這《百毒真經》扯成粉碎，蘸些燈油，就著燈火之上焚燒，並向慕容剛叔侄說道：

「這冊《百毒真經》，是我昔年在勾漏山的一條絕谷之中，偶然發現！就因練這書中的各種毒技，西門豹便變成了『千毒人魔』，才會有今日的收場結局！我本身深受此書之害，在大解脫之前，不能再留以貽害後人，所以才……才……當……著……賢叔……侄……將……它……毀……去……」

慕容剛、呂崇文聽西門豹說到最後，業已氣息斷續，語不成聲，知道毒酒藥力已發，命在頃刻！

他們此時對這西門豹，業已滿懷憐憫敬重之意，冤仇一念，半點皆無！拚命思索，怎樣才能救下這位豁然頓悟，放下屠刀，由最惡之人，變成極善之人的西門豹的一條性命！

但他自飲自製毒酒，自稱無救，慕容剛叔侄自然窮極思慮，也想不出一條救他之策！何況雙手脈門和腰眼之間，均被那極粗鋼環扣死，全身無法動轉，就是想出什麼妙計，也無所用！

呂崇文急得瞠目叫道：「西門老前輩！趕快放開鐵環，千萬不要自誤，你留此業已回頭向善的有用之軀，爲世間所有惡人做個榜樣，不比這平白一死，功德更自大得多麼？」

西門豹此時業已奄奄一息，忽然聽見呂崇文這幾句話，好似黑暗之中突現光明，臉上神色一振！但隨即雙眉緊皺，長嘆一聲，自伸二指，向左脅之下猛力一點！

廿一
悵然若夢

慕容剛叔侄均是極大行家，知道西門豹業已無力說話，這駢指自點重穴，是聚集殘餘氣力，要想把話說完。但話一說完，人也必死！眼看著如此慘狀，無法下手施救，叔侄二人不由相顧欷噓，淒然淚下！

果然西門豹經這一點，語音又自清朗說道：

「西門豹被呂小俠一語提醒，知道這種自以爲解脫的贖罪之舉，又是小家子氣派，落於下乘，但此刻業已魂遊墟墓，後悔嫌晚，我還有兩瓶易容丹，青瓶易容，白瓶復容，留贈二位，或有後用！」

遂自懷中顫巍巍地掏出一青一白兩個小瓶，放在石桌之上，淒然說道：

「西門豹無力再支，從此長別！我雖然後悔不能以身示範，遍懲世間惡人，但賢叔侄大可以西門豹這段故事，宣揚天下，勸好人步步小心，切莫輕易爲惡，勸惡人應知悔改，及早回頭，免得沉溺太深，終身難拔，永墜無邊孽海，則西門豹雖死無憾！」

話完，伸手按動石桌機關，解開慕容剛叔侄及腰間所束鋼環，全身便自一軟，雙目漸閉！

慕容剛念頭早已打定，鋼環一開，動作疾如石火電光，就在西門豹將絕氣未絕氣的刹那之間，運足絕頂神功，向西門豹胸前隔空連指三指！

這三指，封住他全身中最重要的三處大穴，西門豹應指暈死！

慕容剛偏頭向呂崇文說道：「文侄！西門豹已被我封死三元重穴，把他僅存的一縷游絲之氣，略延盞茶時分！在此時間之內，若無法解他所飲毒酒，則穴道一開，立時氣絕！此人孽海回頭的如此徹底，太已難得，你既然慨允他勾消如山舊恨，彼此業已是友非敵，照此情形，寒犀角與解毒靈丹可能無效，難道真就眼睜睜的，看著這位苦心孤詣、痛悟前非的蓋世奇人，就此離開濁世麼？」

呂崇文此時神色反而鎮定，自貼懷取出一粒外以朱紅蠟丸封固的龍眼般大小靈丹，向慕容剛笑道：「慕容叔叔！這是當年叔叔帶我遠上北嶽恆山，無憂師伯不肯收留傳藝，賜我的一粒『萬妙靈丹』，說是足可脫我一次大難！如今只有以此丹與西門老前輩服上，倘再無靈應，則我們心力已盡，也就無所愧疚的了！」

慕容剛知道這「萬妙靈丹」，是無憂頭陀窮四十九年心力，採集中土、西域等各大名山所產的四十九種罕見藥物，共只煉成七粒！師伯對此珍逾性命，除呂崇文當年獲得一粒之外，連自己與自幼追隨師伯的澄空師兄，俱未蒙賜。

此丹功能奪天地造化之機，無論何種內傷奇毒，不但妙手回春，並還增長本身功力！師伯當年贈丹之時，曾一再叮嚀呂崇文好好珍藏，千萬不可浪費！今日呂崇文居然肯以如此稀世難得，而等於他自己第二條生命的至寶靈丹，去救治片刻之前還誓與不共戴天的殺父之仇，這種赤子之心，委實與西門豹能在茫茫孽海之中猛省回頭之舉，一樣難能可貴！

慕容剛方在心中暗讚，呂崇文已把「萬妙靈丹」外面的那層朱紅蠟丸捏破，頓時滿室奇芬，挹人神爽！

蠟丸之內，裹的是一粒淡黃色的靈丹，呂崇文扶起癱在石椅上的西門豹，用手捏脫下顎，把「萬妙靈丹」放入西門豹口中，哺了兩口清水，然後替他拍好下顎，與慕容剛靜在一旁，等候究竟！

等了片刻，絲毫反應均無，慕容剛眉頭緊皺，暗想師伯珍逾性命的「萬妙靈丹」，怎的一妙不妙？

呂崇文也已忍不住問道：「慕容叔叔！萬妙靈丹不應不靈，莫非是你點了西門老前輩的『三元重穴』，以致藥力無法下達他的臟腑之間麼？」

慕容剛想來想去，想不出任何其他理由，只得同意呂崇文所說！

但他深知，倘「萬妙靈丹」對西門豹所飲毒酒無效，則「三元重穴」一解，西門豹立時便死！所以幾度要想下手解穴，均逡巡中止，但經呂崇文一再催促，心中迭經盤算，也覺得西門豹除此以外，別無任何一線生機，遂鋼牙緊咬，孤注一擲，仍然是隔空認穴，向西門豹丹田肚腹之間，一連三指！

慕容剛手法真靈，第三次手指點處，西門豹知覺頓復，竟自雙目微睜，呂崇文方自大喜，西門豹突然長噓一聲，目光微瞬二人，雙睛一閉，頭也隨之下垂，竟似死去模樣！

這一來，慕容剛叔侄不禁大驚，上前仔細一看，西門豹不但鼻息全無，連脈搏也不再跳，業已與世長辭，人生一切恩怨均告盡了！平白捨卻一粒「萬妙靈丹」，結果卻大大不妙，加速斷送了西門豹的性命！

慕容剛淒然落淚，用右掌切落石桌一角，恨聲說道：

「明明古訓有云：『苦海無邊，回頭是岸！』但做得到這兩句話的，古往今來，能有幾人？這位西門豹，豁然頓悟，放下屠刀之後的苦心卓行，爍古震今，任何人亦應對之備加敬仰！怎的偏偏孽不令消？罪不容贖？到頭來還是這等收場，豈不斷絕了後世惡人有意回頭的向善之路？今宵這場遭遇，事事均出於我預料之外，慕容剛真要拔劍問天，天心何在？」

呂崇文所感相同，叔侄二人對著那奄然物化、仇友兩兼的西門豹遺容，傷情得英雄虎淚，滾滾如流，衣襟盡濕！

悽惶多時，慕容剛、呂崇文終不放心，二度再仔細探摸西門豹的脈搏、鼻息，見確已死去，遂一齊動手，將他遺體抬到東南牆角的那口棺木之中放妥。

呂崇文回頭瞥見石桌之上，還有西門泰自行剁下來的那隻手，走將過去，取來一併放在西門豹的棺內，替他把棺蓋蓋好，口中禱祝說道：

「西門老前輩英靈不遠，請聽一言！呂崇文不但負責爲令侄西門泰與『展翅金鵬』顧大莊主，化解巢湖姥山那場殺弟之仇，只要他果然也像老前輩這樣徹底回頭，以後不管有甚災

厄，呂崇文力之能及，一概承當解救之責！」

慕容剛想起仙人洞海盜丘騰蛟的墓穴之中，西門泰冒充千毒人魔，藏在那六尺桐棺以內，假扮枯骨之事猶在眼前。而西門豹此刻卻已真在他自己所備的棺木之中長眠不醒！英雄豪傑，轉瞬成空，莽莽人生，怎的總是脫不出名利爭奪和恩怨糾纏之外？

叔侄二人黯然久之，方才一席深談，漫漫長夜已過，高峰之上，曙色現得極早，不忍在這觸目淒涼的石室之中久待，遂雙雙向西門豹的棺木深施一禮。慕容剛回頭把石桌之上，西門豹遺贈的兩瓶易容丹揣入懷中，便與呂崇文一齊含淚走出石室！

出得石室，這凌晨山景，更是清絕，遠眺四外群峰，霧籠煙鬟，雲羅一抹，近看室旁飛瀑，摩空青墜，萬疊千盤！再加上那些泉韻松濤，秋聲鶴唳，確實無殊人間仙境！

慕容剛長嘆一聲，說道：「西門豹選擇這楓嶺山積翠峰，做爲他的解脫長眠之地，此人確實到死仍然高明，真稱得上武林之中近數十年來，出類拔萃的一位江湖怪傑！我們不要再讓後人萬一過此之時，入室探奇，而對他遺體有所驚擾，索性再費番心力，替他把這石室門戶堵死了吧！」

呂崇文點頭稱是，二人合力弄來一塊千斤巨石，把石室門戶堵好，慕容剛凝望這一夕驚魂，把自己和呂崇文八年茹苦含辛心願了卻一半之地，心中又自祝道：

「西門仁兄，請自安息，慕容剛立誓要以你爲鏡，盡度天下惡人，以紀念昨夜太不平凡

的一場經過！」

諸事俱畢，二人翻下這積翠山峰，三匹駿馬仍在峰下小林豐草之內徜徉，烏雲蓋雪和火騮駒見主人下峰，帶著西門豹一路所騎的那匹白馬，蹄聲答答，緩緩跑來。

慕容剛見馬思人，不由又是一陣傷感，伸手把那白馬的鞍轡籠勒等物盡除，淒然說道：

「你主人已大解脫，我如今也還你的自由之身，但望你就在這靈山勝境之間自在安樂，不要爲那荒沼惡澤之中的毒蛇猛獸所傷，你自去吧！」

說完，照著馬股重重擊了一掌，那白馬驀地一驚，雙耳一豎，一聲馬嘶，往西方山谷之中，狂奔而去！

呂崇文此時被慕容剛悲天憫人、愛及動物的偉大精神有所感召，心中機伶伶的一個冷戰，滿懷殺機爲之泯卻不少！

叔侄二人默默無言，對看一眼，一齊覺得這一夜之間所歷所經，如夢如幻，不由又是一陣癡癡出神！

就在此時，遠遠傳來一聲「希聿聿」的馬嘶，慕容剛暗詫，方才自己所放白馬，是向西跑去，怎的這嘶聲卻似自東南方發出？側臉對呂崇文說道：

「文侄！你聽這馬嘶之聲好覺耳熟！」

呂崇文自聞馬嘶，早就心動，放眼瞥見東南山嶺之間，一點白影宛如星飛電掣，矯捷無

倫，正是一匹無人白馬，不由脫口喚道：「慕容叔叔！那不是八年前在呂梁山中所遇，穿白衣服那位姑姑騎的馬麼？」

慕容剛聞言也自覺得，不但馬嘶甚熟，那矯捷情形，和馬身毛色，均極像心上人所騎的玉獅子馬！但何以馬背無人？而且那匹白馬，也根本未曾看見自己等人，似是漫無目的地滿山亂跑，跑得極快，稍縱即逝！

遂無暇多想，向自己的千里神駒烏雲蓋雪微一作勢，把手一揮！烏雲蓋雪善解人意，四蹄騰處，便即一面追向那匹白馬，一面並不停奮鬣長嘶，似是與那白馬呼應！

果然那白馬正在狂奔之中，突然聽得烏雲蓋雪所發嘶聲，竟在一座山峰中腰倏然駐足，引頸向天，又是幾聲淒厲悲嘶！

慕容剛此時往事縈迴腦際，幾乎可以確定，這匹白馬，就是當年萍水論交的心上人所乘坐騎！見牠那等悲嘶神情，知道這類神駒多通靈性，好好的絕不會輕離主人，難道出了甚麼重大變故？

越想越覺有異，心中不由騰騰亂跳！

少頃過後，烏雲蓋雪與那白馬緩緩跑回，慕容剛、呂崇文同時猛吃一驚，因爲不但認出正是昔年呂梁山所遇白衣女子所乘之馬，並且鞍轡凌亂，背上股後兩道殷紅血跡，似是刀劍之傷！

那白馬確實通靈，跑到近前，熟視慕容剛、呂崇文半晌，兩隻馬眼連眨，竟似委委屈屈地流下幾滴淚水！

慕容剛知道先前所料無差，牠主人定有非常禍變！當年彼此一見傾心，長途護送，雙劍締交，及贈珮留念的那一種高雅深情，和白衣女子的絕代容光，雖然匆匆一別，時隔八年，但慕容剛這種天生鐵漢，平常不會輕易浪費感情，若一旦對某人某事有所傾心，則石爛海枯，此情不二！

藝成之後，王屋山四靈寨總壇赴約，得知那方玉珮主人南海朝香，這一路南來，一半固然是訪尋「千毒人魔」西門豹，另一半何嘗不是想巧遇心上人，稍敘離衷，並證實一下，昔年所遇之人，是否就是自己心中猜測的「天香玉鳳」嚴凝素？

如今千毒人魔之事，弄成那等意想不到的結局，眼前卻又靈駒負傷，玉人不見，心中怎不百感交集？忙自懷中取出靈藥，爲那白馬敷治傷痕，並輕撫牠頸上長鬃，輕輕說道：「我知道你主人有難，你既然通靈，我爲你療傷之後，可會帶我們去往你主人遇難之處麼？」

那白馬此時馴善異常，乖乖地一動不動，任憑慕容剛用山泉爲牠洗去傷處凝結血塊，並敷治靈藥，聽完說話之後，兩隻馬耳一動，竟自把頭點了幾下！

呂崇文見慕容剛對馬講話，本在暗笑，但見白馬這種神情，不由向慕容剛問道：「慕容

叔叔！這匹白馬怎的好似竟懂人話？我看牠真好，不要說我這匹火騮駒，恐怕連那烏雲蓋雪，都有點比不上呢！」

慕容剛當年在呂梁山與馬主人白衣女子初見面時，就是被她從後策馬追上，知道這匹玉獅子馬的腳程，真比自己的烏雲蓋雪還強，向呂崇文點頭說道：

「這匹馬確實極好，你不要因牠似乎能懂人言，便覺驚奇，須知神駒通靈，古來不乏先例，獸類之中，以犬馬及猿猴靈性最高，只要訓練得宜，有時竟真比那些粗濁笨拙之人強得多呢！」

那白馬背股之間傷痕，經慕容剛敷藥調治以後，竟一低馬頭，咬住慕容剛衣襟，不住拉扯。

慕容剛向呂崇文嘆道：「文侄！你看此馬對牠主人，何等忠義？我們上馬隨行，看牠把我們帶向何處？」

呂崇文早就心急，叔侄二人相將上騎，那白馬歡嘶一聲，人立而起，帶著烏雲蓋雪和火騮駒，往東南來路飛馳而去！

因那白馬帶頭，性急援主，絕塵飛奔，以致三匹駿馬均是放足腳程，翻山越澗，度嶺登峰，二人只覺耳邊呼呼生風，草樹山石之屬，不住在眼前電掠而逝！

廿二　玉鳳迷蹤

慕容剛八年以來，除卻盟兄嫂的深仇之外，心頭所嵌，便是這匹白馬主人的婷婷倩影！那方雕鳳玉珮始終貼胸收藏，當年並轡呂梁山，對方那種絕代風華和高雅深情魂牽夢縈，幾乎使這位鐵膽書生相思欲死！不過他到底是俠士胸懷，重人輕己，藝成下山，仍以相助呂崇文尋找千毒人魔和「單掌開碑」胡震武，雪恨復仇，為第一要務！但如今兩樁心願業已了卻一半，胡震武之事，也與四靈寨訂約明春，心中暫時一寬，遂自然而然地把注意力轉移到據說已往南海朝香的白衣女子身上。

目前巧遇心上人的坐騎玉獅子馬，以她那樣功力，居然竟使愛馬受傷，定然是遭遇到甚麼嚴重不堪的意外禍變。

所以他雖然經八年潛修，飽受宇內雙奇陶冶，變化氣質以來，行事舉措，均不似昔年暴躁，已極沉穩！但現因玉人繫念，過分關心，連跨下烏雲蓋雪神駒，頭尾均將跑成直線，宛如飛雲逐電一般，猶嫌不夠迅速，不時襠中用力，抖韁促馬！

那白馬當先引路，始終在萬山叢中飛奔，也不知跑過了多少山嶺，慕容剛默計所經，此時當已到了福建省的洞宮山脈左近！

玉獅子白馬馳上一座極高峰頭，倏爾駐足，對著東南山下連連低嘶。

慕容剛見狀，知道已到地頭，遂與呂崇文下馬細看，只見峰下東南方是一片山谷，谷中樹木甚多，其中隱隱掩映簷牙飛角，似是道觀之類。

相度峰下谷中形勢，削壁峭立，怪石林立，不便乘騎，慕容剛遂爲三匹駿馬餵了幾塊特製馬藥，並整好轠轡等物，不使易受林木勾扯羈絆以後，揮手示意，命牠們就在這山峰之上遊憩覓食，自己則與呂崇文施展絕頂輕功，巧縱輕登，援下峭壁，向那谷中房屋隱約之處撲去！

自峰頂援下谷中，足有數十丈距離，人到谷內，看出那些掩映在叢樹之間的房屋，果然是座道觀模樣！

慕容剛昔日在晉陝交界之處，曾應白衣女子之請，藉劍暗較內力，知道心上人武學極高，比起自己現在，也不過是伯仲之間，既會在此遇險，則道觀之中人物必非凡庸，青天白日之下，暗探爲難，這裏地形隱僻，四靈寨玉麟令主「毒心玉麟」傅君平，雖然傳令天下幫徒暗害自己叔侄，但可能還想不到突然會來到此處，索性裝作遊山，光明正大的到這道觀之中一察動靜！

主意打定，告知呂崇文以後，二人遂由谷中小徑，往那道觀走去。

小徑到那道觀之前，要經過一段松林，二人老遠就聽見林內有極強烈的掌風，呼呼作響！但不像動手搏鬥，似是有人練習百步神拳之類功力。

因立意明訪，未用輕功隱匿行蹤，將到林口之時，林中閃出一個身量適中，白鬚白髮，朗目龐眉，仙風道骨的年老道人，單掌胸前，一打問訊笑道：

「這洞宮山天琴谷四外，萬壑千峰，極其難走，二位施主能到此間，遊興真是不淺！」

慕容剛見這道人不但神儀不俗，而且不像邪惡之徒，倒覺頗出意料之外，含笑抱拳說道：「在下叔侄二人貪看煙雲，迷失路徑，誤打誤撞地擅來此地，擾及道長清修，尚請見諒爲幸！」

道人呵呵笑道：「施主說哪裏話來？風月無今古，林泉孰主賓？天下山川，天下人皆能遊得賞得！二位施主神儀朗澈，似是武林高手，真人面前不說假話，貧道不才，也是此道中人，彼此一脈同源，更宜親近，二位上姓高名，請至觀內待茶，並小住數日，倘有緣得逢一場大雷雨，也可以領略一下這『天琴谷』因而得名的『天然琴聲』的無邊清趣！」

慕容剛在他說話之時業已盤算，既然現身，一切毋庸避忌，聽道人問起姓名，照實答道：「在下慕容剛，這是世侄呂崇文，道長法眼無差，我叔侄雖然略通武技，但高手之稱，卻是過譽，道長法號怎樣稱呼？在下失禮尚未請教！在這靈山勝景之中，以天爲爐，以地作鼎，風雲守一，龍虎全真，實是神仙一流人物，在下叔侄，仰慕不已！」

道人手捋銀鬚搖頭笑道：

「徒存方士傳，誰證上清仙？出家人遁跡深山，不過爲的是逃脫名利糾纏，使靈台智舍之間，少一點骯髒齷齪，修行養性，保我真如，圖得個清靜二字，及略爲延年益壽而已！慕容施主昔年盛譽，曾震關東，今日相逢，真是幸會，貧道上一下清，恭迎俠駕。」說完，側身讓路，請客入林。

慕容剛一面與一清道人笑語，一面心中疑惑不定，暗想這一清道人，言談器宇及雙目神光均不帶絲毫邪氣，自己再三觀察，仍然覺得確是一位遁跡山林的世外高人，然則那匹玉獅子白馬晝夜狂馳，自遠遠的楓嶺積翠峰把自己引來此地作甚？

思索之間，業已把松林走完，那座道觀就建在林外不遠，形勢極爲古雅，庭蘿花鳥，室靜塵埃，桂影侵檐，藤枝繞檻，尤其偶然的一兩聲清磬，委實令人澄耳寧心，捐除不少爭強鬥勝之念！

一清道人請客就座，等道僮獻上香茗之後，含笑問道：

「慕容施主！你俠駕絕不會無故突然光降閩北，何況這洞宮山，更算不得什麼名山勝地，足供流連，方才途中，貧道見施主似有甚重心事，來意究竟如何？儘管直道！」

慕容剛見自己神情被人家看出，單刀直入問起話來，這種事無據無憑，何況連玉獅子白馬主人的真實姓名俱無法拿穩，究應如何答法？

正在沉吟之時，呂崇文劍眉一揚，目光電射，向一清道人說道：「道長快人快語，我等也不必相瞞，在下斗膽，想啓問道長一言！」

一清道長笑道：「呂小俠豪氣干雲，有話請講，貧道但有所知，無不奉告！」

呂崇文道：「四靈寨天鳳令主『天香玉鳳』嚴凝素，此時可在貴觀之內？」

一清道人聞言一愣，搖頭說道：

「貧道與四靈寨向無瓜葛，他們四靈令主之一，『天香玉鳳』嚴凝素怎會無故在我觀中？兩位施主係聽何處傳言？可能有誤！」

話音剛落，突然又道：「不過貧道武夷採藥，昨夜方回，二位稍住幾日，等我師弟一塵回觀，問問他可知此事？」

轉面對身旁侍立的道僮問道：「二觀主走時，可曾說過去往何處？及幾時回觀？」

道僮垂手答道，「自觀主雲遊採藥去後，二觀主即行離觀，前夜方回，騎來一匹極好白馬！但那馬倔強異常，二觀主才一下騎，便被逃走！二觀主好似氣急，說了一聲：『此馬萬留不得！』便即隨後追去，至今猶未見返！」

一清道人聽完，臉上神色霍地一變，長眉雙挑，自語說道：「難道師弟這多年潛修，塵心未淨，竟然又效昔日所行，無端生事麼？」轉向慕容剛叔侄說道：「聽道僮之言，二位施主所說之事，可能有些因由，但嚴凝素本人絕不在我觀內，卻可斷言！此事來龍去脈，貧道絲毫不知，二位施主可否推誠相告？彼此研討一番，或可有些頭緒！」

慕容剛見狀，知道這一清道人確與此事無干，因呂崇文已直認玉獅子白馬主人，就是「天香玉鳳」嚴凝素，不好改口，遂含笑說道：

「『天香玉鳳』嚴凝素乃我叔侄好友，因在楓嶺積翠峰，見她所騎的一匹千里龍駒，身

帶傷痕，滿山亂跑，知道可能牠主人遇難！又因寶馬通靈，把我們一直引到此地，才敢冒昧干謁道長，如今命我世侄把那馬喚來，請令高徒一認，是否前夜所見之馬，再等一塵道長回觀，此事便可了然！」

說完向呂崇文道：「文侄！我在此陪一清道長閒談，你去把那玉獅子白馬喚來一認！」

呂崇文點頭領命，回到來路危峰之下，向天引吭長嘯！過有片刻，峰頭即有馬嘶相應，但想係該處峰壁太陡，無法馳下，呂崇文等有半晌，一白一黑一紅三匹駿馬，竟不知從何處繞路，蹄聲答答，自東方深林之內跑來！

尤其那匹玉獅子白馬，對這谷中路徑好似甚熟，不等呂崇文率領，便自循著曲折山徑，往那道觀馳去！

剛到呂崇文與慕容剛先前會見一清道長的林口，突然見另一條小徑之中，出現一個頭戴九梁道冠，身著杏黃道袍的長身道人，暴吼一聲：「孽畜居然自行回轉，真是找死！」道袍大袖一展，兩點寒星，直奔玉獅子馬頭打去！

因白馬性急救主，跑得飛快，呂崇文則帶著烏雲蓋雪和火騮駒隨後緩行，人未出林，已生此變！匆促間救援不及，急忙伸手腰下豹皮囊內一探一甩，三粒鐵石圍棋子電閃飛出，兩粒正好從橫裏撞飛道人所發暗算玉獅子白馬的兩點寒星，另一粒卻把道人面前的一根松樹橫枝一擊而斷！

道人是從遠方回觀，只看見那匹玉獅子白馬，根本未曾注意馬後林內還自有人，呂崇文這出其不意的三粒鐵石圍棋子，倒真把他嚇了一跳！

松枝一斷，道人飄身左避數尺，濃眉雙剔，正待發言，玉獅子白馬一聲怒嘶，快如電閃一般，縱過道人當頭，後蹄猛蹬，竟向他後腦踢去！

休看道人一身極好武功，對這靈駒怒撲，竟像是曾經吃過苦頭，不敢小視，晃身滑步，輕飄飄地閃出七、八尺外！

但腳步才自站定，耳後有人冷冷問道：「你是不是叫做一塵道人？」

道人這一驚非同小可，方才閃身之際，分明此處無人，腦後人聲從何而至？雙掌護腦，倏然回身，只見面前站定一個十六七歲，肩插雙劍的勁裝英俊少年，身後並隨著一黑一紅兩匹駿馬，星目之中神光電射，正注定自己，等候答話！

道人見對方太已年輕，神色頓時又轉傲然，面現獰笑說道：

「你家道爺法號正是一塵，娃兒是何人門下？到這洞宮山天琴谷內，找你家道爺何事？」

呂崇文見一塵道人這副桀傲獰惡神情，比他師兄一清的道範丰渠，真有霄壤之別，沒好氣地用手一指玉獅子馬問道：「好端端的，你要害這白馬作甚？」

這時觀內閒談的慕容剛與觀主一清道人，也爲馬嘶人語所驚，出觀探視！

一塵道人平時除對師兄之外，一向氣焰萬丈，此時聽這英俊少年說話的聲調語氣，竟似比自己還橫！不由一陣桀桀獰笑說道：「娃兒乳臭未乾，說話神情，怎的如此不遜？這匹白馬是你的麼？」

呂崇文業已聽得一清道人與慕容叔叔出觀，故意氣他說道：「不是我的，誰來管這閒事？我這匹白馬，罕世難尋！你若傷折牠一根馬毛，我便拔去你十莖鬍鬚，還不一定頂得過呢！」

一塵道人氣得暴跳如雷，怒聲喊道：「小鬼休出謊言，憑你也配騎這白馬？那是『天香玉鳳』嚴……」

話猶未了，面前微風颯然，站定了一個英挺俊拔的中年書生，手指自己，急聲問道：「你說得不錯，這匹玉獅子馬，正是『天香玉鳳』嚴凝素所有！馬既在此，少不得要請教道長，人在何處？」

一塵道人豹眼環睜，哈哈一笑，方待答話，一清道人也已身臨切近，面罩秋霜，冷冷說道：「我離觀採藥，還不到半年，師弟怎便忘了清修本旨，竟和四靈寨徒交接？這是昔年遼東大俠『鐵膽書生』慕容剛，與他世侄呂崇文小俠，師弟若知嚴凝素何在，趕快說出，我們出家人講究清靜無爲，不要妄動貪嗔，捲入江湖恩怨之內！」

一塵道人想不到師兄居然幫助外人講話，臉上神色劇變，足下微動，退後了兩、三步，雙眼上下打量慕容剛、呂崇文，然後向師兄傲然說道：

「師兄此話不對，我們練成一身武藝，卻遁跡山林，豈非自甘暴棄？所以這多年來，師兄雖有出塵之心，小弟卻懷入世之念，三個月多，巧遇昔年舊友，業已介紹小弟加盟四靈寨，並蒙授玉麟堂香主之職！四靈寨奇人薈萃，高手如雲，聲威壓倒武林各派，以我們這種身手，投效其中，正可大有作爲，一展抱負！不比在這洞宮山天琴谷，整日與煙雲鳥獸爲伍，強得多麼？何況玉麟令主傅君平對師兄頗爲景仰，特囑小弟代爲致意，師兄如肯入幫，傅令主立予玉麟堂首席香主之位！至於『天香玉鳳』嚴凝素的蹤跡何在一事，這兩位既有遼東大俠之稱，何不伸手比劃比劃，只要勝過小弟雙掌，哪怕我不據實奉告？」

一清道人初面呈急怒之色，後來倒逐漸平息，聽完之後，眼中微閃精光，臉色反而淡漠已極，點頭說道：

「我們本不是親師兄弟，不過當年志同道合，一齊在此出家而已！如今你既然毀棄十年清修，不甘淡泊，我又哪能硬行阻止你的飛揚大願？不過龜龍麟鳳，名震武林，你既入四靈寨，怎又叛上逆行，暗害天鳳令主？何況憑你這身功力，諒也奪不下嚴凝素的千里龍駒，難道你竟違背誓言，動用昔日之物了麼？」

一塵道人看出師兄神情不對，略一尋思，忽然縱聲大笑說道：

「四靈寨名雖一幫，其實各堂分權掌責，我隸屬玉麟堂下，當然只遵玉麟令主之命做事，怎能說是逆行叛上?師兄料得不差，那嚴凝素正是中了我『柔骨迷煙』，此時想已在傳令主懷中，享盡風流滋味！」

慕容剛關心玉人，早就鬱怒待發，不過欲聽完究竟，才一再竭力忍耐，並禁止呂崇文出手，一塵話完方始恍然，原來「毒心玉麟」傅君平也在覬覦嚴凝素美色，自翠竹山莊見面時起，一路遣人暗算自己，全是「妒」之一字作怪，但聽到末後數語，腦海中呈現出一幅心上人身中「柔骨迷煙」，功力盡失，橫遭「毒心玉麟」傅君平輕薄，白璧將玷的可怕景象，不由機伶伶地全身直打冷顫，無法再忍！

清叱一聲，方自舉步，一清道人單掌當胸，稽首為禮說道：「慕容施主暫息雷霆，我和我這不成材的結盟師弟，尚有幾句話說！」

慕容剛方才急怒攻心，經一清道人一攔，靈智又復，知道天下之大，「天香玉鳳」嚴凝素究竟失陷何處，非從這一塵道人口中求得解答不可，再急也是無用，只得暫時往後一閃。

一清道人自懷中取出一柄匕首，拋向一塵，並把自己道袍下角一提，冷冷說道：

「師弟居然違誓，再用『柔骨迷煙』，我們一盟之情已絕，請割此袍！」

一塵道人匕首接在手中，濃眉一皺即開，猙獰一笑說道：「當初歸隱此間，根本用不著那『柔骨迷煙』，但如今再度出山，與天下英雄角技爭雄，自然有力使力，有智使智！師兄既然斤斤計較於昔年一句隨意戲言，不肯相諒，小弟也只好遵命割袍斷義！」

說完右手匕首一揮，把一清道人提著的道袍一角割斷，但就在這刹那之間，左掌卻就勢一接，一股強烈勁風，劈空竟往一清道人當胸撞去！

一清道人此時因十年盟友一旦墮落背誓，被迫絕義，正目含痛淚，衷心傷感不已，哪裏會想到一塵道人如此陰惡？竟藉這對面割袍之機，驟下毒手！

勁風過處，人被打得騰、騰、騰地退出三、五步去，張嘴吐出一大口鮮血，連氣帶傷，暈倒在地！

一塵道人知道師兄一清功力高過自己，卻根本未把慕容剛、呂崇文看在眼內，偷襲得手，一陣仰天桀桀獰笑說道：

「老雜毛不知好歹，叫你嘗點厲害，從今以後，這清塵觀便是四靈寨幫的入閩重地！」

慕容剛也因事出意外，救援不及，向呂崇文擺頭說道：「文侄且自救治一清道長，這喪心病狂的殺兄惡賊，由我收拾！」

一塵道人聞言，又是一陣狂笑說道：

「你二人與嚴凝素有何淵源？要跑來這天琴谷中送死！我與一清老雜毛，割袍斷義在先，下手在後，有何『殺』字可言？他中我陰掌業已難活，你叫那小娃兒不必費事，上前一

齊結命，道爺懶得一個個的打發！」

慕容剛才真懶得和這種喪心病狂之人多話，目含殺氣，臉罩寒霜，一揚手疾攻三掌，掌掌都帶排山倒海一般的震人風勢，凌厲無倫，逼得個一塵道人連連閃展騰挪，慌手慌腳退出了一丈多遠！

這一來，惡道一塵的那股狂妄之氣頓收，趕緊抱元守一，納氣凝神，慕容剛身形又到，這回卻是面含哂薄冷笑，輕飄飄的一掌當胸推出！

惡道一塵正在調元聚氣，準備反擊之時，見慕容剛這次所用招式，好似意存輕視，緩慢無力，不由濃眉一展，心中狂喜，要想故弄玄虛，就此克敵制勝！

慕容剛見一掌推出，惡道一塵道人不閃不避，巍立如山！眼珠微轉，已知其意，但心中暗笑，索性裝做不懂，依舊緩緩向他當胸擊去！

果然一塵拿好分寸，等慕容剛這一掌堪堪按上前胸之際，右足突然一撤，身軀動如閃電，往左疾轉，使對方招術用老，收勢變招均所不及，然後左掌一沉，施展內家重手「玄鳥劃沙」，刷地一聲，向慕容剛右腕力切而下！

哪知眼看指尖已沾對方手腕，慕容剛突然出聲冷笑說道：

「米粒之珠，居然也放光華？你用這隻左手暗算一清道長，已卑鄙陰惡，我先替你毀去！」

右腕突然向下微沉兩寸，然後真氣一凝，翻掌上迎，一塵道人便覺自己所發的「玄鳥劃沙」極重指力，被人家輕輕巧巧地卸於無形，並有一股強韌暗勁就勢反震，知道不妙，但避已無及，鋼牙一咬，索性沉掌再壓，蓄意一拚，就聽「卡擦」一響，微起骨折之聲，惡道脫口慘哼，人已面色劇變，搖搖欲倒！

慕容剛微微一哂，二指輕伸，宛如石火電光，點在了惡道一塵肋下，雙足點處，縱回呂崇文身旁，皺眉問道：「文侄！一清道長的傷勢怎樣？」

呂崇文道：「惡道似是早已蓄意暗算他師兄，當胸一掌，打得極重，一清道長不是內功根基甚好，幾乎當場斃命！雖然服了一粒恩師所賜靈丹，但最好還是叔叔和我合力為他略聚中元之氣，使藥力能夠迅速行開，便自不妨事了！」

慕容剛就地上扶起一清道人，半抱懷中，解開所著道袍，伸手按在了他後背的「腎俞穴」上，呂崇文也席地而坐，用右掌掌心，按住一清道長丹田右側的「天樞」重穴！叔侄二人閉目行功，各以本身真氣，助長一清道人的極弱中元，足有頓飯光陰，一清道人腹內微響，二人才相視含笑縮手。

一清道人雙目微開，聲若游絲地說道：「貧道身荷活命重恩，報答不盡，我那不成材的結盟師弟怎麼樣了？」

慕容剛一面為他整頓衣襟，一面答道：

「那惡道已與道長割袍斷義，何必再行叫他師弟？現已被我點倒，先命令道童送道長回觀內雲房歇息，愚叔侄還要在他身上，追問『天香玉鳳』嚴凝素俠女的下落！」

一清道人淒然一嘆，欲言又止！

慕容剛招手叫過那躲得遠遠，見大觀主、二觀主翻臉動手，不知怎麼是好的道童，將一清道長扶回觀內。

呂崇文卻走到惡道一塵身畔，一腳替他踢開穴道，痛得惡道一聲淒厲慘嗥，捧著那隻被慕容剛般禪掌力反震撞折的左掌，惶然起立！

呂崇文青虹龜甲劍嗆啷出鞘，劍指惡道前胸，沉聲問道：「這白馬主人『天香玉鳳』，目下陷身何處？」

惡道兇性又發，一陣桀桀獰笑說道：「小娃兒！你以為一支寶劍，就嚇得住你家道爺？那真叫做妄想！有本領的，當胸一劍超度你家道爺，四靈寨自然會海角天涯捉到爾等，把你們肉剁為醬，骨磨成灰！」

一語未了，呂崇文嘿然冷笑，收劍用指，手法如風，在惡道肩頭、胯際和腰間的幾處大筋重穴之上連捏帶點！

惡道登時出聲慘嚎，全身一齊抽搐抖顫，又復倒地不起，額上汗珠如黃豆般大，直往下滾！

慕容剛見呂崇文竟使出最厲害的錯骨分筋手法處置惡道，正覺稍過殘忍，但轉念一想，這類凶人，連死都不怕，若不如此，怎能逼得出他的口內實言？

遂向地上惡道說道：「你不說實話，平白受苦，我若在這錯骨分筋手法，再給你點上『五陰絕脈』，你真經得住麼？」

那「五陰絕脈」乃是刑中之最，一經點中，連張軟紙拂在身上，均如萬刀碎割一般，人自不能絲毫動轉，只得就在當地熬上七天，肝腸寸斷、心腑油煎的無邊痛苦，然後五臟齊裂，七竅狂噴黑血而死！

惡道被呂崇文的錯骨分筋手法，整治得已經縮成一團，不停慘哼，再一聽慕容剛要加點他的「五陰絕脈」，嚇得不住將頭連點，目光之內也斂卻凶芒，露出乞憐之色！

呂崇文「哼」然冷笑說道：「我還以爲你有多麼兇橫暴戾？原來依舊是一身軟骨頭，經不了一點大風大浪！慕容叔叔，我把他筋骨還原以後，再若不說實話，你便立時下手，點他『五陰絕脈』！」

話完運指如風，一點兩捏，替惡道解開周身筋骨強烈抽搐的所生痛苦，一迭聲地催著惡道趕快說出「天香玉鳳」目下陷身何處？

惡道此時簡直喘息不定，語不成聲，勉強結結巴巴地說道：

「天……香玉……鳳，此……時……正在……戴……雲……山絕……頂……的龍……潭之……側！」

請續看《一劍光寒十四州》中冊

國家圖書館出版品預行編目資料

一劍光寒十四州／諸葛青雲作. --初版. -- 臺北市：風雲時代, 2013.02
冊； 公分. -- （諸葛青雲精品集；04-06）
ISBN: 978-986-146-960-7（上冊：平裝）
ISBN: 978-986-146-961-4（中冊：平裝）
ISBN: 978-986-146-962-1（下冊：平裝）

857.9 101025954

諸葛青雲精品集 04

書名 一劍光寒十四州（上）

作者 諸葛青雲
封面原圖 明人入蹕圖（原圖爲國立故宮博物館典藏）

發行人 陳曉林
出版所 風雲時代出版股份有限公司
地址 105 台北市民生東路五段 178 號 7 樓之 3
風雲書網 http://www.eastbooks.com.tw
官方部落格 http://eastbooks.pixnet.net/blog
Facebook http://www.facebook.com/h7560949
E-mail h7560949@ms15.hinet.net
服務專線 (02)27560949
傳真 (02)27653799
郵撥帳號 12043291

執行主編 朱墨菲
封面設計 許惠芳

法律顧問 永然法律事務所 李永然律師
北辰著作權事務所 蕭雄淋律師

版權授權 張文慧

出版日期 2013年4月

訂價 240 元

總經銷 成信文化事業股份有限公司
地址 新北市新店區中正路四維巷二弄2號4樓
電話 (02)22192080

ISBN 978-986-146-960-7

行政院新聞局局版台業字第 3595 號
營利事業統一編號 22759935